NÃO VOLTARÁS

HANS KOPPEL

NÃO VOLTARÁS

Tradução
Jorge Ritter

1ª edição

Rio de Janeiro-RJ / Campinas-SP, 2014

Editora: Raïssa Castro
Coordenadora editorial: Ana Paula Gomes
Copidesque: Maria Lúcia A. Maier
Revisão: Tássia Carvalho
Capa: Adaptação da edição inglesa (© LBBG – Emma Graves / Sphere)
Foto da capa: © Silas Manhood
Projeto gráfico: André S. Tavares da Silva

Título original: *Kommer aldrig mer igen*
Traduzido da versão inglesa *She's Never Coming Back*.

ISBN: 978-85-7686-276-5

Publicado originalmente por Telegram Bokförlag, Suécia, em 2011.
Edição publicada mediante acordo com Norstedts Agency.

Verus Editora Ltda.
Rua Benedicto Aristides Ribeiro, 41, Jd. Santa Genebra II, Campinas/SP, 13084-753
Fone/Fax: (19) 3249-0001 | www.veruseditora.com.br

CIP-BRASIL. CATALOGAÇÃO NA FONTE
SINDICATO NACIONAL DOS EDITORES DE LIVROS, RJ

K88n

Koppel, Hans, 1964-
Não voltarás / Hans Koppel ; tradução Jorge Ritter. - 1. ed. - Campinas, SP : Verus, 2014.
23 cm.

Tradução de: She's Never Coming Back
ISBN 978-85-7686-276-5

1. Romance sueco. I. Ritter, Jorge. II. Título.

13-07901 CDD: 839.73
CDU: 821.113.6-3

Revisado conforme o novo acordo ortográfico

Impresso no Brasil pelo Sistema Cameron da Divisão Gráfica da
DISTRIBUIDORA RECORD DE SERVIÇOS DE IMPRENSA S.A.

Hans Koppel é o pseudônimo de um conhecido autor sueco, que nasceu em 1964 e mora em Estocolmo.

1

Ela escrevera que gostava de caminhadas na floresta e de noites aconchegantes em casa e que estava à procura de um homem com brilho no olhar. Era quase uma piada, como uma paródia da pessoa mais insípida do mundo. Ela também enchera o seu post com carinhas sorridentes. Não havia uma linha sem um rosto amarelo.

Eles tinham conversado ao telefone na noite anterior e concordado em se encontrar em Gondolen.

Anders achou que ela soava um pouco mais velha do que trinta e dois. Ele fez uma piada a respeito, afirmando que ela talvez tivesse postado uma foto de alguns anos antes, com alguns quilos a menos. Foi quando ela mandou a mais recente, tirada um pouco antes de ir para a cama, com o celular à altura do braço.

Anders olhou para a foto e pensou que ela podia ter cem anos e ser gorda como uma porca, que ele não estava nem aí.

Um drinque era melhor. Normalmente levava meio minuto para decidir se valia o esforço ou não. Jantar era como cavar a própria cova.

Sentar ali, sofrendo durante horas, com um sorriso fixo. Não, qualquer pessoa com alguma experiência se encontrava para um drinque. Se as coisas fossem bem, você sempre podia seguir em frente.

Eram seis e meia em ponto, e Anders olhou para a rua escura em direção às luzes de Skeppsholmen e Djurgården.

Qual era o problema?, ele se perguntou. Ela não podia estar representando a loira burra. Não com aquele corpo. Talvez uma risada horrorosa que perfurava os tímpanos. O hálito de um cão velho. Seria frígida?

Não, não, fique calmo, ele se convenceu.

O celular começou a vibrar. Anders atendeu.

— Oi — ela disse. — Sou eu. Desculpe não ter ligado antes. Estive no pronto-socorro a tarde inteira.

— Pronto-socorro? Você está bem?

Anders Egerbladh ficou impressionado com sua preocupação evidente. Isso era o que ele chamava de estar ligado no jogo. Uma pergunta absolutamente natural, mas que também lhe permitiria saber se aquilo afetaria suas chances de levá-la para a cama.

— Eu caí da escada e torci o pé. Achei que tinha quebrado, porque mal conseguia ficar de pé.

— Ah, coitadinha...

Anders deu um gole furtivo de cerveja e engoliu em silêncio para não parecer desinteressado.

— Não é tão ruim assim — ela comentou. — Tenho muletas e uma atadura de apoio. Mas pode ser um pouco difícil mancar até Gondolen, então pensei que talvez você pudesse vir à minha casa. Tenho uma garrafa de vinho branco na geladeira.

— Me parece ótimo — disse Anders. — Eu adoraria. Quer dizer, se não for incômodo... Podemos nos encontrar em outra oportunidade se você não estiver disposta hoje.

Meu Deus, que gênio ele era.

— Não é incômodo algum — ela assegurou. — Um pouco de animação vai me fazer bem depois de cinco horas no pronto-socorro.

— Você tem algo para comer? — perguntou Anders. — Posso pegar alguma coisa no caminho.

Albert maldito Einstein.

— Ah, obrigada, mas não precisa. Minha geladeira está cheia.

Ela lhe passou o endereço e algumas orientações rápidas. Anders as memorizou e decidiu dar uma passada em um quiosque para comprar flores. Ele não entendia por quê, mas isso sempre funcionava. Flores e champanhe.

O resto poderia esperar a próxima vez.

Ele comprou algo colorido de caule longo e uma caixa de curativos infantis em uma banca de jornal. Um pouco de humor. Ele achou que seria um truque esperto.

A passos rápidos, seguiu na direção da Katarinavägen, virou na Fjällgatan, bem como ela dissera, e continuou pelo lado direito da rua até chegar à Sista Styverns Trapp, um lance de escadas de madeira que ligava a Fjällgatan com a Stigbergsgatan, acima.

Provavelmente chamada assim em homenagem a um estivador bêbado, refletiu Anders, que gastava todo o salário antes de voltar para casa, para a esposa desdentada e os catorze filhos puxando a saia dela. Ele não prestou atenção no carro que estava estacionado junto à calçada. Não ficaria sabendo que a mulher atrás do volante era a mesma com quem falara há pouco por telefone, e que ela estava ligando para o marido naquele momento para dizer que havia chegado a hora.

Anders começou a subir os degraus entre os prédios antigos reverencialmente renovados. Imaginou-se examinando com mãos sensíveis o pé inchado da mulher, a cabeça inclinada de compaixão, como ele massagearia os ombros tensos dela, seria compreensivo, concordaria e anuiria. Ela tivera mesmo de esperar cinco horas? O sistema de saúde sueco era verdadeiramente terrível.

Anders não sabia que as fotografias que vira haviam sido copiadas da internet e que eram na realidade de uma mãe solteira da Holanda que tinha um blog. Tampouco sabia que o homem que encontrou nos degraus tinha um martelo enfiado na manga do casaco.

Eles chegaram juntos ao degrau ao lado do banco do parque, cada um vindo de uma direção diferente. O homem parou.

— Anders? — disse.

Anders olhou para ele.

— Não está me reconhecendo? — o homem perguntou. — O pai da Annika. Você se lembra da Annika, não?

Subitamente, Anders ficou com a garganta muito seca. O rosto, momentos antes relaxado e cheio de expectativa, agora estava cauteloso e tenso.

— Afinal de contas, não foi ontem — continuou o homem tranquilamente.

Anders apontou os degraus com a mão vazia.

— Estou com um pouco de pressa.

O homem sorriu como se compreendesse e indicou as flores.

— Vai encontrar alguém especial?

Anders assentiu.

— E estou atrasado — disse, tentando soar natural. — Se não fosse por isso, eu adoraria parar e bater um papo.

— Eu compreendo — disse o homem.

Ele sorriu, mas não fez nenhuma menção de sair dali. Anders se virou, incerto, e colocou o pé no degrau seguinte.

— Eu falei com o Morgan — disse o homem, deixando o martelo escorregar até a luva.

Anders parou no degrau, de costas para o homem. Ele não se mexeu.

— Ou melhor, foi ele quem falou comigo — disse o homem. — Ele tinha muita coisa que queria desabafar. Até o último momento.

Ele era pele e osso quando o vi. Deve ter sido a morfina que o fez atentar tanto para os detalhes. Ele simplesmente não parava de falar.

Anders se virou lentamente. De canto de olho, viu algo se movendo violenta e rapidamente em sua direção, mas era tarde demais para se esquivar ou levantar os braços em defesa. O martelo lhe acertou a cabeça e quebrou o crânio pouco acima da têmpora. Ele já estava inconsciente antes de atingir o chão.

O homem se posicionou acima de Anders e levantou o martelo de novo. O segundo e o terceiro golpes foram os que provavelmente o mataram, mas o homem continuou golpeando para ter certeza. Como que para apagar quaisquer impressões e experiências que estivessem armazenadas no cérebro de Anders, esmagando toda sua existência. O homem só parou quando o martelo ficou preso no osso do crânio.

Ele o deixou ali, olhou em volta apressadamente, então se afastou da escadaria e entrou no carro que o esperava. A mulher arrancou do meio-fio.

— Foi difícil? — ela perguntou.

— De jeito nenhum — respondeu o homem.

2

Bom dia, meu nome é Gösta Lundin e sou professor emérito de psiquiatria e autor de A vítima e o perpetrador, *que presumo que alguns de vocês tenham lido.*

Não é preciso levantar a mão. Mas obrigado, obrigado. Eu agradeço.

Antes de começarmos, quantos de vocês são policiais? Agora vocês podem levantar a mão.

Certo, e assistentes sociais?

Aproximadamente metade de cada. Bom, eu gosto de ter uma noção. A questão é irrelevante na realidade, uma vez que eu não costumo adequar o conteúdo das minhas palestras ao grupo profissional para o qual esteja me dirigindo. Acho que é só curiosidade. Talvez eu fosse um pouco mais cauteloso se houvesse apenas policiais, policiais céticos de braços cruzados. É possível, não sei.

Mas, de qualquer forma, qual a importância disso? O tema de hoje é: Como é possível?

Trata-se de uma pergunta que frequentemente fazemos a nós mesmos. Como é possível? Por que eles não reagem? Por que não fogem?

Muito similar às perguntas que as crianças fazem quando ouvem pela primeira vez a respeito do Holocausto. Como foi possível? Por que ninguém fez nada? Por que ninguém fugiu?

Então vamos começar aí. Com Adolf Hitler.

Como todos sabem, o austríaco de bigode não é mais simplesmente uma figura histórica, ele também assumiu proporções míticas. Atualmente Hitler é um parâmetro de comparação, ele é o símbolo por excelência da maldade pura.

"Eu estava apenas seguindo ordens" é uma frase comum e um lembrete para questionarmos constantemente a autoridade e agirmos de acordo com as nossas convicções.

O completo oposto de Adolf Hitler neste país se chama Astrid Lindgren.

Astrid Lindgren simboliza tudo o que há de bom na vida. A sábia e moderada humanista que cultiva e acredita no bem inerente às pessoas.

Uma série de histórias e frases edificantes é atribuída a Astrid Lindgren. Uma das citações mais famosas é que às vezes precisamos fazer coisas, mesmo que sejam perigosas. Porque, de outra maneira, não somos humanos, apenas montes de poeira.

Adolf e Astrid, preto e branco, o mal e o bem.

Essa abordagem ingênua do certo e do errado é sedutora e nos atrai. Queremos ser um dos mocinhos, fazer a coisa certa.

Depois de anos entrevistando tanto vítimas quanto perpetradores — que também são vítimas, algo que muitas vezes gostamos de esquecer —, eu sei que a maioria aqui nesta sala, e isso vale também para mim, poderia ser persuadida para uma ou outra direção.

Todos nós temos um Adolf e uma Astrid dentro de nós. Seria bobagem não assumir isso.

Mas chega de filosofar. Estou aqui para falar como isso funciona na prática.

Os métodos usados pelos perpetradores para subjugar suas vítimas são os mesmos no mundo inteiro e tão antigos quanto as montanhas.

Chefes usam as mesmas técnicas que ditadores, pela simples razão de que existem apenas duas maneiras de governar: a cenoura ou a vara. Pode haver mais de uma e menos da outra, mas todos os métodos são variações dessas duas.

Infelizmente, não sou pago para chegar aqui e falar sobre coisas difíceis em uma linguagem simples. Afinal de contas, sou um acadêmico e, como tal, tenho uma experiência considerável em defender minhas ideias e me fazer parecer inteligente e profundo.

Razão precisa pela qual as apresentações em PowerPoint foram inventadas.

1. ***Afastamento, isolamento social***
2. ***Violência sexual***
3. ***Fome***
4. ***Violência/ameaça de violência***
5. ***Depreciação***
6. ***Dívida***
7. ***Amizade, privilégios***
8. ***Negação de si mesmo***
9. ***Futuro sem esperança***

Todos conseguem ver? Ótimo. Então vamos começar com o primeiro ponto...

3

Jörgen Petersson esperou enquanto o assistente da loja registrava a venda de um pôster do Homer Simpson, um presente para o filho mais novo, cujo aniversário estava chegando. Jörgen olhou em volta na loja, e um trabalho de Lasse Åberg lhe chamou a atenção. Para variar o tema não era Mickey Mouse. O quadro consistia em uma foto antiga de turma, em que metade dos rostos havia começado a borrar e a desaparecer. Apenas alguns ainda estavam intactos. Um pouco óbvio demais talvez, mas a simplicidade do trabalho agradava a Jörgen. Ele não pensara em desperdiçar seus dias em leilões na Bukowskis em busca da obra de algum artista superestimado.

Ele não compreendia o fascínio das pessoas ricas pela arte. O que era aquilo senão uma tentativa fútil de comprar a própria liberdade? Uma maneira de se distanciar daqueles que não tinham nem o dinheiro nem a oportunidade.

Jörgen poderia facilmente encher as paredes de sua casa com os três mestres. Anders Zorn era suportável, mas as pinturas de vida selvagem de Bruno Liljefors e os lares felizes de Carl Larsson, ele podia viver sem, muito obrigado.

E ele já tinha um Zorn. Um pôster do museu em Mora enfeitava o banheiro do lado de fora de sua cabana. Jörgen olhava para ele enquanto cagava. Pragmatismo e prazer em graciosa harmonia. Nem sua esposa nem seus filhos entendiam o charme; eles nunca sonhariam em usar aquela privada quando podiam se sentar confortavelmente dentro de casa, com o chão aquecido. A esposa de Jörgen chegou a sugerir que eles derrubassem o velho banheiro.

Jörgen protestara, embora normalmente não interferisse nas decisões que diziam respeito às coisas da casa. Mas tudo tem limite. Uma propriedade de três acres, quase quatrocentos metros de praia, e ele não podia se aliviar em paz na própria latrina? Na companhia complacente de uma palavra cruzada incompleta de alguma revista velha e manchada?

Fora uma iniciativa acertada da parte de Jörgen, fazer valer sua vontade. Sua esposa o respeitava mais por isso, e a decisão consolidara a imagem dele como excêntrico e obstinado, qualidades nada ruins para um homem rico.

Ele estudou um pouco o quadro de Åberg e se perguntou como suas próprias fotos de turma seriam.

De quem ele havia se esquecido? De quem conseguia se lembrar?

E quem poderia se lembrar dele?

Era possível que eles tivessem lido sobre ele. Um bocado fora escrito na imprensa financeira, e obviamente havia muita conversa acerca de dinheiro e progresso, mas não a ponto de as pessoas reagirem quando ele entrava no metrô.

A vida de Jörgen era um pouco como um jogo bem-sucedido de Banco Imobiliário. Subitamente lá estava ele com todos aqueles hotéis e propriedades, e o dinheiro seguia entrando sem esforço algum. Seus cofres estavam transbordando.

Ele havia feito seu primeiro milhão com uma empresa de internet, a qual, por trás de todas as palavras grandiosas sobre o futuro e as oportunidades, na realidade desenvolvia projetos ordinários de web design. Mas isso foi na época em que apenas os iniciados compreendiam o conceito de TI e a empresa ainda tinha de mandar seus empregados fazer cursos para aprender como usar os programas de processamento de texto mais simples.

Jörgen tinha evitado os holofotes pela simples razão de que seus dois colegas, com quem ele havia fundado a empresa, adoravam as lentes dos fotógrafos.

A empresa nunca trabalhara com lucro, mas ainda assim seu valor na bolsa subiu para mais de dois bilhões após a abertura de seu capital. Jörgen havia balançado a cabeça diante dessa loucura, o que incomodara seus dois colegas ambiciosos, que deixaram o sucesso subir à cabeça. Eles eram citados a toda hora nas páginas de negócios e acreditavam piamente nas próprias visões do futuro. Então se ofereceram para comprar a participação de Jörgen pela metade do valor de suas ações e se divertiram a valer quando ele aceitou a oferta, cem milhões de coroas suecas no seu bolso, muito obrigado.

A manchete no jornal fora: "Negócio mais burro do ano?". A maior parte do artigo era idêntica a um comunicado de imprensa que os colegas de Jörgen haviam deixado vazar matreiramente.

Um ano depois, os antigos colegas de Jörgen estavam endividados, a empresa havia sido reestruturada e não valia praticamente nada.

Então, subitamente, Jörgen era o homem com quem todos os jornais queriam falar. Ele havia dito um não firme, mas amigável, a todos os pedidos, e enviara um agradecimento silencioso a seu amigo mais próximo, Calle Collin, um jornalista freelance que escrevia para os semanários, o qual, sempre que estava bêbado, repetia suas palavras de sabedoria sobre viver sob os olhos do público.

"Não há nada positivo em ser visível, absolutamente nada. Não importa o que você faça, nunca mostre o rosto. Se você não for Simon Spies,* fique na sua."

---

* Magnata dinamarquês conhecido por seu estilo de vida irreverente. (N. do T.)

Calle Collin era um dos poucos que não haviam sido apagados da foto de turma imaginada de Jörgen. De quem mais ele conseguia se lembrar? De algumas das belas garotas que estavam além do seu alcance. Jörgen se perguntou onde estariam hoje. Errado, ele não se perguntou onde estariam, e sim como. Jörgen as procurara no Google, mas não encontrara foto alguma, nem mesmo no Facebook. O que não podia ser apenas coincidência.

Ele imaginou o rosto delas destruído pelo vinho barato e se consolou com o pensamento de um corpo também decadente. Os peitos, que um dia haviam desafiado a gravidade e servido de material para suas fantasias de masturbação, agora caíam e se esparramavam para fora de sutiãs de armações pesadas.

Nossa, ele parecia amargo. Jörgen era uma pessoa melhor do que isso.

Ou não era?

4

Afastamento, isolamento social

A mulher é afastada de seu meio familiar e colocada em um ambiente novo e desconhecido por várias razões. Ela perde contato com a família e os amigos, fica desorientada, geograficamente confusa e dependente da única pessoa que conhece: o perpetrador. Essa confusão de tempo e lugar é amplificada quando se tranca a mulher por longos períodos. Se o isolamento for suficientemente prolongado, a vítima se torna grata por qualquer forma de contato humano, ainda que seja invasivo.

— Tem certeza? Só uma. Você ainda vai chegar em casa a tempo de ver alguma porcaria na TV.

— É, vamos lá, você não precisa ficar muito.

Ylva riu, agradecida pela insistência deles.

— Não — disse ela. — Vou me comportar.

— Você? — zombou Nour. — Por que começar agora?

— Por que não? A variedade é o tempero da vida, não é?

— Um copo?

— Não.

— Tem certeza?

Ylva anuiu.

— Tenho — disse.

— Ok, ok, não combina com você, mas tudo bem.

— Vejo vocês na segunda.

— Tá. Mande um oi para a família.

Ylva parou e se virou.

— Você fala como se fosse uma coisa ruim — disse, colocando a mão no coração com inocência fingida.

Nour balançou a cabeça.

— Não, só estamos com inveja.

Ylva pegou o iPod e partiu ladeira abaixo. Os fios tinham se enrolado, e ela teve de parar para desenrolá-los antes de ajeitar os fones e selecionar a lista de reprodução. Música nos ouvidos, olhar fixo à frente — a única maneira de evitar conversas sobre o tempo. Sempre havia algum tagarela querendo atenção e uma fofoca. O dilema de morar em uma cidade pequena.

E Ylva era de fora. Mike havia crescido ali e não podia dar um passo sem ter de fazer um relato dos acontecimentos recentes.

Ylva atravessou a alameda de cartão-postal, que estava deserta, e passou por um carro estacionado, com o vidro traseiro escurecido. O volume nos ouvidos era tão alto que ela não escutou o carro arrancar.

Apenas o registrou quando ele parou ao lado dela e não a ultrapassou. Ela se virou. O vidro da janela baixou.

Ylva presumiu que fosse alguém querendo informação. Ela parou e hesitou entre desligar o iPod e tirar os fones do ouvido. Decidindo pela segunda alternativa, deu um passo na direção do carro, inclinou-se e olhou para dentro. Havia uma caixa de papelão e uma bolsa no banco do passageiro. A mulher ao volante sorriu para ela.

— Ylva? — disse.

Um breve segundo e então aquela sensação horrível no estômago.

— Achei que fosse você — disse a motorista, alegremente.

Ylva devolveu o sorriso.

— Afinal de contas, não foi ontem.

A motorista se virou na direção de um homem no banco traseiro.

— Você viu quem é?

Ele se inclinou para frente.

— Olá, Ylva.

Ylva estendeu a mão pela janela e cumprimentou os dois.

— O que vocês estão fazendo aqui?

— O que nós estamos fazendo? Acabamos de nos mudar para cá. E você?

Ylva não entendeu.

— Eu moro aqui — respondeu ela. — Estou aqui já faz quase seis anos.

A motorista recolheu o queixo, como se achasse difícil de acreditar.

— Para que lado?

Ylva olhou para ela.

— Hittarp — respondeu.

A motorista se virou para o homem no banco traseiro, estupefata, então de volta para Ylva.

— Você não pode estar falando sério! Diga que está brincando. Nós acabamos de comprar uma casa lá. Sabe Sundsliden, o morro que desce até a água?

Ylva assentiu.

— Eu moro bem ali do lado.

— Bem ali do lado? — a mulher ao volante repetiu. — É mesmo? Você ouviu isso, querido? Ela mora bem ali do lado.

— Eu ouvi — o homem disse.

— Que mundo pequeno — disse a mulher. — Bem, então somos vizinhos de novo. Que coincidência. Você está indo para casa?

— Hum, estou.

— Entre aí, nós podemos lhe dar uma carona.

— Mas eu...

— Entre. No banco traseiro. Tem tanta bagunça aqui.

Ylva hesitou, mas não tinha uma desculpa. Ela tirou o outro fone do ouvido, enrolou os fios em torno do iPod, abriu a porta do carro e entrou.

A mulher arrancou da calçada.

— Imagine só — disse o homem —, você também mora aqui. E gosta?

— Sim, estou feliz aqui — respondeu Ylva. — A cidade é menor, obviamente, mas a água e as praias são fantásticas. E tem tanto céu. Parece que tudo é possível. Mas venta muito. E os invernos não são legais.

— É mesmo? Como assim?

— São úmidos e muito gelados. Só tem chuva e lama, nunca neve.

— Você ouviu isso? — disse o homem para a mulher. — Não é um inverno de verdade. Só lama.

— Eu ouvi — falou a mulher, olhando para Ylva pelo espelho retrovisor. — Mas hoje está uma noite adorável. Nada a reclamar sobre esta época do ano.

Ylva deu um sorriso conciliador e assentiu.

— Está bom agora.

Ela tentou soar positiva e natural, mas sua mente estava trabalhando a todo vapor. O que o fato de eles terem se mudado para lá significaria para ela? Como isso afetaria sua vida? Quanto eles sabiam?

Não era possível se livrar do sentimento de desconforto.

— É incrível, não é, querida? Incrível — disse o homem no banco traseiro.

— Com certeza é — respondeu a mulher ao volante.

Ylva olhou para eles. Suas respostas eram repetitivas e ensaiadas. Soavam falsas. Podia ser apenas o encontro acidental, a situação desconfortável. Ela se convenceu de que o temor que sentia estava só em sua mente.

— Engraçado encontrar você assim, ao acaso, depois desses anos todos — disse o homem.

— É — concordou Ylva.

Ele a olhou, estudando-a sem nem tentar esconder seu largo sorriso. Ylva foi forçada a desviar o olhar.

— Qual casa vocês compraram? — ela perguntou, registrando que sua mão direita tocava seu rosto em um gesto nervoso. — Aquela no alto do morro, a branca?

— Sim, aquela mesmo — disse o homem, e se virou para olhar para frente.

Ele parecia bastante normal, e Ylva deixou que seus nervos se acalmassem.

— Nós estávamos nos perguntando quem havia se mudado. Meu marido e eu estávamos falando sobre isso ontem mesmo. Achamos que era uma família com crianças...

Ylva se interrompeu.

— Em geral são pessoas com filhos que se mudam para cá — explicou. — Tinha gente trabalhando na casa. Vocês a reformaram toda?

— Só o porão — explicou o homem.

— Seu marido — disse a mulher, olhando novamente para Ylva pelo espelho retrovisor. — Então você está casada?

Parecia que ela já sabia a resposta.

— Sim.

— Tem filhos?

— Uma filha. Ela tem sete anos. Quase oito.

— Uma filha — a mulher repetiu. — Como ela se chama?

Ylva hesitou.

— Sanna.

— Sanna, que nome bonito — disse a mulher.

— Obrigada — respondeu Ylva.

Ela olhou para o homem, que estava em silêncio. Então olhou para a mulher. Ninguém disse nada. A situação não permitia pausas, e Ylva se sentiu forçada a preencher o silêncio.

— Então, o que fez vocês mudarem para cá?

Ela queria que a pergunta soasse natural. Era uma questão óbvia, mas sua garganta estava seca e a entonação soou esquisita.

— É, por que nos mudamos para cá — disse o homem. — Querida, você lembra por que nos mudamos para cá?

— Você conseguiu um emprego no hospital — a mulher o lembrou.

— É mesmo — falou o homem. — Eu consegui um emprego no hospital.

— Achamos que seria bom um recomeço — a mulher explicou, e freou em um sinal vermelho na Tågagatan.

Havia pessoas esperando no ponto de ônibus, a uns trinta metros de distância.

— Escutem — começou Ylva. — É muito gentil da parte de vocês me oferecer uma carona, mas acho que vou pegar o ônibus mesmo assim.

Ela tirou o cinto de segurança e tentou abrir a porta, sem sucesso.

— Trava de segurança para crianças — o homem lhe disse.

Ylva se inclinou para frente entre os bancos e colocou uma mão no ombro da mulher.

— Você pode abrir a porta, por favor? Eu quero sair. Não estou me sentindo muito bem.

O homem colocou a mão no bolso de dentro do casaco e tirou algo quadrado, um pouco maior que sua palma.

— Você sabe o que é isso?

Ylva tirou a mão do ombro da mulher e olhou.

— Ah, vamos lá — disse o homem. — O que parece?

— Um barbeador elétrico? — sugeriu Ylva.

— Sim, parece — respondeu o homem. — Parece um barbeador elétrico, mas não é um barbeador elétrico.

Ylva tentou a porta de novo.

— Abra a porta, eu quero...

O choque fez o corpo de Ylva se arquear. A dor era paralisante, e ela não conseguia nem gritar. Um momento mais tarde seu corpo relaxou e se dobrou ao meio, com a cabeça contra a coxa do homem. Ela ficou surpresa de ainda estar respirando, pois nada mais parecia funcionar.

O homem estendeu o braço e pegou a bolsa de Ylva, a abriu e procurou o celular dela. Então tirou a bateria e a colocou no bolso.

Ylva percebeu o carro acelerando e passando pelo ponto de ônibus. O homem mantinha a arma de choque de prontidão.

— A paralisia é temporária — ele explicou. — Logo você vai conseguir se mexer e falar normalmente de novo.

E lhe deu um tapinha reconfortante.

— Tudo vai ficar bem, você vai ver. Tudo vai ficar bem.

5

Com duzentos e cinquenta milhões no banco, estava fazendo o quê? Parado de cueca no porão, remexendo caixas até então fechadas, procurando seus velhos anuários de escola. Uma maneira de passar o tempo.

Jörgen Petersson conseguiu abrir e inspecionar aproximadamente metade das caixas antes de encontrar o que queria. Considerando que o tesouro normalmente se esconde no último baú, achou que estava com sorte.

Ele folheou o livro, olhando de relance para as fotos da turma e procurando nomes. Sim, é claro. Ele. E ele. Ela não era a irmã do...? A filha do professor que parecia querer sumir de vista na foto. O garoto que botou fogo no playground. A garota que cometeu suicídio. E aquele pobre camarada que tinha de cuidar dos irmãos e sempre dormia nas aulas.

Um momento madeleine após o outro, à la Proust.

Por fim, a turma inteira. Jörgen levou um choque. Eles eram apenas crianças, os cortes de cabelo e as roupas testemunhavam a passagem do tempo. No entanto, a fotografia em preto e branco ainda o fazia se sentir desconfortável.

Ele olhou para a foto, examinou fileira após fileira.

Seus colegas o encaravam de volta. Jörgen quase podia ouvir o clamor do corredor: os comentários, os gritos, os empurrões e as risadas. A questão era a luta por poder. Manter sua posição na hierarquia. As garotas se controlavam, os garotos eram mais enérgicos.

Os quatro mais bagunceiros no fundo. Braços cruzados, encarando confiante e diretamente a câmera, irradiando seu domínio do mundo. Julgando pela expressão presunçosa, eles certamente não imaginavam uma realidade além da sua.

Um deles, Morgan, havia morrido de câncer um ano atrás. Jörgen se perguntou se alguém sentia falta dele. Ele certamente não.

Jörgen seguiu pelas fileiras de nomes. Havia esquecido alguns deles e foi forçado a olhar as fotografias individuais para tirar alguma informação de seus arquivos mentais. Sim, é claro.

No entanto, mesmo assim ele não reconheceu dois ou três de seus colegas. Os rostos e os nomes não bastavam. Eles haviam sido apagados de seu cérebro, como os rostos indistintos no quadro de Lasse Åberg.

Jörgen olhou para si mesmo espremido na primeira fila, quase invisível e com uma expressão de quem estava implorando para sair dali.

Calle Collin parecia feliz. Um pouco distante, despreocupado quanto a não pertencer ao esquema, forte o suficiente em si mesmo.

A professora, meu Deus, a velha era mais jovem na foto do que Jörgen agora.

Ele colocou todas as caixas de papelão de volta no lugar e levou o anuário para cima. Iria olhar para as fotos até que elas não o assustassem mais.

Foi até a cozinha e ligou para seu amigo.

— Vamos tomar uma cerveja?

— Só uma? — perguntou Calle Collin.

— Duas, três. Quantas você quiser — disse Jörgen. — Desencavei alguns dos nossos velhos anuários. Vou levá-los comigo.

— Por que diabos?

6

Mike Zetterberg pegou a filha no clube de atividades extracurriculares às quatro e meia. Ela estava sentada a uma mesa no fundo da sala, absorta com uma velha caixa de mágica. Quando viu o pai, seu rosto se iluminou como não fazia desde que ela começara no maternal.

— Vem, papai.

Sanna estava sentada com um porta-ovo à sua frente. Um porta-ovo de três compartimentos com uma tampa de plástico. Mike percebeu que o prazer dela em vê-lo tinha alguma relação com se exibir para um público cativo.

— Oi, querida.

Ele a beijou na testa.

— Olha — ela disse, levantando o topo do porta-ovo. — Tem um ovo aqui.

— Estou vendo.

— E agora vou fazer ele desaparecer num passe de mágica.

— Será que você consegue? — perguntou Mike.

— Sim, olhe.

Sanna colocou a tampa de volta e moveu a mão em círculos, acima do porta-ovo.

— Abracadabra.

Então levantou a tampa e o ovo havia desaparecido.

— O quê? Como você fez isso?

— Papai! Você sabe.

— Não sei — disse Mike.

— Sabe sim, eu já mostrei pra você.

— Mostrou?

— Não é um ovo de verdade.

Sanna lhe mostrou a parte central, que estava vazia e escondida dentro da tampa do porta-ovo.

— Você sabia disso — disse Sanna.

Mike balançou a cabeça.

— Se eu sabia, então esqueci — assegurou.

— Não esqueceu não.

— Estou falando a verdade. Deve ser porque você é muito boa nisso.

Sanna já havia começado a colocar as coisas de volta na bandeja plástica dentro da caixa.

— Você gosta de mágica? — perguntou Mike.

Ela deu de ombros.

— Às vezes.

Então colocou a tampa colorida, gasta em um canto pelo uso frequente, de volta sobre a caixa.

— Você gostaria de ganhar uma caixa de mágica no seu aniversário?

— Falta muito?

Mike olhou para o relógio.

— Não em horas — disse Sanna.

— Quinze dias — Mike respondeu. — No relógio diz que dia é hoje.

— Mesmo?

Mike lhe mostrou.

— Os números no quadradinho mostram o dia. Hoje é 5 de maio, e o seu aniversário é no dia 20. Daqui a quinze dias.

Sanna internalizou a informação sem se deixar impressionar muito. Relógios não eram mais o símbolo de status que costumavam ser, pensou Mike.

Ele não era muito mais velho que sua filha quando ele e seus pais se mudaram de volta para a Suécia. Eles disseram que estavam voltando para casa, embora a única casa que Mike conhecera fora em Fresno, uma fornalha de cidade na região central da Califórnia, entre a cadeia Costeira e a serra Nevada. A temperatura se mantinha em torno de trinta a quarenta graus na maior parte do ano. Era quente demais para viver, e a maioria das pessoas pulava de casas com ar-condicionado para carros com ar-condicionado, com os quais se dirigiam a escolas e locais de trabalho com ar-condicionado.

Praticamente ninguém era bronzeado na Grande Sauna, como seus pais costumavam chamar o lugar, e Mike ficou chocado quando veio para Helsingborg, no verão de 1976, e viu todas aquelas pessoas morenas se divertindo na água, apesar de o ar estar frio, mal chegando aos vinte e cinco graus.

Os pais de Mike falavam sueco com ele desde pequeno, de modo que ele não tivera problemas com a língua, exceto pelo fato de que as pessoas frequentemente diziam que ele soava como um americano. Elas achavam que ele falava cantado. Mike ficara horrorizado de ter que voltar para a Suécia e depois ter o jeito como falava corrigido o tempo inteiro.

As crianças da sua idade que ele encontrara na praia no primeiro entardecer tinham uma opinião diferente. Elas achavam que ele soava como Columbo e McCloud, os detetives da série de TV. E Mike reconhecera no mesmo instante que isso não era nada mau.

Tendo notado o garoto vestido de maneira estranha e exagerada perambulando por ali, as outras crianças haviam finalmente se aproximado dele e perguntado se ele queria jogar futebol. Meia hora mais tarde, quando ele jogara o suficiente para começar a suar e tirar o pulôver pesado, seus novos amigos descobriram o relógio de Mike, que não tinha ponteiros, mas mostrava as horas em números quadrados.

O espanto foi extraordinário. A parte mais incrível era que o mesmo botão acumulava várias funções. Se você o pressionasse uma vez, ele fazia uma coisa, se o pressionasse duas vezes, ele fazia outra. Mesmo sendo o mesmo botão. Ninguém entendia como ele funcionava.

— O que você acha? — ele disse para a filha, trinta anos mais tarde. — Pronta?

Sanna fez que sim.

* * *

Ylva Zetterberg estava consciente.

Ela estava deitada no banco traseiro e via o mundo passar na forma de copas de árvores e telhados familiares. Reconhecia a geografia dos movimentos do carro, sabia o tempo inteiro onde estavam.

Ela estava quase em casa quando o carro reduziu a velocidade para dar passagem a outro veículo e então dobrou no acesso de cascalho na frente da casa recém-reformada. A mulher abriu a porta da garagem com o controle remoto e entrou com o carro. Esperou até que a porta se fechasse atrás deles antes de sair e abrir a porta traseira. Com o marido, conduziu Ylva escada abaixo até o porão sem dizer uma única palavra.

O homem e a mulher deitaram Ylva em uma cama e a prenderam à armação com uma algema.

O homem então pegou um controle remoto e o apontou para uma TV afixada logo abaixo do teto.

— Você gosta de assistir — disse ele, e ligou o aparelho.

7

recisamos passar no supermercado para comprar algumas coisas — disse Mike.

— Posso ir na frente?

Sanna olhou para o pai cheia de esperança.

— É claro — disse ele. — Para que lado devemos ir? — perguntou, assim que ajudou a filha a colocar o cinto de segurança.

— Pela água — decidiu Sanna.

— Pela água — repetiu Mike, e anuiu para si mesmo como que enfatizando uma escolha inteligente.

Ele desceu a Sundsliden, reduzindo para a segunda marcha na parte mais íngreme. A água se estendia despudoradamente diante deles, como se estivesse se exibindo. O espaço era mais aberto agora que nos tempos de criança de Mike, embora houvesse mais casas. À medida que o preço dos imóveis subiu, a vista em si se tornou um trunfo e as árvores foram cortadas. Casas aconchegantes, construídas como proteção contra o vento e as intempéries, foram substituídas por aquários projetados para ostentar riqueza.

— Em breve poderemos nadar de novo — comentou Mike.

— Está quente?

— Na água? Não sei, talvez quinze ou dezesseis graus.

— Dá pra nadar então, não dá?

— Com certeza — disse Mike —, mas vai estar um pouco frio.

Ele virou à esquerda ao passar pela casa que costumava chamar de Táxi do Johansson quando criança. O proprietário do único táxi da cidade — um Mercedes preto com um bom tempo de uso sob o capô — vivera naquela casa e levara as crianças em idade escolar para o dentista, em Kattarp, todos os anos. Outra pessoa morava lá agora, e não havia muitos que se lembrassem do Táxi do Johansson, embora ainda houvesse uma placa velha que dizia TÁXI na garagem.

Muito havia mudado desde que Mike voltara dos Estados Unidos. As mulheres não tomavam mais sol de topless, e havia uma variedade decente de canais de TV financiados pela propaganda. Carros desnecessariamente grandes tinham aparecido, e não era mais vergonha nenhuma usar jeans que não fossem 501 da Levi's.

Assim que eles voltaram dos Estados Unidos, sua mãe abriu uma loja de roupas em Kullagatan. Jeans e camisetas com UCLA e Berkeley escritos na frente. Quase todo mundo na turma de Mike comprava roupas ali. Seus amigos ganhavam um desconto.

O negócio estava indo bem, e seu pai tinha um emprego.

Já adulto, Mike se esforçava para lembrar em que ponto tudo começara a dar errado. Às vezes ele achava que sabia a resposta, mas tão logo tentava se concentrar e lembrar, algo mais lhe ocorria que havia sido tão decisivo quanto.

A morte de seu pai fora obviamente a principal causa. Ele batera contra a proteção lateral de uma ponte, na saída de Malmö, quando Mike tinha treze anos. Sua mãe sempre falava sobre isso como se tivesse sido um acidente infeliz e desnecessário.

Mike tinha dezessete anos quando percebeu que fora provavelmente um suicídio planejado. Ele ouvira isso em outros lugares. Quando perguntou à mãe, Mike compreendeu, pela resposta um tanto vaga, que fora mantido no escuro por quatro anos.

Ele ainda se lembrava do sentimento de alienação e vazio. Do isolamento absoluto. De não ter ninguém. Mike sentia um vazio no estômago e um gosto metálico na boca.

— É impossível saber com certeza — sua mãe disse. — Ele não deixou uma carta nem nada parecido. E parecia tão feliz.

De acordo com os especialistas, isso não era tão extraordinário. Como se uma chama se acendesse e desse à pessoa que havia decidido eliminar a própria vida um breve período de paz.

Mike aceitara a traição de sua mãe havia muito tempo, mas a compreensão de que estava basicamente sozinho e de que não podia confiar em ninguém ficou marcada para sempre em seu coração.

Isso soava um pouco estúpido, realmente. Nada havia acontecido com ele. E como as coisas estavam bem agora, não? Com uma esposa, uma filha e um emprego bem remunerado.

E, para ser honesto, Mike sentira a mudança muito antes da morte do pai. Quer dizer, não fora tanto uma mudança quanto um resvalar do bom para o ruim.

Uns dois anos depois de terem voltado para a Suécia, seu pai havia perdido o emprego. A loja de jeans, que antes havia sido um passatempo lucrativo de sua mãe, se tornara a única fonte de renda da família. E as coisas começaram a ir ladeira abaixo quando os clientes escolheram ir ao shopping center em Väla em vez de comprar roupas na cidade.

Ficou mais difícil acompanhar os vizinhos em uma parte chique da cidade onde um relógio sem ponteiros não era mais algo impressionante.

* * *

— Você consegue falar?

O homem deu um tapinha de leve no rosto de Ylva.

— Água — ela balbuciou.

— Dá sede mesmo — disse ele.

Ele tivera o cuidado de levar um copo de água consigo. Então o segurou junto aos lábios de Ylva e a deixou prová-la. Parte da água escorreu pelos cantos da boca, e Ylva tentou instintivamente levar uma mão algemada para secá-la.

— Você consegue beber sozinha — falou o homem.

Ele pegou uma chave e abriu a algema em torno da mão direita de Ylva. Ela recuou contra o encosto da cama até se sentar. Então pegou o copo e o bebeu de um gole.

— Mais? — perguntou o homem.

Ylva assentiu e estendeu o copo para ele, que foi até a pia e o encheu de novo. Havia uma espécie de cozinha, do tipo que tem em acampamentos, construções e dormitórios de estudantes. Duas placas de indução embutidas, uma pia e um balcão, e uma geladeira embaixo. Talvez chamassem aquilo de quitinete, ela pensou. Mas não tinha certeza. Tampouco tinha certeza de por que estava pensando naquilo em primeiro lugar, dada a situação em que se encontrava.

O homem voltou, lhe passou o copo e foi até a TV.

— Por que estou aqui? — Ylva perguntou.

— Acho que você sabe.

Ela se virou e tentou tirar a mão esquerda da algema.

— O que você acha da imagem?

O homem apontou para a tela da TV.

— Não compreendo — disse Ylva.

— Um pouco granulada, mas está no zoom máximo. Talvez você não aprecie agora, mas espere alguns dias, uma semana. Então vai ser diferente. Aposto que você vai acertar seu relógio por ela. Apenas sentada aqui, olhando, sem poder fazer nada. Mas isso não é problema para você, certo? Quero dizer, ficar olhando e não fazer nada.

Ylva olhou para ele sem se mexer.

— Do que você está falando?

O homem a golpeou no rosto com o dorso da mão. De repente e sem aviso. A face de Ylva queimou, mas o que a fez arquejar foi mais a surpresa com a violência do que a dor.

— Não se faça de desentendida — disse o homem. — Nós sabemos exatamente o que aconteceu. Morgan nos contou. Confessou no leito de morte. Com todos os detalhes. Nós nos culpamos até aquele dia. E na realidade foi a sua turma. O tempo inteiro foram vocês.

Ylva estava tremendo. Seus olhos estavam quentes, e ela piscava furiosamente. Seu lábio inferior estremecia.

— Você acha que isso não me assombra? — disse ela, reunindo forças. — Não passa um dia sem que eu...

— Isso assombra você?

A mulher entrara no recinto.

— Assombra... *você*? — ela repetiu, enquanto caminhava até a cama encarando Ylva, que imediatamente se encolheu.

Quando ela finalmente retornou o olhar, foi com olhos suplicantes.

— Se eu pudesse mudar uma coisa na minha vida — tentou —, só uma...

— O Morgan tinha só mais alguns dias de vida — falou o homem. — Isso me deixou furioso. Que ele tenha se livrado dessa tão fácil. Acho que você leu sobre o Anders, não leu?

Ylva não compreendeu.

— O assassinato do martelo na Fjällgatan — disse o homem. — Não? Bem, acho que é fácil exagerar a própria importância quando você é parte de algo. Mas tem até um rótulo próprio: "o assassinato do martelo". Os jornais se esbaldaram.

* * *

Mike e Ylva haviam se conhecido no trabalho. Naturalmente. É no trabalho que em geral as pessoas se conhecem, sóbrias e com uma função a cumprir. Mike tinha começado havia pouco na companhia farmacêutica em Estocolmo. Ylva trabalhava no departamento de marketing e fora designada para entrevistá-lo para a revista interna da empresa.

Nenhum dos dois se apaixonou perdidamente, mas se sentiram atraídos um pelo outro e se divertiam juntos. A infância de Mike fora feliz se comparada à de Ylva. Diferentemente dele, ela nunca havia conhecido o pai biológico, e a mãe era usuária inveterada de drogas. Aos seis anos, ela foi adotada e, após alguns anos muito tumultuados na adolescência, decidiu sair de casa. Desde então, não fizera mais contato com eles.

Mike queria explorar o arquipélago de Estocolmo, do qual seu pai sempre falara com entusiasmo, então comprou um veleiro de seis metros, onde eles passaram os três verões seguintes. Ele lia as cartas de navegação, ela segurava o leme, e eles fizeram sexo em cada enseada entre Furusund e Nynäshamn.

Quando Ylva ficou grávida, prometeram um ao outro que, não importava o que viesse a acontecer, as coisas continuariam exatamente como antes. Nada os deteria, certamente não uma criança pequena que eles poderiam levar consigo com facilidade.

Quando Sanna tinha seis meses, o barco já estava vendido e o dinheiro investido em um apartamento.

Um ano mais tarde, Mike recebeu a oferta de um emprego melhor em sua cidade natal e, para a alegria de sua mãe, se mudou para Skåne com a família.

Ter uma filha pequena significava mudança, uma transição significativa para uma nova fase na vida. Do transporte público para um carro, de noites em bares para jantares com amigos, de um colchão no chão para uma cama de casal e nenhum tempo para se deitar nela. Os filmes pornôs de que eles tanto gostavam haviam sido eliminados depois que Ylva, meio dormindo, ajudou Sanna, então com três anos, a colocar um DVD e, em vez de desenhos animados do Gummy Bear, elas acabaram no meio de um boquete.

Ylva avançara aos tropeços e desligara a TV.

— O que foi aquilo? — ela perguntara envergonhada.

— Sorvete! — sugerira Sanna, numa associação óbvia.

Era outra vida, muito diferente dos verões no barco a vela. Mas era uma vida boa.

8

ão, não, não, foi o Morgan que morreu — disse Jörgen Petersson. — Eu lembro porque fiquei com vergonha da minha alegria quando li a notícia. Câncer de pâncreas, morreu em poucos meses.

Calle Collin anuiu.

— É possível — falou —, mas o Anders também morreu.

— Como?

— Assassinado.

— Legal.

— Não, estou falando sério. O assassinato do martelo, na Fjällgatan. Os jornais só falavam disso. Era o Anders.

— O assassinato do martelo? — repetiu Jörgen, tentando buscar na memória.

Calle assentiu.

— Nunca ouvi nada a respeito — disse Jörgen. — Quando foi?

— Uns seis meses atrás.

— Você quer dizer assassinado, tipo morto de propósito?

— É.

— Por quem?

Calle deu de ombros.

— Acho que o caso não foi solucionado.

— Por que você não disse nada?

— Não sabia que era ele até uns dias atrás.

— Foi uma briga ou algo assim?

— Não faço ideia.

Jörgen ficou em silêncio por um momento.

— Meu Deus.

— É isso aí.

Jörgen expirou longamente.

— Não posso dizer que sinto pena dele.

Calle desviou o rosto e ergueu uma mão para o amigo.

— Você está exagerando.

Jörgen tomou um gole de cerveja e recolocou o copo na mesa.

— Talvez — disse. — Mas você tem de admitir que isso não poderia ter acontecido com alguém mais canalha.

— Você não sabe — retrucou Calle. — As pessoas mudam.

— Mudam mesmo?

Calle não respondeu. Jörgen olhou para a foto da turma e anuiu para si mesmo.

— Morgan e Anders, mortos — disse. — Então só restam Johan e Ylva. A Gangue dos Quatro reduzida a uma dupla dinâmica.

— A Gangue dos Quatro? — Calle riu com desdém. — O Johan mora na África.

— Na África? — exclamou Jörgen. — O que ele está fazendo lá?

— Como eu vou saber, porra? O que os ocidentais fazem no Terceiro Mundo? Deve estar perambulando por lá, vestindo roupas esquisitas e bêbado a maior parte do tempo.

— Que nem no arquipélago — disse Jörgen. — O que ele faz da vida?

Calle se recostou na cadeira.

— Sei lá. Não vejo o cara há vinte anos. Mas por que essa obsessão? Você realmente ainda pensa neles? Seus velhos algozes.

Jörgen não parecia feliz.

— Quando abri o anuário, foi como voltar no tempo — disse.

— Você queria esfregar o histórico do seu banco na cara deles?

— Pelo menos um extrato do caixa eletrônico. Pensei que podia acontecer de estar na frente deles na fila e deixar o saldo na máquina. O que você acha?

Calle Collin balançou a cabeça e sorriu.

— Você compreende a extensão da sua doença?

— Todo mundo é convidado para festas e reuniões da turma o tempo inteiro, menos a gente — disse Jörgen.

— E eu sou realmente grato por isso — retrucou Calle. — E você também devia ser. Você não viu o filme O *reencontro*? É a mesma merda de novo, todo mundo voltando para seus velhos papéis. Não importa se você andou preso ou ganhou seu primeiro bilhão.

— Achei que isso era feito automaticamente, com algum tipo de banco de dados — comentou Jörgen, numa voz distante.

— O quê? — perguntou Calle, sem nenhum interesse de verdade.

— Os convites — respondeu Jörgen —, para as reuniões de turma.

Calle suspirou alto, terminou sua cerveja e apontou para o copo pela metade de Jörgen. Ele assentiu. Calle se levantou e foi até o bar. Jörgen pegou o anuário e estudou a foto da turma novamente. Eles eram tão jovens na foto. Mas ele ainda queria responsabilizá-los, cada um deles, por toda a merda pela qual o tinham feito passar. Aos olhos de Jörgen, não havia limite de tempo. Mesmo que muitos tivessem sofrido mais.

Calle colocou as duas cervejas na mesa e se sentou.

— Você está completamente obcecado — disse. — Por quê?

— Eu não sei.

— Você não tem coisas mais importantes para pensar?

Jörgen deu de ombros.

— Não é isso, é só que...

— Só o quê?

— Sei lá. Seria legal saber o que aconteceu com todos eles.

— Porque você está por cima agora? — perguntou Calle.

— Não, de forma alguma.

Jörgen fingiu estar ofendido. Calle lhe lançou um olhar cínico.

— Bem, talvez — disse Jörgen, por fim. — Mas isso é tão estranho assim? Olhe para mim — e bateu no anuário com o dedo. — Eu não existo.

Calle estudou atentamente o amigo por um longo tempo. Ele não sorriu.

— O quê? — perguntou Jörgen.

— Não acho que isso seja muito bacana.

— O quê?

— O que você está fazendo — disse Calle. — Olhe para mim: solteiro, sem filhos, repórter de um semanário. Eu faço entrevistas melosas com celebridades televisivas decadentes e excêntricos de lugarejos, escrevo contos picantes sobre mulheres jovens no auge dos vinte e sete anos. Contos que são lidos por mulheres de setenta e dois. Os mesmos números, só que invertidos. Não tenho ambições, não tenho perspectivas. Meu único luxo na vida é um sorvete no verão, uma cerveja no bar e, às vezes, quando a vontade se impõe, uma ida ao cinema no meio da semana.

— E você ainda reclama? — disse Jörgen.

9

Violência sexual

Quase todas as mulheres que são forçadas a se prostituir testemunham a respeito de violência sexual e estupro por parte do cafetão. A violência é usada para estabelecer uma clara estrutura de poder, e o perpetrador efetivamente vence a resistência inicial da vítima. Qualquer um que tenha sido submetido a violência ou a ameaças de violência sabe quais são as consequências psicológicas a longo prazo. A violência é a expressão mais clara de poder.

A mulher soltou a algema que mantinha a mão esquerda de Ylva presa à cabeceira da cama. Ylva massageou o punho e recolheu as pernas.

O homem e a mulher pararam, um de cada lado da cama. Ylva não sabia para quem olhar.

— Escutem — ela tentou —, nós precisamos...

A mulher se inclinou para frente, fingindo interesse.

— Precisamos o quê?

— Conversar — disse Ylva, e se virou para o homem com olhos suplicantes.

Ele estava com a mão dentro da calça. O que ele estava fazendo?

Ylva olhou para a mulher, que estava sorrindo para ele.

— Sim, conversar, é claro. Você pode falar e nós podemos ouvir. Sentar aqui e ouvir o que você tem a dizer, tentar compreender. Com certeza essa é uma maneira de fazer isso.

O homem mexeu no pênis até ter uma ereção.

— Me dê suas mãos — a mulher disse para Ylva.

O homem abriu a calça e a tirou, depois a cueca. A ereção era visível por baixo da camisa.

— Suas mãos — a mulher repetiu.

Ylva se lançou para fora da cama, na direção da porta trancada. O homem rapidamente a alcançou. Ele a agarrou pelo braço, a girou e acertou seu rosto novamente com a mão aberta. Ele torceu o braço de Ylva atrás das costas dela e a empurrou para frente, na direção da cama.

Ylva chutava e gritava, o que parecia deixar o casal ainda mais determinado. A mulher abaixou o jeans de Ylva até os joelhos. O homem a jogou na cama. A mulher deu a volta até o outro lado e agarrou Ylva com violência pelo cabelo.

— Eu não fiz nada — chorou Ylva.

— Não — disse a mulher. — Você não fez.

Nesse momento, Ylva sentiu o homem se forçar para dentro dela.

Seus olhos arderam com a dor e sua visão ficou turva. Mas ainda assim pôde ver a mulher sorrindo para ela.

* * *

— Quando a mamãe vai voltar para casa?

— Eu não sei, meu amor. Ela disse que ia sair com algumas pessoas do trabalho.

— De novo?

— Ela não tinha certeza.

— Ela sempre está na rua.

— Não, meu amor, ela não está.

— Sempre, o tempo inteiro — disse Sanna, e saiu bruscamente para a sala de estar e a TV.

Ela parou no vão da porta e se virou.

— O que vai ter para jantar?

— Espaguete com carne moída.

— Com molho vermelho?

— Vermelho.

Por alguma razão, sua filha preferia a versão impostora com molho de tomate pronto à variante muito mais saborosa de Ylva.

Quando o prato fosse servido, mais tarde, Sanna tiraria com precisão cirúrgica quaisquer traços potencialmente letais de cebola e pimentão antes de comer. Fora isso, ela demonstrava extraordinário interesse em qualquer coisa que fosse colocada à mesa. Se havia algum motivo de reclamação, era o tempo que ela levava para comer. Um monge tibetano não poderia ser mais despreocupado com o tempo.

Mike olhou de relance para a rua e se perguntou se deveria ligar para Ylva, afinal. Saber se ela estava vindo para casa para jantar. Mas decidiu não ligar. Por razões táticas. Não por ser orgulhoso.

Um ano atrás, Ylva tivera um caso com um de seus clientes. Um dono de restaurante sem nada de extraordinário, exceto um sorriso ordinário que Ylva parecia não se cansar de ver.

Mike fizera um escândalo. Fora uma novela do início ao fim, ou pelo menos lembrara o episódio de uma. Ele era totalmente dependente da esposa e preferia que ela fosse infiel pelo resto da vida a ser forçado a viver sem ela.

E, no entanto, em momentos de fraqueza, o ódio era sua companhia. Ele se prendia a Mike e caminhava a seu lado, próximo demais, constantemente batendo em seu ombro, demandando atenção e energia.

Faça alguma coisa, a voz insistia. *Faça alguma coisa*.

Naqueles momentos, o mundo encolhia. Os céus forçavam para baixo e pairavam logo acima da cabeça de Mike, como o teto de um porão.

Ele lera em algum lugar que a pessoa que fora infiel muitas vezes se sentia ainda pior. Que tudo se resumia a autoafirmação e a desprezo por si mesma projetado no outro, toda aquela bobagem psicológica em que só eles acreditavam e que usavam para justificar tal comportamento.

Mike gostava do papel de vítima, até certo ponto. Não que ele quisesse que todo mundo soubesse que era um corno, mas, na privacidade da própria casa, houvera bastante autocomiseração e olhares acusadores.

No fim, ele foi longe demais e Ylva lhe deu um ultimato.

— As coisas são do jeito que são. Ou nós colocamos isso no passado e seguimos em frente...

Ela estava parada na pia descascando batatas quando disse isso. Então fez uma pausa, se virou com o descascador em uma mão e uma batata meio descascada na outra.

— Ou vamos precisar encontrar outra solução.

Mike nunca mais mencionou o nome do amante de novo.

* * *

A mulher puxou o cabelo de Ylva energicamente e forçou seu rosto para cima.

— Como ela é? — perguntou ao marido.

Ela não ergueu a voz, embora Ylva estivesse gritando, chorando e falando coisas sem nexo sobre o que havia acontecido.

A mulher não queria perder um segundo daquela humilhação, um castigo há muito esperado.

— Como enfiar o seu pinto em um balde de água quente? Ela deve ser larga, já passaram tantos por ali...

E puxou o cabelo dela.

— Então, você é? Larga?

Ylva estava chorando e seu nariz escorria. A cabeça balançava no ritmo das estocadas do homem. Seu rosto estava retorcido de dor.

— Acho que ela gosta — disse a mulher. — Ela parece estar gostando. Você vai ter que fazer de novo, querido.

Ylva implorou.

— Por favor.

A mulher se inclinou na direção dela.

— Eu não vou fazer nada — sussurrou. — Só vou olhar.

Os movimentos se aceleraram e então finalmente pararam. O homem se endireitou, ofegante, colocou a cueca e vestiu a calça.

A mulher soltou o cabelo de Ylva e se endireitou também. Ela caminhou na frente do marido e destrancou a porta. Deixou que ele passasse e o seguiu.

— Você devia agradecer que só tem um — disse ela, e fechou a porta.

10

Mike cozinhou o espaguete e fez o molho vermelho com carne moída. A receita sofisticada envolvia dourar a carne, acrescentar molho de tomate Barilla e mexer. A comida foi servida com ketchup e queijo parmesão. Sanna se serviu de Coca-Cola, já que era sexta-feira, e Mike, de uma taça de vinho tinto, porque estava com vontade.

— Como foi a escola hoje?

— Bem.

— O que você fez?

— Não sei, um monte de coisas.

Sanna colocou uma garfada na boca.

— Mas você gosta da escola, não gosta?

Ela fez que sim enquanto mastigava, cuidando para manter a boca fechada.

— Isso é bom — disse Mike. — Você diria se não estivesse feliz, não é?

Mal acabou de perguntar e se arrependeu. Era uma pergunta idiota. Ansiedade excessiva da parte dos pais que poderia terminar como uma profecia autorrealizada. Felizmente, os pensamentos de Sanna estavam em outro lugar. Pelo menos dessa vez, ela estava comendo rápido e se mexendo ansiosamente na cadeira.

— Terminei — anunciou e ficou de pé.

Ela colocou o prato na pia e voltou para a TV.

Mike arrumou a cozinha e foi atingido pela culpa dos pais em relação à TV. Então foi até a sala de estar e se sentou ao lado da filha no sofá. Era o DVD de um desenho animado que eles haviam comprado. Sanna já tinha visto o filme uma centena de vezes e o conhecia de cor e salteado. Por alguma razão, ela gostava de rever filmes. Como se seu maior prazer fosse saber o que ia acontecer.

— Essa parte é boa — disse antecipadamente, recostando-se em Mike.

E então riu de algo engraçado que ela sabia que estava por vir. Mike sorriu do luxo de poder se sentar ao lado da filha e assistir a um filme idiota que, de outra maneira, simplesmente passaria despercebido por ele.

— Vamos jogar? — perguntou Sanna, enquanto os créditos passavam.

— Claro.

Ela foi e voltou com uma pilha de produtos derivados de vários sucessos do cinema. As regras eram difíceis de compreender, e o valor de entretenimento, zero.

— Vamos construir uma torre em vez disso?

— Você sempre quer construir torres.

— Eu gosto de torres.

— Ah, tudo bem.

Sanna suspirou enquanto ia até as caixas de jogos e voltava com uma bandeja cheia de blocos de construção em vários formatos e tamanhos.

O objetivo era construir uma torre o mais alta possível. Cada um colocava um bloco por vez, e quem derrubasse a torre perdia. Mike era cuidadoso para perder de modo convincente. Ele não tinha paciência com pais que competiam com os filhos.

Isso foi motivo de discussão com alguns colegas Um deles se recusava a deixar os filhos ganharem. E era a coisa certa a ser feita, argumentava o colega, porque um de seus filhos havia sido selecionado recentemente para a equipe nacional júnior de handebol.

Mike não compreendia essa lógica. Com a melhor boa vontade do mundo, ele não conseguia entender o sentido de jogar handebol para a equipe nacional júnior.

Ele e Sanna fizeram torres com blocos de construção até a hora de ir para cama.

— Quando a mamãe vai chegar? — perguntou Sanna, enquanto se ajeitava debaixo da coberta acolchoada.

— Logo — disse Mike.

— Logo quando?

— Logo mesmo.

— Quero ficar acordada até ela chegar.

— Pena, mas não vai dar.

— Por quê?

— Porque eu não sei exatamente a que horas ela vai chegar. Quando você acordar amanhã de manhã, ela vai estar na cama, eu prometo. E você vai ter que fazer silêncio, porque a mamãe vai estar cansada, não é?

* * *

Ylva ainda estava deitada na cama. Ela não conseguia se levantar. Algumas horas atrás, ela havia desejado aos colegas de trabalho um bom fim de semana e descera a ladeira para pegar o ônibus para casa. O homem e a mulher estavam esperando por ela e lhe ofereceram carona. Ylva não pôde recusar. Você realmente não pode, não é?, quando vizinhos novos que se mudaram há pouco lhe oferecem carona.

Tudo havia sido planejado, inclusive o estupro. O porão em que ela estava havia sido construído especialmente para ela.

Ylva estava a apenas cem metros da própria casa, onde seu marido e sua filha esperavam por ela.

Ou talvez não. Ylva tinha mencionado que talvez saísse para tomar uma taça de vinho com os colegas depois do trabalho. Mike teria coragem de ligar? Provavelmente não. Ele não iria querer parecer fraco. Quando ele perceberia que algo estava errado?

Ylva rolou de lado com alguma dificuldade. O corpo estava dolorido, e era difícil se mexer. Ela precisou de toda a energia apenas para tentar, e ficou deitada ali, respirando com dificuldade.

A TV estava ligada.

Estava escuro na rua, as luzes dos postes brilhavam em uma espécie de halo branco que tornava o resto do quadro escuro e cinzento. Era difícil ver a silhueta da sua casa, mas Ylva viu que a luz no quarto de Sanna ainda estava acesa.

Quanto tempo levaria para Mike ligar para a polícia?

Será que a soltariam antes disso? Eles não podiam mantê-la ali. Podiam?

O pensamento era demais para ser assimilado. É claro que ela o denunciaria. Ylva denunciaria a ambos. O que havia acontecido vinte anos atrás não importava realmente.

Eles não conseguiam entender que aquilo a atormentava também? Não da mesma maneira, obviamente. Mas isso não tornava as coisas mais fáceis. De certa forma, as tornava piores. Eles não tinham o peso da culpa, nunca precisaram pensar no que poderiam ter feito.

Não se passara um dia sequer sem que Ylva tivesse culpado a si mesma. Ela passara por todos os estágios de negação e desprezo por si mesma, sem encontrar paz. Ylva simplesmente teria de conviver com isso.

Ela conseguiu se levantar da cama, caminhou tropegamente até a porta, girou a maçaneta e puxou. Estava trancada. Havia um olho mágico na porta. Ylva tentou olhar através dele, mas percebeu que fora instalado ao contrário. Para que eles pudessem olhar de fora para dentro.

Ela chutou a porta, mas apenas machucou o pé, então começou a bater com as mãos abertas, na esperança de que o som fosse ouvido do outro lado. Parou para ouvir passos, mas só escutou o próprio choro. Terminou batendo na porta histericamente e gritando o mais alto que podia.

Ylva não saberia dizer por quanto tempo fez isso, mas, quando finalmente virou de costas para a porta e despencou no chão, não conseguia sentir as mãos.

Chorou sem parar, até que olhou para cima e descobriu que o porão havia sido reformado como um apartamento conjugado.

Ela se apoiou com as mãos abertas no chão e se levantou com grande dificuldade. Foi até a pequena cozinha e abriu a geladeira. Estava vazia, exceto por meio tubo de queijo cremoso Primula.

Havia uma porta na parede oposta à cozinha. Ylva a abriu. Um banheiro com privada, chuveiro e pia. Nenhuma janela, apenas um exaustor, alto na parede.

Ela fechou a porta e olhou em volta. As paredes eram feitas de blocos de concreto rebocados. O quarto tinha no máximo uns vinte metros quadrados, apenas um cantinho do porão.

Ela se lembrou de todas as caixas de materiais de construção que haviam sido deixadas do lado de fora da casa, esperando pelos novos proprietários. Os poloneses, que falavam muito pouco sueco, haviam tentado responder às perguntas dos vizinhos curiosos.

O porão. Eles estavam fazendo algo no porão. Construindo um estúdio de música, eles achavam.

* * *

Quando ele terminou a história, Sanna ficou ali deitada, traçando o desenho do papel de parede com o dedo, como fazia normalmente.

Ela perguntara de novo quando sua mãe chegaria, e Mike se sentira quase culpado.

— Eu não sirvo? — ele disse isso como uma piada, mas, por trás das palavras, havia mágoa. — A mamãe vai voltar logo. Ela só saiu com alguns amigos. Os adultos também precisam se divertir com os amigos às vezes.

Mike achou que soou falso quando disse isso, mas Sanna não pareceu reagir.

Quinze minutos depois, ele acordou e viu que ela estava dormindo. Ele esperava que ela tivesse adormecido antes dele, mas tinha suas dúvidas. Cuidadosamente se levantou sobre um cotovelo. As molas da cama rangeram e gemeram sob seu peso, mas Sanna continuou dormindo.

Mike deixou a porta do quarto aberta. Ele se lembrava do sentimento de horror quando era criança e acordava na escuridão total, sem fazer a menor ideia de onde estava. Não queria que Sanna passasse pela mesma coisa.

Ele desceu até a cozinha, abriu a geladeira e não encontrou nada tentador. Procurou nos armários e ficou contente ao descobrir um saco meio cheio de amendoins, atrás da caixa de cereal. Achou que os merecia, como um bravo pai solteiro por algumas horas, e se serviu de um uísque para acompanhá-los.

Mike levou os amendoins e a bebida para a sala de estar, ligou a TV e assistiu ao fim de um filme que já vira. Era melhor do que ele se lembrava e lhe deu uma pista de por que sua filha sempre queria ver o mesmo desenho.

Quando o filme terminou, ele passou pelos canais sem encontrar nada mais para assistir. Então desligou a TV. Não havia cortinas na sala de estar, e o brilho azul da televisão àquela hora da noite poderia ser mal interpretado.

Pegou o celular, mas não havia chamadas perdidas nem mensagens pedindo desculpas.

Não era justo que ela não tivesse feito contato. Afinal de contas, ela não havia dado certeza de que sairia à noite. Ela deveria ter ligado para dizer se voltaria para jantar ou não.

Por fim, Mike decidiu ligar para ela. Oficialmente para ter certeza de que estava tudo bem e para insistir que ela pegasse um táxi para voltar para casa. Um simples cuidado, ele se convenceu, e nada mais. Ele não estava ligando porque estava de algum modo preocupado que ela pudesse estar piscando para alguém, ou mordendo o lábio daquele jeito deliberadamente provocativo.

Mike repetiu para si mesmo exatamente o que iria dizer antes de pegar o telefone.

Só fiquei um pouco preocupado. Achei que você ia ligar para dizer se vinha jantar ou não. Não, não, ela dormiu faz tempo. Tivemos uma noite divertida, construindo torres. Sem problema algum. Vou para a cama agora. Você pode fazer silêncio quando chegar? Aí eu acordo cedo e vou à padaria pegar uns pãezinhos frescos. Divirta-se. E não esqueça de pegar um táxi para voltar para casa.

Mas, em vez de vários toques e então finalmente a voz de sua mulher, com música alta, risadas e gritos felizes ao fundo, a chamada foi direto para o correio de voz. Uma voz automatizada lhe informou o número para o qual ele havia ligado, e Mike se concentrou.

— Oi, sou eu — disse. — Seu marido. Só pensei em checar como você estava. Presumo que tenha saído com o pessoal do trabalho. Enfim, vou para a cama agora. Pegue um táxi para voltar, por favor. Eu tomei um drinque e não posso dirigir. A Sanna está dormindo. Grande abraço.

Ele desligou e imediatamente se arrependeu da mensagem. Não soou natural, e dizer "seu marido" pareceu inseguro, como se ele estivesse nervoso e dando uma indireta para ela, do tipo "não faça nada estúpido".

Mike ficou ali sentado, olhando para a imagem exibida na tela do celular. Era uma foto de Sanna e Ylva no cais de natação em Hamnplan, pingando água, sorrindo alegremente para a câmera, com o litoral dinamarquês ao fundo.

Oi sou eu. Seu marido .

11

Ylva se esforçou para se levantar, respirando com dificuldade, e tentou se concentrar. Eles puseram o carro na garagem, desceram com ela alguns degraus, que viravam noventa graus para a direita, a oeste, na direção do mar. Caminharam ao longo de um corredor, de dois a três metros de comprimento, e abriram portas duplas que davam para o quarto onde ela estava agora.

Ela comparou esse trajeto com a imagem mental da casa. Ylva nunca estivera dentro dela antes, apenas a vira de fora, mas sabia que a planta baixa era basicamente quadrada.

Ylva percebeu que eles haviam construído esse quarto mais ou menos no meio do porão, o mais distante possível das paredes externas. Os blocos de concreto que a separavam do restante do porão tinham mais de um metro de espessura. Talvez eles tivessem isolado as paredes ainda mais por trás dos blocos.

Eles haviam construído um estúdio de música, um quarto à prova de som, onde era possível fazer tanto barulho quanto quisesse sem que ninguém ouvisse nada do lado de fora. Então, não importava quanto ela gritasse, ninguém a ouviria.

Mas o quarto não podia ser completamente vedado. Tinha de haver uma abertura, algum tipo de ventilação. O ar podia entrar, é claro, pelas frestas e pelos pontos de junção nas portas e paredes, mas um exaustor ocuparia um lugar maior.

Ela atravessou rapidamente o quarto de novo, abriu as portas do armário da cozinha, inspecionou as paredes e o teto, se ajoelhou e olhou debaixo da cama.

Havia um respiro no banheiro e em um dos cantos do quarto. Ylva pegou a cadeira ao lado da cama e a colocou em posição. Subiu nela, colou a boca na abertura do respiro e gritou por ajuda. Espichando-se em um ângulo tão incômodo, teve câimbra no pescoço e achou difícil manter o equilíbrio. Quase caiu da cadeira duas vezes, mas conseguiu ficar de pé dobrando um pouco os joelhos. Gritou por ajuda, desesperada e aflita.

Ela não fazia ideia de quanto tempo havia se passado quando finalmente desistiu em lágrimas, desceu da cadeira e se atirou na cama. Olhou para a tela da TV. Os halos brancos em torno das luzes da rua estavam maiores, e as lâmpadas de sua casa haviam sido apagadas. Era tarde da noite.

Ylva se perguntou se Mike havia tentado ligar para ela. Não podia ter certeza. Talvez ele quisesse, mas tivesse lhe faltado coragem. Mike tinha medo de que ela ficasse irritada, de que ela pensasse que ele a estava controlando, cortando suas asas. Quantas vezes Ylva não prendera a respiração ao achar que ele a estava seguindo? Lisonjeiro e feliz em ajudar, mas também ansioso e com um pé atrás.

E, mesmo que ela nunca tivesse dito em voz alta, a frase ficava no ar e dizia tudo.

Você não pode me trancar em casa, Mike. Não vai funcionar.

* * *

Mike caiu no sono rapidamente, mas acordou pouco depois das duas. Viu que Ylva ainda não estava em casa, foi até o banheiro e então voltou para a cama. Ele não se dera ao trabalho de acender a luz do banheiro e se sentou na privada para mijar, tudo para aumentar suas chances de voltar a dormir, mas, tão logo estava debaixo das cobertas de novo, despertou completamente. O vinho tinto normalmente causava esse efeito nele: deixava-o entorpecido e sonolento em um primeiro momento, mas depois ele acordava com o coração aos pulos. A mente imediatamente engrenava e partia rumo a uma corrida cheia de desdobramentos e sustos ladeira abaixo. As associações eram inevitavelmente negativas e sombrias.

Onde quer que Ylva estivesse agora, ele podia ver a cena. Ela caindo de costas na cama, seguida por um amante decidido que a beijava apaixonadamente na boca e então descia os lábios pelo pescoço. A camisa sendo rasgada de modo selvagem, quase como a paródia de um filme, mas, para eles, uma cena natural e real.

As mãos ansiosas do amante de Ylva atraídas para sua boceta, a respiração dela entrecortada e um gemido meio sufocado enquanto ele a penetrava.

Mike abriu os olhos para tirar aquelas imagens da cabeça e substituí-las pelo que seus olhos podiam ver: a janela, o rádio-relógio, as roupas na cadeira, o guarda-roupa e o espelho. Tudo era real e existia no mundo real.

Ele acendeu o abajur na cabeceira e deixou os olhos se ajustarem à luz. Hora: 2h31. Não era tão tarde. Não mesmo.

Ylva tinha saído com suas colegas. Elas estavam bebendo vinho e conversando alto sobre o trabalho, sobre os colegas homens que por alguma razão exerciam cargos de chefia e se achavam os tais, sobre promoções e sobre serem preteridas. Ou estavam contando histórias sobre os maridos. O que havia de bom e de ruim neles. Para as que tinham problemas, não faltavam afagos e conselhos, e, depois de analisarem a questão de maneira aprofundada, vinham os costumeiros brindes e as afirmações excessivamente confiantes.

Tenho certeza absoluta...

E o que quer que venha após uma abertura como essa.

Não, eram os homens que tinham certeza absoluta. Homens sem voz. Homens em bares de velhos, com um trago barato à sua frente. O equivalente feminino provavelmente era *Bom, eu ainda acho que...*

Ylva e suas colegas logo voltariam para suas vidas com o coração mais leve, tendo desabafado os problemas ao longo da noite.

Mike se perguntou se falavam dele em seu papel de gerente. E, em caso positivo, o que seus funcionários diziam. Que ele era fraco? Provavelmente não, não no trabalho. Indeciso? Não. Que opiniões negativas eles teriam? Mike supôs frio, como um robô. Eles poderiam até chamá-lo de psicopata e dizer que ele não demonstrava empatia alguma. O que provavelmente estava errado, pensou Mike, pois um psicopata na realidade é sensível aos sinais à sua volta e faz questão de explorá-los. Mesmo se no fim ele decidir ignorá-los e fazer o que for necessário para conseguir o que quer.

Mike expulsou o pensamento da mente, sentindo-se quase afrontado e incomodado pelo interesse que imaginou que seus empregados teriam em sua vida.

Ele adormeceu de novo, seguro por saber que ganhava quase quatro vezes mais que Ylva e que a vida que eles levavam não seria possível sem a renda dele.

12

A *Gangue dos Quatro*, pensou Calle Collin e suspirou alto.

Jörgen Petersson tinha dinheiro demais, isso era óbvio. Dinheiro demais, tempo demais e muito pouco para fazer. Ylva seria o equivalente à velha viúva de Mao, era isso que ele imaginava?

Calle quase se irritou. Por que todos os malucos vinham até ele? Ele era um ímã de idiotas. Por acaso tinha um sinal em néon dizendo "tolerante" na testa? Era bonzinho demais? Será que eles achavam que, por ser homossexual, ele compreendia a dor de ser um excluído e assim recebia todo homem e seu cão de braços abertos?

Provavelmente a última hipótese. O preconceito positivo podia ser tão difícil de lidar quanto o negativo. Jörgen o havia chamado de "bicha de bom coração". E Calle perguntara o que isso fazia dele, uma maria purpurina?

A Gangue dos Quatro. Quão imbecil era aquilo?

O que Jörgen tinha na cabeça afinal?

Calle ainda estava deitado. Estava com dor de cabeça e cansado demais para se masturbar. Mas podia sentir a agitação do álcool em vias de deixar seu corpo. Bateu uma punheta do mesmo jeito. Para tapear a ressaca e a ansiedade e mudar seu estado de espírito. Calle gozou na barriga e saiu da cama com a mão sobre o esperma, para que não pingasse no chão. Apressou-se até o banheiro, limpou a barriga, deu uma mijada e voltou para a cama.

A Gangue dos Quatro. Como se eles fossem um grupo de dissidentes em hábitos de monge que falavam línguas estranhas e eram irmãos de sangue.

Eles não eram tão ruins. E, de qualquer maneira, a turma meio que se desintegrou ao longo do nono ano e formou novas alianças e constelações.

Típico de Jörgen lhes dar um nome. A Gangue dos Quatro.

Ele sempre dramatizara exageradamente as coisas quando garoto. Mas talvez este fosse o segredo do seu sucesso — que ele não tinha a atenção desviada pelos detalhes, que ainda podia ver a floresta apesar das árvores.

Esse foi o último pensamento que passou pela cabeça de Calle antes de ele cair alegremente no sono.

13

— Cadê a mamãe?

Mike abriu os olhos e piscou furiosamente. Sanna estava de pijama, parada ao lado da cama. Ele se virou e viu que o lado de Ylva continuava vazio e intocado. Ninguém havia dormido ali.

— Eu não sei, querida. Que horas são?

Ele estendeu o braço para pegar o relógio.

— Oito zero sete — Sanna leu no rádio-relógio, saltando sobre a cama. — A mamãe não voltou para casa?

— Não sei, pelo visto não. Talvez ela tenha dormido na casa de uma amiga. Talvez fosse tarde e ela não tenha conseguido pegar um táxi.

— Você não vai ligar para ela?

— Ainda não. Se elas ficaram acordadas até tarde, ela ainda vai estar dormindo.

— E se ela não estiver dormindo?

Que era precisamente o que Mike estava tentando evitar pensar, mas seu cérebro não estava nem aí para ele, e imagens rodavam diante de seus olhos: Ylva com as roupas de festa de ontem, vindo do ponto de ônibus, possivelmente descalça, segurando os sapatos de salto nas mãos. Ela para na frente da porta, olha por um segundo para baixo, um pouco envergonhada, antes de reunir coragem e dizer: *Mike, precisamos conversar.*

Era assim que ele imaginava a cena, embora ela não estivesse usando sapatos de salto ou um vestido sexy.

Mike se sentou.

— Ela está dormindo. Você está com fome?

Sanna fez que sim com movimentos amplos e exagerados enquanto saltava da cama.

— Sucrilhos!

— Tudo bem, Sucrilhos. Mas você precisa comer pão também.

Mike colocou a mesa do café e foi pegar o jornal, fazendo todas as coisas que se esperariam de um homem que não estivesse aterrorizado pelo pensamento de que sua esposa poderia tê-lo deixado. Ele ligou para ela repetidamente. O telefone estava desligado e caía direto no correio de voz. Mike deixou uma mensagem.

— Onde você está? Estou começando a ficar preocupado. A Sanna também. Por favor, ligue para a gente.

Da segunda vez:

— Por que merda seu celular está desligado? Que coisa imbecil de se fazer. Não que eu ligue a mínima para onde você está.

Café da manhã, lendo o jornal, conferindo os noticiários online, nada acelerava o tempo para as nove horas, quando Mike poderia ligar para alguém sem parecer desesperado. Nove em ponto talvez fosse desafiar a sorte, então ele decidiu terminar de ler um artigo que não havia conseguido finalizar da primeira vez.

Quando estava quase terminando, Sanna pediu que ele a ajudasse a encontrar um filme. Onze minutos depois das nove, eles haviam encontrado o filme e o colocado no aparelho, e Mike foi até a cozinha e ligou para Nour.

Nour era a amiga mais próxima de Ylva no trabalho. Mike a vira apenas uma vez, mas gostara dela de cara. Ela tinha olhos brilhantes e um sorriso que não parecia falso.

— Ela não voltou para casa? — perguntou Nour.

— Ela disse que ia sair com você — ele respondeu.

Nour ficou em silêncio por um momento, como se estivesse pensando no que deveria dizer, e então percebeu que não poderia mentir.

— Ela disse que ia para casa — falou, por fim. — Você tentou o celular dela?

— Está desligado.

Nour podia ouvir a suspeita na voz de Mike.

— Bom, então eu não faço ideia — disse, e mudou o rumo da conversa. — Espero que não tenha acontecido nada. Você tentou o hospital?

— Eles não teriam me ligado?

Nour concordou.

— Então, ela disse que estava indo para casa? — repetiu Mike, imediatamente se arrependendo de suas palavras, que soaram formais e acusadoras.

— Sim.

— Ela disse como?

— De ônibus, eu presumo. Nós estávamos na rua, e ela desceu a ladeira.

— Sozinha?

— É. Nós tentamos persuadi-la a vir conosco, mas ela disse que queria ir para casa.

— Ok. Bem, obrigado pela informação.

— Peça para ela me ligar quando aparecer — disse Nour.

— Pode deixar — respondeu Mike. — Manteremos contato. Até mais.

* * *

Ylva viu Mike pegar o jornal pela tela da TV. Viu o marido sair na calçada de roupão e recolher o jornal na caixa de correio, como se nada tivesse acontecido.

O que ele estava pensando? Que ela havia transado com alguém ou apagado no sofá de uma amiga?

Ele deve ter ligado e tentado descobrir.

Ela observou um movimento por trás da janela da sala de estar. Mike acabara de passar pela porta da frente, então só podia ser Sanna. A filha de Ylva estava tão próxima e, no entanto, ela não podia ir até ali.

Ylva se retorceu para fora da cama. O corpo doía e ela cheirava mal. Havia mijado na cama após ter sido estuprada. Simplesmente deitara ali e deixara a urina correr. Ela não tinha tomado banho, se recusara a tomar. Não queria usar nada daquela prisão onde estava sendo mantida. Isso significaria aceitar a situação, ceder. E, de qualquer maneira, ela precisaria ser examinada por um médico para que o estupro fosse comprovado.

Ela foi até a porta, fechou os punhos e a golpeou aos gritos.

O ruído que Ylva conseguiu criar era abafado, como se a porta fosse acolchoada do lado de fora. *Mesmo assim deve ser possível ouvir do outro lado*, ela pensou.

Uma arma. Ela precisava se defender.

Ylva revistou as gavetas da cozinha. Talheres de plástico, uma faca de manteiga, um cortador de queijo, algumas tábuas de madeira, um rolo de sacos plásticos. Nada de facas, talheres de metal, nem mesmo um abridor de latas. O armário sobre a pia estava vazio, exceto por um pacote de torradas e uma pilha de copos plásticos brancos.

Ela procurou no banheiro e encontrou toalhas de mão, sabonete, xampu, sabão em pó, uma escova de cabelo, lubrificante e uma lixa. Nada que pudesse ser usado. Voltou para o quarto e olhou em volta.

A cadeira.

Se ela conseguisse quebrá-la, uma das pernas poderia ser usada como arma. Ela poderia tentar golpeá-los quando entrassem.

Ylva segurou firme o espaldar da cadeira e a bateu contra a parede. Repetiu o gesto até que uma das pernas se quebrou, então ela a soltou do resto aos chutes.

Ela se sentou na cama com a perna da cadeira e olhou para ela. A extremidade quebrada estava afiada e cheia de dentes.

Uma arma.

* * *

Mike queria ligar para sua mãe. Ele queria ligar para a mãe e pedir que ela explicasse, de maneira que ele pudesse compreender. Ele havia tentado ser um bom marido, havia se esforçado todos os dias, mal pensara em outra coisa. Será que o problema era esse? O desejo excessivo de agradar?

Ele achara que havia conseguido melhorar nesse aspecto.

Ele era chato? Talvez fosse; na verdade, ele tinha certeza de que era. E, no entanto, eles haviam se divertido juntos, encontrado coisas para fazer.

Por que ela estava fazendo isso? Por que o estava tratando assim? Mas e se tivesse acontecido alguma coisa? Ele poderia ligar para o hospital, talvez, apenas para perguntar. Para ter certeza. Para se ocupar de algo.

Ele foi até a sala de estar e olhou para a filha. Ela estava absorta no que estava passando na tela. Algo animado, exagerado e rápido, com vozes ofegantes.

Mike voltou para a cozinha e fechou a porta em silêncio. Ligou para a telefonista e pediu-lhe que transferisse a ligação para o hospital. A mulher na central telefônica o passou para o setor de emergência, onde ele, um pouco tímido, explicou por que estava ligando, ao que lhe informaram que nenhuma Ylva Zetterberg havia sido admitida, aliás, nenhuma mulher da idade dela.

A mulher com quem Mike falou percebeu como ele estava tenso.

— Tenho certeza que ela vai voltar logo — disse para encorajá-lo. — Deve ter uma explicação perfeitamente razoável. Meu palpite é que dormiu na casa de uma amiga.

— É possível.

— Bem, ela certamente não sofreu nenhum acidente — repetiu a enfermeira —, senão nós saberíamos.

— Obrigado. Muito obrigado pela atenção.

— De nada. Tenha um bom dia.

Ele discou o número de Nour mais uma vez. Ela claramente não tivera problema algum em voltar a dormir após a primeira ligação de Mike.

— Sou eu de novo. Desculpe incomodá-la.

— Não tem problema — disse Nour, ainda meio dormindo. — Ela voltou?

— Eu liguei para o hospital. Ela não está lá.

— Ainda bem.

— É, mas estou ficando muito preocupado. Você sabe se ela pode ter saído com outras pessoas?

O silêncio foi um décimo de segundo longo demais.

— Ela disse que ia para casa.

— Nour, desculpe se eu estiver sendo direto demais, mas você deve saber que nós tivemos alguns problemas há mais ou menos um ano.

— Ela disse que ia para casa — Nour repetiu.

— Mas ela não está aqui, então obviamente não veio.

— Não.

— Não o quê?

— Ela não foi para casa — disse Nour.

— Você sabe onde ela está? — perguntou Mike. — Não precisa me contar nada. Só peço que você ligue para ela e peça que ela entre em contato comigo. Ela só precisa me avisar que está bem.

— Olha, ela disse que ia para casa.

— Tudo bem, tudo bem.

— Eu juro que não sei de nada — exclamou Nour. — Que horas são?

— Quase dez.

— É cedo ainda. Ela vai voltar para casa. Talvez tenha encontrado alguns amigos na volta e tenha ficado com eles até tarde, então apagou no sofá de alguém, sabe como é. Tenho certeza que foi por um bom motivo.

— É — murmurou Mike.

— Bem, é claro que não aconteceu nada grave.

— Não.

— Porque senão ela estaria no hospital — assegurou Nour.

— Certo.

— Ela vai estar em casa em uma hora, eu prometo.

Mike não disse nada. Nour se perguntou se ele estava chorando.

— Hum, Mike... — ela disse o mais delicadamente possível.

— Eu não aguento isso — ele desabafou. — Não aguento.

— Mike, me escuta. Não imagine o pior, não há razão para isso. Tenho certeza que foi só uma noite longa, então ela não quis ligar para você e te acordar, daí ela apagou e ainda deve estar dormindo... Ela não enviou nem uma mensagem?

— Não. — A voz dele era tão fraca que Nour mal podia ouvi-la. — O telefone dela está desligado — ele acrescentou com um soluço.

— Talvez a bateria tenha acabado — tentou Nour. — Tenho certeza que pode ter um milhão de motivos. Você quer que eu ligue para as pessoas e veja o que consigo descobrir?

— Por favor.

— Tudo bem, vou fazer isso. Não importa o que tenha acontecido, ela devia ter te avisado. E você não precisa se sentir mal. Está me ouvindo? Foi ela que errou, não você. Ok?

14

Fome

Mulheres particularmente desobedientes muitas vezes são deixadas passando fome. A falta de alimento reduz dramaticamente a capacidade de resistir. No fim, a mulher não tem mais forças para reagir, não importa o que façam com ela.

Ylva se sentou na cama e olhou fixamente para a tela. Holst passou dirigindo sua velha perua Volvo, belissimamente conservada. Havia certo status em comprar um carro novo apenas a cada vinte anos e dirigi-lo até o fim. Isso demonstrava estabilidade, dinheiro de família e um desprezo saudável por manter as aparências.

Duas estudantes, uns dois anos mais velhas que Sanna, passaram de bicicleta no meio da rua. Elas ficaram de pé nos pedais, descansaram um pouco, então seguiam em frente.

Gunnarsson passou caminhando a passos rápidos com seu cão branco em uma coleira.

A pequena e respeitável vizinhança acordava para a vida. Tudo estava como sempre. Não havia atividade evidente dentro ou fora da casa de Ylva.

Ela olhou fixamente para a tela, paralisada, sua única janela para o mundo lá fora.

A câmera havia sido colocada no segundo andar da casa, apontada para baixo, na direção da casa de Ylva e Mike. O ângulo mostrava a rua, a área gramada entre a Gröntevägen e a Sundsliden, onde as crianças tinham o costume de jogar futebol e beisebol, e o começo da Bäckavägen.

Por longos períodos, nada acontecia. Os ramos das árvores se moviam ao vento e nada mais. Então um carro ou um corredor poderiam passar. Mas na maior parte das vezes eram carros, provavelmente a caminho do supermercado para pegar o que fosse necessário para um perfeito café da manhã de fim de semana. Pãezinhos frescos, suco de laranja, queijo.

Ylva se sentia zonza. Ela não comia desde o almoço do dia anterior e quase não tomara água.

Foi até a cozinha, ainda segurando a perna dentada da cadeira, e bebeu água direto da pia. Precisou parar para respirar entre os goles. Depois pegou as torradas e o tubo de queijo, apertou-o generosamente e ficou ao lado da pia enquanto comia.

A comida lhe deu energia, que se espalhou pelo corpo. A visão turva desapareceu, e ela tentou se convencer de que era importante pensar com clareza. Não sentir, mas pensar.

Ela não sabia o que eles queriam ou haviam planejado. Eles pretendiam mantê-la ali? Como prisioneira no porão?

O pensamento tomou forma e fez sua cabeça girar de medo. Ylva precisava conversar com eles, descobrir mais, fazê-los cair em si. Eles não haviam conseguido o que queriam ao estuprá-la? Olho por olho, dente por dente. Por que ela ainda estava naquele quarto?

O porão... Eles haviam comprado a casa e feito o porão à prova de som. Tinham instalado uma minicozinha e um banheiro, feito um recinto dentro de outro.

Aquilo não era um impulso repentino, era um plano caro e bem executado.

Eles tinham a intenção de mantê-la trancada.

* * *

Nour suspirou alto. O que isso tinha a ver com ela? Absolutamente nada.

Era culpa da própria Ylva. Ela era tão carente, razão pela qual trepava por aí, e deveria se envergonhar disso.

E aquele chorão que não entendia nada. Ele não percebia que era motivo de piada?

Por que diabos Nour havia se oferecido para ligar para as pessoas? Para quem ela iria ligar? E qual o sentido daquilo?

Oi, é a Nour. A Ylva está por aí?

Não. Por que estaria?

O Mike ligou. Ela não voltou para casa ontem à noite.

Ops.

Então você não sabe de nada?

Não.

Todo mundo ficaria ligado na história como os intrometidos que eram, e a notícia logo se espalharia.

Parece que a Ylva não voltou para casa na noite passada. Mesmo? Onde será que ela dormiu? Hehe.

Nour estava de mãos atadas. Não havia nada que pudesse fazer. Não importava como olhasse para a questão, o resultado simplesmente piorava as coisas, e era Mike quem saía perdendo.

E, de qualquer maneira, Ylva estaria logo em casa, envergonhada e suplicante.

Nunca mais. Eu prometo.

Nour se sentou na cama, se deixou cair para trás e encarou o teto.

— Ylva, Ylva, Ylva, Ylva... — murmurou para si mesma.

A maioria das mulheres bonitas não busca atenção, certamente não de homens inferiores na escala social, sexual ou financeira. Já Ylva nunca parecia receber atenção suficiente. Se houvesse um homem no recinto, ela ficava de olho nele. O fato de que isso tornava impossível que outras mulheres fossem amigas dela não a abalava nem um pouco.

Como ocorria muitas vezes nos flertes, a atração era um jogo, não uma coisa real. E, na maioria das vezes, não passava de uma paquera e algumas carícias. O único homem que Nour sabia com certeza que tinha ido para a cama com Ylva era Bill Åkerman.

Nour não sabia muito sobre ele, exceto que havia desperdiçado todo o dinheiro que sua rica mãe havia investido em seus projetos idiotas. Foi só quando a mãe morreu que Bill, contra todas as expectativas, conseguiu abrir e tocar em frente um restaurante de luxo.

Nour tinha quase certeza de que Ylva estava com ele.

15

Mike tirou a mesa do café da manhã e foi tomar uma ducha. Ele fechou os olhos e deixou a água quente correr sobre o rosto. O som do chuveiro bloqueou o resto do mundo e fez com que ele percebesse que não podia continuar vivendo daquele jeito.

Ele contemplou o divórcio, imaginou que levaria todo o processo com extrema generosidade para evitar quaisquer problemas com a custódia. Pensou que poderia arranjar um apartamento com uma sacada do lado norte, com a água se estendendo lá embaixo. Um acordo de visita a cada duas semanas? Tinha suas vantagens.

Imaginou um estilo de vida novo e mais saudável. Ele seria sociável, não ficaria mais sentado ali sem dizer nada, concordando e sorrindo.

Encontros pela internet? Havia muito mais peixes no mar.

Um ruído fora do banheiro fez com que ele desligasse imediatamente a água. Ele saiu e abriu a porta.

— Olá? — gritou.

Nenhuma resposta.

— Ylva?

Apenas o som distante do desenho animado de Sanna.

— Sanna!

— O quê?

— Alguém entrou?

— O quê?

— A mamãe voltou? — Mike gritou o máximo que pôde.

— Não.

— Parecia que alguém tinha entrado.

— Não.

— Tudo bem.

Mike se secou, se vestiu e desceu até onde Sanna estava, na sala de estar. Ele a observou enquanto ela tirava os olhos relutantemente da tela e o olhava com um ar de dúvida.

— Pensei em irmos até Väla — ele disse rapidamente.

Mike odiava o shopping center, especialmente aos sábados, mas estava agitado demais para ficar andando de um lado para o outro em casa, esperando pela rainha da festa.

— Agora?

— É, antes que fique muito cheio.

— Não podemos esperar a mamãe voltar?

— Não, vamos agora.

O controle remoto estava sobre a mesa, e ele o pegou.

— Vá se trocar.

— Então para o filme. Eu quero ver o resto quando a gente voltar.

Sanna saltou do sofá e correu para o quarto. Mike acessou o teletexto e foi passando as várias listas e chamadas. Nada interessante, concluiu, e desligou o aparelho.

Então foi até a cozinha, pegou um pedaço de papel da caixa de brinquedo de Sanna e escreveu ME LIGA. E o deixou no meio da mesa, para que ficasse bem visível.

* * *

Mike e Sanna saíram de casa.

Ylva se sentou na cama e encarou a tela. Viu o marido e a filha entrarem no carro e arrancarem.

Ela não conseguia ver tudo em detalhes, mas os movimentos eram familiares e não foi difícil para sua mente completar o que seus olhos não podiam ver. Os movimentos normais, vistos mil vezes antes, nada dramático. A porta da frente se abriu. Sanna correu para o carro. Ficou parada esperando ao lado da porta do passageiro, obviamente tendo recebido a promessa de que poderia se sentar ao lado de Mike. Ele trancou a porta da casa e desativou o alarme do carro. Eles entraram. Mike ajudou a colocar o cinto na filha e fechou a porta do carro. As lanternas traseiras vermelhas se acenderam. O carro deu marcha a ré e parou por um momento antes de acelerar para frente. À esquerda na Bäckavägen, então à esquerda de novo, subindo a Sundsliden.

Ylva sabia que não fazia sentido, mas mesmo assim gritou alto, desesperada, quando viu o capô do carro passar do lado de fora.

Eles tinham saído. O que isso significava? Quem Mike havia contatado? O que ele estava pensando?

Não era difícil imaginar o que ele estava pensando. Talvez não conseguisse ficar parado esperando. Ou estava levando Sanna para a casa da mãe dele como medida de precaução. De maneira que ela não estivesse em casa para presenciar a briga que ele achava que estava para acontecer.

Por que ele não ligou para a polícia? Ou havia ligado, e eles lhe disseram que esperasse?

Ela vai voltar para casa, espere e você vai ver.

O policial de plantão com quem ele tinha falado desligaria o telefone, faria uma expressão de enfado para o colega e se serviria de mais uma xícara de café.

Sanna havia saltitado para o carro como sempre. Ela não fazia ideia.

Era mais difícil adivinhar o que Mike estava sentindo. Um de seus traços mais característicos era o medo de perder o controle, mesmo que, no íntimo, ele fosse um chorão. Mike era muito mais vítima do seu gênero do que Ylva jamais fora.

Ele deveria ao menos ter ligado para o hospital. Ela teria feito isso. Até por razões táticas, como uma maneira de censurá-la depois.

Eu cheguei a ligar para o hospital.

Um mártir duplo. Preocupado e traído.

* * *

— Por que você fica olhando para o seu celular? — Sanna encarou o pai com um olhar acusador.

— Eu não fico — ele sorriu encabulado.

— Fica sim, o tempo todo.

— Só estou vendo se a mamãe ligou.

— Onde ela está?

— Não sei.

— Você não sabe onde ela está?

Sanna achou aquilo difícil de compreender, e Mike sentiu as lágrimas se formando nos olhos.

— Tudo o que eu sei é que ela está com as amigas dela. Pelo menos estava. Elas saíram juntas ontem. Provavelmente ficaram até tarde na rua, então ela dormiu na casa de uma delas.

— Mas ela não ligou?

— Olhe! — disse Mike, apontando para a direita.

Sanna se virou, e ele rapidamente secou o canto dos olhos.

— O quê? — a menina perguntou.

— O pássaro, o pássaro grande ali.

— Onde?

— Ah, voou...

— Eu não vi nenhum pássaro.

— Não viu? Era grande, talvez uma águia. Você já viu uma águia? Elas parecem portas voadoras. A mamãe vai voltar para casa logo. Tenho certeza que ela vai estar lá esperando a gente quando voltarmos de Väla.

— Ainda acho que ela podia ter ligado.

16

Não posso dizer que sinto pena dele.

As palavras de Jörgen ficaram gravadas na mente de Calle Collin. A pior parte era que elas foram espontâneas. Jörgen não as havia dito para ser maldoso, mas como uma reação instintiva à notícia de que Anders Egerbladh havia sido assassinado.

Calle procurou o crime do martelo na internet. Após navegar por meia hora, descobriu os fatos básicos. Anders Egerbladh, que todos os artigos diziam ter trinta e seis anos, havia sido espancado até a morte na Sista Styverns Trapp, uma escada de madeira que ligava a Fjällgatan e a Stigbergsgatan. A arma, um martelo, fora deixada na cena do crime, mas não tinha impressões digitais.

O assassinato foi descrito como bestial. O nível de violência indicava ódio intenso pela vítima, e a polícia estava trabalhando com a hipótese de que a vítima e o assassino se conheciam. Um buquê de flores havia sido encontrado na cena, o que levava a crer que o homem de trinta e seis anos estivesse a caminho de visitar uma mulher. Mais provavelmente, uma mulher casada.

Os melhores artigos foram escritos pelo repórter policial de um jornal vespertino no qual Calle Collin havia desperdiçado seis meses de sua vida profissional. Calle acreditava que o repórter sabia mais do que compartilhara com seus leitores. Ele não conhecia o jornalista pessoalmente, mas conhecia uma de suas editoras. Se ela intercedesse a seu favor, talvez ele conseguisse falar com o repórter.

Calle trabalhara temporariamente na seção feminina do jornal, em que todos os artigos se baseavam no primeiro mandamento do feminismo de Mary McCarthy: que não há diferença entre homens e mulheres, exceto que os homens são maus por natureza, e as mulheres, boas por natureza.

As manchetes e os vieses eram preconcebidos, e o trabalho editorial consistia simplesmente em reunir argumentos que apoiassem a alegação e eliminar qualquer coisa que pudesse se opor a ela. Sem o menor pudor, os jornalistas da seção censuravam qualquer um que tivesse a coragem de questionar suas maquinações em nome da causa.

O fato de que muitos daqueles perseguidos, cujas vidas e ações eram menosprezadas, na realidade eram bons exemplos de igualdade simplesmente não era levado em conta se eles chegassem a sequer insinuar, em uma nota que fosse, que talvez tivessem uma opinião diferente.

No fim, isso significava que questões essencialmente importantes eram muitas vezes ridicularizadas, e aqueles seis meses de trabalho no suplemento haviam instilado em Calle Collin uma desconfiança permanente do debate público. A única coisa positiva daquela época no jornal foi que ele havia conhecido uma das editoras, uma mulher sábia e de coração grande. Após seis meses, ao ver que Calle não aguentava mais, ela perguntara se ele não preferia ir para a seção de notícias.

— Se eu estivesse interessado em notícias, teria ido para um jornal de verdade — Calle respondera.

Por um longo tempo depois disso, ele fora citado muitas vezes pela equipe editorial. A maioria das pessoas ria e até concordava com ele, mas o editor de arte ficara furioso e jurara que, se dependesse dele, Calle nunca mais poria os pés ali de novo.

Calle pegou o telefone e ligou para a mulher sábia de coração grande.

17

Quanto mais feio o lugar, mais as pessoas se amontoavam nele. Os parques nacionais viviam desertos, mas cada shopping center revoltante do país transbordava de gente sem nenhum bom gosto, de olhos vazios e carteira cheia.

E nenhum lugar era pior ou mais repulsivo que o shopping center de Väla. No entanto, Mike ia lá pelo menos uma vez por semana. Pois era possível conseguir de tudo por lá, até estacionamento gratuito. Bastava carregar o carro e voltar para casa.

Ylva gostava de perambular pelas mesmas lojas todo santo fim de semana e, com um olhar atento, escolher os artigos novos da vasta gama oferecida. Mike, por outro lado, se apressava pelos inúmeros corredores internos, aterrorizado que o lixo grudasse nele.

Sanna ficava em algum lugar no meio disso. O pet shop era uma atração, assim como a banca de sorvetes e todas as pessoas.

A agitação, os sons e as impressões eram o ponto alto da semana para muitos.

Quando chegava em casa, Ylva colocava sobre a cama os achados que acabara de comprar, como se fossem produto de roubo ou um troféu, admirando a própria habilidade. Ela contava a Sanna o que havia comprado, por que e como as várias peças novas de roupa poderiam ser combinadas àquelas que ela já tinha.

Mike se perguntava se era algum tipo de treinamento, se era assim que novos consumidores eram gerados.

E agora ele certamente não tinha cabeça para perambular por ali e fingir que nada estava errado.

— Então, o que você acha, querida? McDonald's e depois casa?

— Mas a gente acabou de chegar.

— Você não está com fome?

— Não muito.

— Tudo bem, vamos dar uma volta pelas lojas e aí a gente come alguma coisa. Tudo bem?

Ylva ainda não tinha telefonado, e uma apreensão perturbadora estava começando a fazer companhia para sua raiva.

O pensamento de que algo poderia ter acontecido, de que havia uma razão legítima para que ela não tivesse ligado, era quase reconfortante. Ficar preocupado era mais fácil que ficar com medo.

Mas ele estava com medo, medo de ser abandonado e riscado da história.

Pelo menos como um consolador — ou, Deus me livre, como um enlutado —, Mike teria um papel a desempenhar.

* * *

Sanna mastigava lentamente e observava de olhos arregalados o mundo à sua volta, e ali isso significava famílias com sobrepeso, mesas sujas e funcionários estressados.

Mike tinha terminado de comer e estava mexendo nervosamente o pé debaixo da mesa.

— Está gostando?

Ele sorriu para a filha, fazendo o melhor para esconder o fato de que pagaria alegremente uma parte substancial de seu salário para deixar o local imediatamente. O McDonald's era a última parada. Eles tinham passado pelo pet shop, olhado os DVDs na livraria e procurado bijuterias na loja de acessórios.

Sanna fez que sim e deu uma mordida em uma batata frita. Tudo estava em marcha lenta. Mike havia terminado antes mesmo que a filha tivesse tirado o picles do hambúrguer.

— Se você se concentrar no hambúrguer, a gente pode levar as batatas para casa — ele disse, forçando um sorriso.

— Nós estamos com pressa?

— O quê? Hum, não. Não estamos com pressa.

Sanna mastigou pensativamente sua batata frita por imersão enquanto dois garotinhos na mesa ao lado brigavam pelos brinquedos que haviam ganhado com o lanche feliz.

Mike se resignou diante do fato de que tinha pelo menos mais meia hora de tortura pela frente.

Tirou o celular do bolso interno da jaqueta, conferiu a tela para ter certeza de que não havia perdido nenhuma ligação e tentou Ylva de novo. Direto para o correio de voz. Então desligou sem deixar mensagem. Depois discou para casa e deixou tocar umas seis vezes antes de encerrar a ligação.

Olhou para a filha e segurou o telefone no alto com a expressão exagerada de um pai.

— Preciso fazer uma ligação — disse. — Vou estar logo ali, olhando para você. Tudo bem?

— Você não pode ligar daqui? — perguntou Sanna.

— Tem uma pessoa com quem eu preciso falar.

— Mas você acabou de ligar para uma pessoa.

— Essa era outra pessoa. Eu não quero que tenha barulho no fundo. Não saia daqui, eu já volto.

Ele foi até a porta, acenou para a filha e digitou o número de Nour.

— Oi, é o Mike.

— Oi, ela ainda não apareceu?

— Não, ainda não. Pelo menos acho que não. Estou em Väla com a Sanna, mas deixei um bilhete pedindo para ela me ligar. E ela não ligou. O celular dela não atende, nem o telefone de casa. Você descobriu alguma coisa?

— Bom... eu... Não muito, mas vou continuar procurando. Aviso se ficar sabendo de algo.

— Tudo bem, obrigado. E, Nour, escute...

— Sim?

— Bom, se ela estiver... você sabe, se ela tiver feito alguma burrice, ainda assim quero notícias. Deste jeito não está legal. Estou ficando preocupado.

* * *

Nour ligou para o restaurante do ex-amante de Ylva. Tinha passado um pouco da uma hora, e ela deduziu que eles estariam abertos. Ela disse quem era e pediu para falar com Bill Åkerman. Por sorte ele estava lá, o que reduzia as chances de que tivesse passado a noite com Ylva ou soubesse onde ela estava, mas Nour queria ter certeza.

— Alô. — Sua voz era agressiva, bem como sua personalidade.

— Oi, meu nome é Nour. Eu trabalho com Ylva Zetterberg.

Bill esperou que ela terminasse e dissesse algo mais.

— Eu vi você algumas vezes — ela continuou. — Mas acho que você não sabe quem eu sou.

— Eu sei quem você é.

A voz dele era fria e objetiva, sem a menor insinuação de sedução ou intimidade. Mesmo assim Nour se sentiu lisonjeada de certa maneira. Ela se perguntou se o sucesso de Bill com as mulheres se devia simplesmente à sua inépcia social. Ou seria desinteresse? Bill não estava nem aí, o que gerava um espírito competitivo em mulheres que normalmente recebiam muita atenção.

— Desculpe ligar para você desse jeito, mas é meio urgente. A Ylva desapareceu. Ela não voltou para casa ontem à noite. O marido dela me ligou algumas vezes e me perguntou se eu sabia onde ela está.

— Não faço ideia.

— Então ela não está com você?

— Por que diabos estaria?

— Eu sei que vocês...

— Isso foi cem anos atrás. Algo mais?

— Não.

Bill desligou. Nour se sentou com o telefone na mão. Seu impulso imediato foi ir até o restaurante e pedir desculpas. Ela não se sentia bem, como uma velha bisbilhoteira correndo atrás de um escândalo.

Ylva ficaria furiosa quando descobrisse que Nour tinha ligado para Bill.

Nour estava envergonhada. Ela tinha se deixado levar pela ansiedade de Mike. Em vez de acalmá-lo, ela levara a histeria dele um passo adiante.

Mike sabia que sua esposa tivera um caso com Bill? Nour não tinha certeza.

Se Ylva não aparecesse logo, Mike ligaria de novo para saber com quem ela tinha falado. Nour não podia dizer que contatara apenas Bill. Ela tinha de ligar para mais algumas pessoas, para poder dizer que havia feito isso. Apesar de já saber que nenhuma delas teria a menor ideia de onde Ylva poderia estar. As ligações apenas reforçariam a imagem de Nour como uma fofoqueira histérica.

Nour sentiu a irritação crescer. Por que tinha de ser ela a limpar a barra de Ylva? Não fora ela quem saíra trepando por aí.

18

anna deixou as batatas fritas mais longas para o fim

— Olhe — ela disse, segurando uma à sua frente.

— Uau, essa é comprida mesmo — falou Mike.

Ele olhou rapidamente e então voltou a atenção para a estrada. Continuou pela pista na rotatória e entrou na autoestrada.

— Eu já comi mais compridas — disse Sanna, entediada. — Uma era supercomprida.

— Mais comprida que isso? — perguntou Mike.

— Muito mais. Duas vezes mais.

— Mesmo?

— Bom, acho que não duas vezes.

— Mas muito comprida?

— É.

Sanna enfiou a batata frita alegremente na boca.

Mike se perguntou se deveria ir até a cidade e pedir para sua mãe cuidar de Sanna por algumas horas. Isso o deixaria livre para fazer ligações e investigações, e pouparia Sanna de testemunhar a cena quando

Ylva finalmente decidisse aparecer. O problema seriam obviamente as perguntas e as acusações da mãe. Ela e Ylva se davam suficientemente bem, mas a cordialidade era tensa, e ele não queria perturbar o equilíbrio.

Mike provavelmente devia contatar a polícia. Não porque achasse necessário, mas porque Ylva merecia isso. A situação pareceria mais séria e reforçaria a ideia de que ele havia sido enganado. A alternativa — que ele suspeitava da infidelidade dela sem fazer nada a respeito — era pior.

Ele decidiu ir para casa. Era mais provável que Ylva estivesse esperando por eles lá.

Mike conseguiu se convencer disso e pegou a saída no sentido norte, em Berga.

* * *

A porta da frente ainda estava trancada e não havia sapatos novos na entrada. Mas Mike chamou do mesmo jeito:

— Olá?

Sanna olhou para ele.

— A mamãe ainda não chegou?

Mike balançou a cabeça.

— Onde ela está?

— Não sei.

— Você não sabe?

Mike não respondeu.

— Ela sumiu? — perguntou Sanna em tom de piada.

— Não, não, ela não sumiu — Mike retrucou, forçando um sorriso. — Ela está em algum lugar. Obviamente.

— Mas onde?

— Provavelmente com uma amiga. — Ele olhou para o relógio. Quinze para as duas. — Preciso fazer umas ligações — disse.

— Você faz ligações o tempo inteiro.

— Eu preciso. Você não quer ir brincar com um amigo?

— Com quem?

— Com a Klara, talvez.

— Ela não está em casa.

— E o Ivan?

— Eu quero esperar a mamãe.

— Vá assistir um filme então, por favor. Vou para lá assim que fizer minhas ligações.

Sanna suspirou e desapareceu.

Mike esperou até ouvir o som do filme, então ligou para Nour.

— Com quem você falou? — ele perguntou, quando ela explicou que ninguém sabia de nada.

— Pia e Helena — Nour disse. — Não sei quem mais contatar.

Mike criou coragem.

— Será que ela pode estar com aquele palhaço do restaurante? — e forçou uma risada, como se quisesse fazer piada da única pergunta de verdade, como se fosse algo impensável.

— Não — ela respondeu. — Eu liguei para ele também, só para ter certeza. Eles não se encontraram.

Mike se sentiu aliviado, mesmo sabendo que isso significava que sua esposa provavelmente estava sendo infiel com outra pessoa.

— A que horas ela foi embora ontem? — ele perguntou.

Nour respirou fundo e respondeu com um suspiro:

— Acho que eram umas seis e quinze, por aí.

— Então ela teria chegado às sete, se tivesse vindo direto para casa — calculou Mike.

— É, acho que sim.

— Ela desceu a ladeira?

— Ela disse que ia para casa.

— Acho que é melhor eu ligar para a polícia — disse Mike.

Nour achou que ele soava um pouco envergonhado, quase como se estivesse pedindo sua permissão. Ela não sabia o que dizer, e Mike cuidou ele mesmo de preencher o silêncio.

— Eu tinha um amigo em Estocolmo que mijou no palácio uma vez. Ele tinha ido ao Café Ópera e estava voltando torto pela Skeppsbron quando teve que dar uma mijada. O que ele fez, sem muito cuidado, na fonte. A polícia o manteve preso a noite toda, não deixaram nem ele ligar para casa. A namorada estava esperando por ele com um rolo de macarrão na mão, achando que ele tinha transado com outra pessoa.

A história era irrelevante e sua voz saiu forçada, como se ele estivesse tentando se convencer. Ele estava no limite.

— Quer dizer, pode ter sido algo assim.

Sim, Nour pensou, *se Ylva fosse homem e tivesse um palácio para mijar, talvez.*

— Com certeza — ela disse. — É claro que pode ter sido. Acho que é melhor você ligar para a polícia.

— Só para garantir — falou Mike.

19

Ylva olhou fixamente para a tela. Mike e Sanna estavam de volta, e o carro estava estacionado na frente da garagem. Seu amado, paciente e teimoso marido estava a apenas cem metros dali, se perguntando o que havia acontecido com ela. Ylva sentiu um desejo físico de estar ali.

Ela puxou todo o papel-toalha do rolo e o deixou cair em uma pilha no chão. Então pegou o rolo vazio e se posicionou na cama. Ao direcionar o som e os gritos através do tubo de papelão, ela esperava atrair a atenção de qualquer pessoa que passasse. Ela esperou em suspense, os olhos vidrados na tela da TV.

Quando o primeiro casal passou caminhando, Ylva gritou o mais alto que pôde. Infelizmente um carro passou naquele instante e abafou o pouco ruído que ela podia fazer. A próxima pessoa a passar foi um corredor, escutando música. Não valia o esforço. Então um casal de idosos que deu a impressão de que ia parar, o que fez com que Ylva gritasse ainda mais para que eles percebessem que algo estava errado. Eles realmente pararam e olharam para a casa. Ylva tinha certeza de que podiam ouvi-la, embora não conseguissem saber de onde o som estava vindo, mas eles não pareceram particularmente preocupados e, após um tempo, seguiram em frente, apesar de seus altos gritos de socorro.

É claro que eles não poderiam imaginar que o casal que se mudara recentemente para aquela casa havia trancado alguém no porão.

Ylva tentou ouvir em vez de gritar. Ela se sentou com o rolo de papelão colado ao ouvido e o pressionou contra o tubo de ventilação. Alguns carros passaram sem que o ruído do motor penetrasse o porão.

Quando finalmente Lennart, o marido patético de Virginia, passou silenciosamente em sua Harley Davidson — que não tinha silenciador —, ela percebeu que o porão estava isolado do resto do mundo, pelo menos em termos de som.

Era quase impossível compreender. Que alguém pudesse construir um cubo embaixo de uma casa, com ventilação tanto para dentro quanto para fora, além de água, sem que nenhum som conseguisse escapar dali.

Ylva tentou pensar de maneira construtiva. Ela não poderia chamar atenção gritando. Em vez de desperdiçar energia pensando nisso, precisava encontrar outra solução.

Se ela tivesse um isqueiro ou fósforos, poderia pôr fogo no papel-toalha e deixar que a fumaça escapasse pela ventilação e atraísse a atenção de alguém. A desvantagem é que ela se arriscaria a morrer queimada ou a inalar a fumaça, e, se o tubo de ventilação se conectasse com a coluna da chaminé, a fumaça não chamaria a atenção de ninguém, nem mesmo naquele momento, quando estava quente na rua. As pessoas presumiriam que o novo casal estava queimando lixo na lareira e não pensariam mais a respeito.

E era perfeitamente possível que a ventilação estivesse conectada à chaminé. Isso explicava por que seus gritos não podiam ser ouvidos.

O que mais então? *Fogo, ar... água.*

Havia água no banheiro. Ela vinha pelos canos e desaparecia ralo abaixo. E se ela mandasse algum tipo de mensagem à prova d'água pela descarga e alguém no departamento de esgoto notasse? Ela imaginou os absorventes, as camisinhas e o lixo em um lodo repulsivo de merda e papel higiênico. Ninguém se sentiria exatamente tentado a examiná-lo com mais atenção.

Papel. E se ela entupisse a privada de maneira que ela transbordasse? Então eles seriam forçados a abrir a porta.

Ylva ouviu um ruído do lado de fora. Uma chave sendo inserida na fechadura da porta de metal que a separava do mundo exterior.

Ela olhou em volta, pegou a perna quebrada da cadeira e a segurou à sua frente.

Ela estava preparada.

* * *

O policial que atendeu Mike ao telefone era calmo e compreensivo. Ele perguntou, sem causar constrangimentos, se Ylva tinha histórico de depressão, se já havia desaparecido antes, se Mike e Ylva tinham brigado ou discutido recentemente.

— Então, quando deixou as colegas um pouco depois das seis, ela disse que estava indo para casa? — ele perguntou, quando Mike terminou de falar.

— Sim.

— E ela disse para você que ia sair?

— Ela disse que talvez saísse, mas que não era certeza.

— E quando foi a última vez que vocês se falaram?

— Ontem de manhã, antes de ela ir para o trabalho.

— E o celular dela está desligado? — o policial sondou.

Mike sabia como a história soava. Ela tinha passado a noite com o amante. Tinha sido maravilhoso, e ela não queria quebrar o encanto, apenas para substituí-lo por louças quebradas e sentimentos de culpa.

— Tenho de ser franco — disse o policial. — Nós recebemos chamadas como essa quase todos os dias. E quase sempre a pessoa reaparece em vinte e quatro horas. Sua esposa desapareceu há vinte horas, então sugiro que, se ela não entrar em contato até a noite, você me ligue de novo. Estou aqui até as nove.

O policial lhe passou um número direto.

— Tem mais uma coisa — acrescentou. — Quando ela voltar para casa, vá com calma. Não faça nenhuma burrice.

— Não vou fazer — disse Mike, como um aluno obediente.

— Lembre-se de que amanhã é um novo dia.

— Sim.

Mike chegou a concordar com a cabeça, parado ali sozinho na cozinha.

— Muito bem — disse o policial. — Então espero não ter notícias suas mais tarde. Se cuida. Tchau.

Mike desligou o telefone e sentiu que fizera a coisa certa. Ele havia ligado para Nour, que então havia ligado para as amigas delas e para aquele dono de restaurante nojento. Ele havia contatado o hospital e agora a polícia. Não havia nada mais que pudesse fazer.

Mike foi até onde estava sua filha, na sala de estar. Ela ergueu o olhar para ele.

— Quando a mamãe vai vir para casa?

— Ela vai chegar logo. A qualquer minuto, eu acho.

— Você acha que ela comprou alguma coisa?

— O quê? Não, acho que não.

Mike se virou para olhar a TV e torceu para que Sanna fizesse o mesmo. Ele não gostava que ela ficasse olhando para ele quando ele estava pra baixo.

O sentimento que tomava conta de Mike agora era de culpa. Sua eficiência havia sido varrida por uma rajada de arrependimento. Ele havia corrido até a professora e contado histórias. Ele podia ver os olhos acusadores de Ylva.

Uma maldita noite. Ela não podia sair sozinha uma maldita noite e relaxar? Sem que ele ficasse histérico e se comportasse como um idiota?

— Quer construir uma torre?

— Lego — retrucou Sanna.

— Tá bom, Lego.

20

Violência/ameaça de violência

A violência e a ameaça de violência estão constantemente presentes na vida da vítima. A mulher que resiste é sujeita a violência. Nos casos em que ela se recusa a ceder, o abuso pode se tornar tão violento que pode levar à morte.

O homem sorriu quando abriu a porta e viu Ylva segurando a perna dentada da cadeira como uma arma à sua frente. Não era a reação que ela esperava obter.

— Me solta — disse ela.

Ela gostaria que sua voz parecesse mais forte. O homem fechou a porta.

— Eu disse ME SOLTA!

Agora ela soou desesperada. O homem não respondeu. A porta trancou com um clique, e Ylva o ameaçou com a perna da cadeira, golpeando o ar de um lado para o outro na direção dele.

— A chave, me dê a chave!

O homem segurou o chaveiro à sua frente. Ele estava achando difícil esconder seu divertimento.

— Jogue a chave no chão.

Ele fez o que Ylva mandou.

— Afaste-se.

Ela acenou com a perna da cadeira para ele.

— Na cozinha? — ele perguntou, apontando naquela direção.

Ylva percebeu que aquela não era uma boa ideia. Não havia distância suficiente até a porta.

— No banheiro — ordenou, e recuou para dar espaço para que ele passasse.

Ele anuiu e entrou.

— Feche a porta depois que entrar.

Ele obedeceu.

— Tranque — Ylva gritou.

Ele a trancou. Ylva olhou em volta à procura de algo para bloquear a porta, mas não havia nada, exceto a cadeira quebrada.

Ela se abaixou e pegou o chaveiro, sem largar a perna da cadeira. Com as mãos trêmulas, se atrapalhou para pegar a chave certa. Havia duas para escolher. Finalmente conseguiu inserir a primeira, mas não conseguiu virá-la. Então tirou a chave, deixou cair o chaveiro, se abaixou e o pegou de novo.

A segunda chave não entrava de jeito nenhum na fechadura. Ela tentou a primeira de novo. Bem quando tinha acabado de enfiá-la na fechadura, a porta do banheiro se abriu.

— Precisa de ajuda?

Ylva se virou, segurando a perna da cadeira à frente, com os braços estendidos.

O homem saiu do banheiro, colocou a mão no bolso e tirou uma única chave.

— Acho que você pegou as chaves erradas — disse ele.

— Me dê!

O homem deu um passou para trás e sorriu.

— Você vai ter que pegar.

Ylva avançou na direção dele. Ergueu os braços acima da cabeça e se lançou com tudo. Ele saltou agilmente para cima da cama.

— Isso é divertido — disse ele. — Como quando éramos crianças.

— Me deixe sair, seu canalha.

— É claro. Mas primeiro você tem que pegar a chave.

Ele a segurou à sua frente, provocando-a. Ylva subiu na cama, e o homem ficou onde estava.

— Me passe a chave.

— Vem pegar.

— Jogue no chão — ordenou Ylva. — Jogue a chave no chão agora.

— Vem pegar.

— Eu vou acertar você.

— Vamos lá, pegue a chave.

Ylva deu um golpe com a perna da cadeira, atingindo-o e cortando-lhe a mão. Ele olhou para a linha fina que estava se enchendo de sangue.

— Machucou — disse, levando o ferimento à boca e sugando o sangue.

— Vou acertar você de novo — gritou Ylva. — Ah, se vou. Vamos, me dê a chave. Agora!

O homem parou de sugar. O olhar antes divertido em seu rosto agora era de raiva.

— Tudo bem, chega.

Ele estendeu o braço para tentar pegar a perna da cadeira que Ylva segurava. Ela o golpeou de novo, mas o homem segurou o braço dela e bloqueou o movimento. Com a outra mão, arrancou a perna da cadeira do punho fechado de Ylva e a jogou num canto, então forçou o rosto dela para baixo, contra a cama.

— Vou ter que lhe ensinar a ter modos, sua vadia.

Ele montou sobre as coxas dela, tirou o jeans de Ylva sem abrir os botões e começou a dar palmadas em seu traseiro. Ele bateu nela até deixá-la vermelha, antes de baixar sua calcinha e enfiar a mão na vagina dela.

Ylva o ouviu desabotoando o próprio jeans.

* * *

Mike foi montando as peças de Lego ao longo das beiradas da placa de base. Sanna criticou seu trabalho.

— Você não vai pôr janelas?

— Não encontrei nenhuma.

— Você pode deixar pelo menos uma abertura. Não dá para se chatear quando se tem uma janela.

Mike olhou para sua filhinha crescida. Ela percebeu.

— É o que a professora diz — explicou. — É um ditado ou algo assim.

Típico daquela bruxa odiosa, Mike pensou. *Ela não tem vergonha de perguntar às crianças o que seus pais fazem ou que carro têm.* Mike tinha sua própria versão cínica do ditado que sua filha acabara de compartilhar com ele: *Uma vista feia é sempre feia, uma vista bonita é interessante apenas por dez minutos.*

Mas não era uma atitude diante da vida que ele quisesse transmitir para Sanna.

— Tem razão — ele disse e removeu alguns tijolos. — Se você tiver uma janela, nunca vai se chatear.

— E portas — completou Sanna. — Senão você não consegue entrar.

— Nem sair — disse Mike.

— Mas você tem que entrar primeiro.

— Certa de novo.

Mike olhou para o relógio. Quinze para as seis.

— A mamãe vai voltar logo? Estou com fome.

— Ela vai chegar a qualquer momento.

Sanna deu um longo suspiro.

— Podemos pegar uma pizza — sugeriu Mike, e imediatamente sentiu uma pontada de remorso.

Hambúrguer e pizza no mesmo dia, ambos tão bons quanto um bolo em termos de nutrição. Mike não estava nem aí, do jeito que as coisas iam. Não era um dia como outro qualquer.

Ele se levantou. Seu corpo estava duro. Ele não sabia se era porque estava tenso ou porque havia passado uma hora e meia no chão brincando de Lego.

Foi até a cozinha. O cardápio da pizzaria estava preso na geladeira com um ímã, um último recurso em dias ruins, quando faltavam imaginação e vontade.

— Presunto e queijo?

— O de sempre.

Mike ligou e fez o pedido.

— Se a gente for agora, podemos comprar uns doces.

Sanna se levantou com a ajuda das mãos.

— Podemos pegar um filme também?

— Se for rápido. Seria uma pena a pizza esfriar.

Mike disse isso para não correr riscos. Sanna escolhia seus filmes como se a paz mundial dependesse disso. Mesmo assim, nove em cada dez vezes, era um filme que ela já tinha visto. O conforto da familiaridade.

21

Depreciação

As vítimas são bombardeadas de comentários negativos e convencidas a acreditar que não têm valor. A mulher é desprezada e denegrida, chamada de nojenta, prostituta e que seu corpo só serve para uma coisa. Por meio do abuso físico e verbal, a vítima é roubada do direito a seus próprios pensamentos e a seu próprio corpo.

— Duas vezes em menos de vinte e quatro horas. Somos praticamente um casal.

Ylva chorava baixinho, deitada de lado, com o rosto colado nas cobertas, olhando fixamente para a parede.

— E você estava molhadinha.

Ele se colocou de pé e abotoou a calça.

— Eu não vi seus peitos ainda.

E deu um tapinha na panturrilha dela.

— Vire, quero ver seus peitos.

Ylva ficou onde estava e não se mexeu. O homem apoiou um joelho na cama, agarrou o quadril dela e a virou.

— Seus peitos. Não torne as coisas mais difíceis para você. Você acha que eu nunca vi peitos?

Ylva levantou a camiseta e virou o rosto.

— Sente para que eu possa ver. Todos os peitos são achatados quando a mulher está deitada.

Ele a aprumou sentada e deu um passo para trás.

— Tire a camiseta. O sutiã também, não estou brincando.

Ele olhou da esquerda para a direita e vice-versa, com a expressão de um negociante de cavalos desapontado.

— Você é magra demais — disse por fim. — Todas as mulheres por essas bandas são. Precisa ganhar um pouco de peso. Pode ser difícil no começo, com todo o estresse, mas logo você se acostuma.

Ele se sentou na cama.

— Deixe eu adivinhar o que você está pensando. Está tentando imaginar um jeito de sair daqui, pensando como é injusto você estar presa aqui contra a sua vontade. Você fica olhando para a tela, esperando que algo aconteça, algum evento dramático que termine na sua soltura. É natural. E, acredite — ele continuou —, não quero interferir nos seus sonhos e fantasias. Mas, quanto antes você aceitar sua situação, mais fácil será.

Ele colocou o dedo debaixo do queixo dela e levantou sua cabeça. Ela encontrou o olhar dele, sem devolver o sorriso.

— Você é doente — ela disse.

O homem deu de ombros.

— Se você conseguisse escapar, o que eu realmente duvido, eu estaria nas manchetes dos jornais durante semanas, é claro que estaria. Mas, veja bem, quando você passa por tragédias e perdas, a vida muda. Coisas que um dia foram importantes se tornam sem sentido, e o que antes você considerava bobagem de repente se torna uma obsessão.

Ele bateu de leve no braço dela e se levantou.

— Você vai ficar agradecida pelas pequenas coisas. Talvez seja difícil imaginar agora, mas eu lhe prometo, você vai chegar lá. E vamos fazer essa jornada juntos.

* * *

Eles comeram a pizza direto da caixa.

— Não esqueça do tomate — Mike implicou.

— Eu não gosto de tomate na pizza — reclamou Sanna.

Mike deixou quieto. Ele havia tentado um sedutor *Leite?* enquanto colocava a mesa, mas capitulou diante da resposta muito clara: *É sábado.*

Mike havia cortado a pizza de Sanna em pedaços menores, e ela comia enquanto olhava para a capa do DVD de *Operação cupido*, um filme sobre duas irmãs gêmeas que cresceram sem saber uma da outra, uma com a mãe na Inglaterra e a outra com o pai nos Estados Unidos. Após se conhecerem em um acampamento de verão, elas trocam de lugar. Quando o pai decide se casar com uma mulher interesseira, as gêmeas decidem estragar os planos dele.

O melhor tipo de filme, de acordo com Sanna. Mike foi forçado a concordar.

A gordura pingou da pizza da menina.

— Aqui — disse Mike, passando-lhe um pedaço de papel-toalha. — Está pingando.

Sanna pegou o papel-toalha e se limpou meio desajeitada. Mike estava prestes a lhe dar uma mão quando subitamente se lembrou do comentário irritado de seu pai: *Você não percebe que está com os dedos engordurados?*

— Lave as mãos quando terminar — ele disse gentilmente.

— Tá bom.

Como sempre, Mike havia terminado antes de Sanna comer a primeira fatia. Ele insistiu que ela comesse mais uma, que serviu no prato dela. Então colocou os copos e os talheres na máquina de lavar louça e saiu para jogar a caixa no lixo.

A prefeitura de Helsingborg havia implementado um projeto ambiental excessivamente ambicioso que envolvia todos os moradores separarem o lixo até um nível atômico. Era quase uma ciência, com uma dúzia de recipientes plásticos diferentes, o que, por sua vez, havia deixado os lixeiros tão arrogantes e difíceis que eles se recusavam a esvaziar quaisquer lixeiras que não estivessem exatamente na beirada da calçada antes de passarem.

Mike rasgou a caixa em pedaços e ficou parado por um tempo do lado de fora da casa, respirando o ar fresco, completamente alheio ao fato de que sua mulher não estava longe dali, observando-o em uma tela de TV granulada, com lágrimas nos olhos.

22

ntão você não vai escrever sobre o caso?

Erik Bergman olhou para Calle Collin, divertindo-se. O encontro havia sido arranjado pela mulher sábia de coração grande, a qual também lembrara ao repórter policial que Calle era o jornalista temporário que alguns anos antes havia dito não para um cargo na seção de notícias do jornal vespertino, com as já infames palavras: "Se eu estivesse interessado em notícias, teria ido para um jornal de verdade".

— Anders Egerbladh e eu estávamos na mesma turma na escola — disse Calle.

Erik Bergman assentiu com interesse.

— E como ele era?

— Um imbecil.

— Um comedor em série, foi o que me disseram — disse Bergman.

— Com certeza, isso também — concordou Calle. — Embora eu não o tenha encontrado quando adulto. Talvez ele tenha mudado...

Erik Bergman olhou para ele ceticamente.

— ... se tornado uma boa pessoa — completou Calle. — Mas acho difícil de acreditar.

— O que você quer saber? — perguntou Bergman.

— Eu li seus artigos na internet — explicou Calle —, e talvez eu tenha entendido errado, mas tive a impressão de que você sabe mais do que escreveu.

— Por que você quer saber?

Calle deu de ombros e balançou a cabeça ao mesmo tempo.

— Curiosidade. O crime soa tão dramático: "O assassinato do martelo", "bestial".

— Nesse caso, foram as palavras certas. Nós tivemos um pouco de dificuldade com a alcunha. Tentamos "O assassinato da Fjällgatan" ou "O assassinato da escadaria", pois já tínhamos usado "O assassinato do martelo" algumas vezes antes. Mas foi inegavelmente horroroso. Como eu disse, Anders Egerbladh gostava de caçar por aí. Havia algumas divorciadas, mas a maioria das mulheres que ele conhecia pelos sites de encontros era casada. Não sei se isso o deixava excitado ou se mulheres casadas usam mais a internet. Seja o que for, foi preciso metade da força policial para interrogar todos os maridos.

— E...?

— Zero, nada. Eles repassaram todos os registros telefônicos e históricos de e-mails de Anders e descobriram que ele tinha combinado de encontrar uma mulher em Gondolen. Então ela ligou no último minuto, supostamente para pedir que ele fosse à casa dela em vez disso. Depois da conversa, ele deixou o restaurante, comprou um buquê de flores em um quiosque na Slussen e subiu na direção da Fjällgatan.

— Então era uma armadilha?

— Sem dúvida. A mulher não existe. Ela usou um telefone pré-pago, e todos os e-mails foram enviados de computadores públicos espalhados pela cidade. Além disso, as fotos no site de encontros foram baixadas de um blog estrangeiro.

— Fiquei com a impressão, pelo que li, que a violência foi mais... como posso dizer... de homem?

Erik Bergman concordou.

— Acho que você se daria bem na seção de notícias — comentou. — A polícia está trabalhando com a hipótese de que o assassinato tenha sido executado por um homem, mas que a mulher estava lá para atrair Anders Egerbladh para o lugar certo.

— E eles não têm nenhuma pista?

— Não. A única coisa que eles sabem com certeza é que o assassinato foi executado com uma força incomum.

23

uando Mike voltou para casa após ter descartado a caixa de pizza, percebeu que não lhe restava mais nenhuma dúvida. Ele sabia o que tinha de fazer.

Fechou cuidadosamente a porta entre a cozinha e a sala e discou o número.

— Kristina.

— Oi, mãe.

Mike explicou da maneira mais breve possível que Ylva estava desaparecida havia mais de vinte e quatro horas e que nenhum amigo dela, tampouco o hospital ou a polícia, sabia onde ela estava.

— Será que aconteceu alguma coisa? — ela perguntou.

— Eu não sei — respondeu Mike. — Mas você pode pegar um táxi e vir para cá? E ficar aqui até a Ylva voltar?

Vinte minutos mais tarde, Kristina chegou com uma expressão angustiada. Disse um olá rápido e forçado para Sanna, antes de se juntar ao filho na cozinha. Tinha mil perguntas a fazer.

— Eu não sei, mãe — foi a resposta de Mike a cada uma delas. — Eu não sei.

— Você acha que ela...

Mike ergueu as mãos e fechou os olhos, irritado.

— Mãe, eu não sei de nada. Você pode, por favor, fazer companhia para a Sanna enquanto eu ligo para a polícia?

Era tarde demais. Sanna já estava parada no vão da porta.

— Por que você está ligando para a polícia? — ela perguntou.

Mike foi até ela, se agachou e sorriu para não chorar.

— Eu não sei onde a mamãe está.

A menina não compreendeu e olhou, confusa, para a avó. Como se ela fosse uma fonte de informações mais confiável que o pai.

— Ela desapareceu?

Mike respondeu pela mãe.

— Não, não — ele disse. — Ela não desapareceu. Ela tem que estar em algum lugar, é claro. Mas ela não ligou e eu quero saber onde ela está. Não precisa ficar com medo. Se você e a vovó forem ver um filme, eu posso fazer algumas ligações.

— Mas eu quero que a mamãe volte para casa.

— A mamãe vai voltar — disse Kristina. — É por isso que o papai precisa fazer algumas ligações. Vamos lá, minha pequena, vamos ver um filme.

Ela estendeu a mão e Sanna começou a chorar. Mike a pegou no colo e a abraçou apertado.

— Shh, shh, meu amor, não precisa ficar assustada. A mamãe logo vai estar em casa. Não há motivo para se preocupar. A mamãe logo vai estar aqui.

* * *

Eles se sentaram em volta da mesa da cozinha. Mike havia oferecido café, mas os policiais agradeceram, pois já era tarde. A policial pediu um copo de água. Kristina lhe serviu e então ficou encostada contra a bancada, só observando. Sanna se sentou em silêncio sobre o joelho do pai e ouviu solenemente a conversa.

A policial sorriu para ela. O homem fazia as perguntas e anotava as respostas.

— Muito bem, vou fazer um resumo: sua esposa saiu do trabalho um pouco depois das seis horas de ontem e então desapareceu?

Mike anuiu.

O policial olhou para suas anotações e continuou:

— Ela disse para as colegas que estava indo para casa. Mas ela tinha lhe avisado que iria sair para tomar uns drinques com as colegas?

O policial pousou a caneta sobre o bloco de anotações e olhou para Mike sem erguer a cabeça.

— Eu sei como essa história soa para as pessoas, mas não é o caso. Ela disse que *talvez* saísse para beber uma taça de vinho. E disse isso antes de sair de manhã.

— Ela sai com frequência com as colegas dela?

— Elas tinham uma prova final. E isso pode demorar. Ela provavelmente achou que não estaria em casa a tempo para o jantar.

— Então você se preocupou quando ela não veio para casa.

Mike balançou a cabeça.

— Eu presumi que ela estivesse com as amigas.

— Você tentou ligar para ela?

— Só mais tarde, eu não queria...

A policial cruzou as mãos sobre a mesa e se inclinou para frente com interesse.

— Você não queria o quê?

— Bom, eu acho que as pessoas têm o direito de sair sozinhas às vezes, mesmo sendo casadas. A gente confia um no outro.

— Então você não achou...?

A mulher preferiu não terminar a pergunta por consideração a Sanna.

— Não — respondeu Mike.

Houve uma breve pausa, longa o suficiente para Kristina compreender.

— Sanna, querida, acho que o papai precisa falar um pouco sozinho com a polícia. Que tal escovarmos os dentes enquanto isso?

— Mas eu quero saber também.

Mike ergueu Sanna do colo.

— Eu já vou lá, querida.

— Ela é minha mamãe — queixou-se Sanna.

Mike e os policiais lhe deram um sorriso encorajador e esperaram até que ela deixasse a cozinha. Eles ouviram suas reclamações, assim como as respostas calmas e sábias de sua avó através da porta.

Mike se inclinou para frente e olhou do homem para a mulher.

— A Ylva normalmente liga — explicou Mike. — Ela sempre liga. Às vezes ela chega tarde em casa, já aconteceu antes. E, é claro, nós já tivemos nossos problemas, como todo mundo. Mas, e isso é importante, ela sempre liga.

— Esses problemas... — a policial sondou. — Você estava pensando em algo em particular?

Mike se controlou. Ele não podia se dar ao luxo de ser rude.

— Não — respondeu.

* * *

Mike assumiu a filha tão logo a polícia foi embora. Era a primeira vez que Sanna se distanciava da avó e demonstrava que ela não era suficiente.

Mike se deitou ao lado da filha, acariciou o cabelo dela e a confortou da melhor maneira possível. Ele tinha certeza de que a mamãe voltaria para casa logo, ele disse. Ele tinha certeza de que não tinha acontecido nenhum acidente, porque ele havia falado com o hospital várias vezes. A mamãe não estava machucada.

— Vocês vão se separar?

— Por que nós faríamos isso?

— Os pais da Vera estão se separando — Sanna lhe contou. — O pai dela desapareceu.

— Entendo. Não, nós vamos ficar juntos. Pelo menos espero que sim.

Sanna começou a correr o dedo ao longo do desenho no papel de parede e, quinze minutos depois, já estava dormindo. Mike deixou a porta bem aberta e desceu até a cozinha, onde estava sua mãe.

— Espero que você não esteja chateada.

— Não, não — ela assegurou —, está tudo bem.

— Que horas são?

Ele olhou para o relógio e respondeu à própria pergunta.

— Onze.

— Vou fazer um café — disse sua mãe. — Tenho certeza que não vamos conseguir dormir, de qualquer forma.

Mike se sentou à mesa da cozinha, com as mãos cerradas e os olhos fixos à frente. Os lábios se moveram para formar palavras, mas não saiu nenhum som. Kristina serviu duas xícaras de café e se sentou de frente para ele.

— Você vai continuar com ela depois disso? — ela perguntou.

Mike lhe lançou um olhar severo.

— Mãe, a gente não sabe o que aconteceu.

Ela virou o rosto.

— Não. Não sabemos. Você está certo.

Kristina provou o café, colocou a xícara na mesa e deixou que o silêncio preenchesse o ambiente.

— Com quem você falou? — perguntou por fim.

— Com a Nour.

— Ela trabalha com a Ylva?

— Sim. E com o Anders e a Ulrika, o Björn e a Grethe, o Bengtsson.

— E ninguém sabe de nada?

— Não.

Kristina se inquietou, desconfortável com a pergunta que estava prestes a fazer.

— E quanto a você sabe quem...?

Em um momento de fraqueza, Mike havia contado para a mãe do caso de Ylva com Bill Åkerman, basicamente porque não tinha mais ninguém com quem desabafar. Ele se arrependera amargamente mais tarde e sentia que sua traição havia sido quase pior que a de Ylva.

Mike olhou sua mãe nos olhos.

— Não — ele disse. — A Nour ligou para ele. Ela não esteve lá.

Kristina mudou o rumo da conversa.

— Para quem mais você poderia ligar?

— Eu não quero ligar para mais ninguém. A situação já está ruim o suficiente. E, considerando que falei com o Bengtsson duas horas atrás, não me surpreenderia se todo mundo já soubesse o que aconteceu.

— Eu estava pensando mais no trabalho dela.

— Eu falei com a Nour — repetiu Mike. — Ela é a melhor amiga da Ylva.

— Exatamente — retrucou sua mãe. — Ela é a melhor amiga da Ylva.

— Mãe, pare. Ela sabe muito bem que devia ter me ligado. Não tem motivo para ela ter medo de mim.

— Não, só Deus sabe.

— O que você quer dizer com isso?

Kristina baixou o olhar para a mesa e correu o dedo ao longo da borda.

— Desculpe — disse. — Foi uma coisa ruim de se dizer. Peço desculpas.

Mike respirou fundo e segurou o ar.

— Mãe, eu preciso mais do seu apoio que da sua ajuda. Do seu apoio, mãe.

24

Dívida

Muitas vítimas são forçadas a trabalhar para quitar uma dívida. Elas têm de pagar pela viagem, pela acomodação, pela cama, pelos preservativos e uma porcentagem para o perpetrador, para sua proteção. Essa dívida é naturalmente uma ilusão. A vítima nunca será capaz de pagar por sua liberdade. Sua única opção é se tornar "não lucrativa", o que na prática é impossível, pois sempre haverá preferências que precisam ser atendidas, algo que ela pode satisfazer.

O homem e a mulher entraram juntos. Eles escancararam a porta e não se importaram em fechá-la. Ylva estava deitada na cama, onde havia dormido vestida. Foram necessários alguns segundos, um momento de confusão, antes que ela percebesse que seu sonho não era real, diferentemente do inferno onde se encontrava agora.

Os dois ficaram um de cada lado da cama. Ylva tentou se afastar do homem e terminou ao lado da mulher. A mulher era menor que

Ylva, mas a questão não era tamanho. Ela acertou Ylva com força no rosto, com a mão aberta. Ao mesmo tempo, o homem agarrou os tornozelos de Ylva e a puxou em sua direção. Ela caiu deitada de bruços e se agarrou na beirada da cama, lutando para resistir a ele.

— Nós vamos lhe ensinar a não tentar escapar — a mulher disse e soltou os dedos dela.

O homem a puxou para perto de si sem dificuldade, pegou os braços dela, a arrastou até que ela ficasse de joelhos e a segurou firmemente na sua frente.

A mulher subiu na cama atrás dela. Ela era surpreendentemente ágil para a idade e parecia terrivelmente à vontade com aquela violência. Então se ajoelhou na frente de Ylva, que respirava pesadamente, com os olhos disparando para todos os lados.

— Olhe para mim.

Ylva olhou para cima, hesitante. O cabelo lhe caía sobre o rosto, e a mulher o colocou delicadamente para o lado e o prendeu atrás das orelhas.

— Pare de arfar.

Ela falava em voz baixa, quase num sussurro. Ylva respirou ofegante mais algumas vezes, e a mulher fechou os olhos, sorriu e esperou.

— Podemos conversar agora? — ela perguntou, tão baixinho que foi quase inaudível.

Ylva anuiu fracamente.

— Que bom.

A mulher olhou para o marido, que soltou os braços de Ylva.

— É muito simples — ela continuou em um tom paciente, quase como uma professora. — Você está aqui e sabe por quê.

Ylva olhou para baixo.

— Olhe para mim — ordenou a mulher.

Ylva ergueu os olhos. A mulher sorriu para ela com as sobrancelhas arqueadas.

— Você sabe por que está aqui.

— Eu...

A mulher colocou suavemente o dedo nos lábios de Ylva.

— Shh, chega de falar do passado. Você vai pagar a sua dívida. Vamos olhar para o futuro agora. — E se virou, fazendo um gesto largo com o braço. — Este é o seu mundo. Você pode usar qualquer coisa que estiver neste quarto. Talvez você pense que não é muita coisa, que é quase nada. Mas está errada. Há muita coisa a que você não dá valor, privilégios que não consegue ver.

A mulher desceu da cama.

— Eu vou lhe mostrar o que esperamos de você. Quando você nos ouvir entrando, fique de pé para que possamos te ver pelo olho mágico. Quando batermos na porta, fique de pé com as mãos na cabeça, onde possamos vê-las. Você está entendendo?

Ylva a encarou.

— Vamos lhe passar tarefas domésticas fáceis, como lavar e passar roupa, mas, antes de mais nada, você estará sempre disponível. Meu marido a usará sempre que ele tiver vontade, para que você nunca esqueça o motivo pelo qual está aqui. Você realizará suas obrigações com vontade e convicção. Há vários produtos de higiene no banheiro, que nós esperamos que você use. Está entendendo?

Ylva olhou para a mulher. O homem estava parado mais ou menos atrás dela.

— Vocês são loucos, os dois — Ylva disse. — Puta que pariu, vocês são completamente insanos. Já faz vinte anos. Vocês acham que a Annika teria orgulho de vocês? Que ela se sentiria vingada?

A mulher lhe deu um tapa forte no rosto.

— Não quero ouvir o nome da Annika passar por essa sua boca suja.

Ylva fez uma tentativa de se jogar sobre a mulher e levá-la ao chão. O homem intercedeu e torceu o braço de Ylva atrás das costas, forçando-a a se ajoelhar. A mulher se agachou e ficou perto de Ylva.

— Se você tentar escapar de novo, meu marido vai quebrar seus pés. Então, resumindo, a sua vida de agora em diante será como *As mil e uma noites*, sem todas aquelas histórias cansativas. Você vai continuar viva até quando a gente quiser.

* * *

Um policial chamado Karlsson ligou logo depois das oito, na segunda de manhã. Mike respondeu que ainda não tivera notícias de Ylva e que não conseguira pista alguma de onde ela pudesse estar.

Mike disse com certa irritação que já havia falado com a polícia umas dez vezes no domingo. E que, por iniciativa própria, havia contatado os jornais, que tinham publicado uma nota na seção de notícias locais, embora não tenham mencionado Ylva pelo nome ou publicado foto dela.

— Não é necessariamente tão grave quanto parece — disse Karlsson. — Dezenas de pessoas são dadas como desaparecidas todos os dias neste país. Seis a sete mil por ano. E só uma dúzia mais ou menos desaparece para sempre. Geralmente devido a um afogamento ou algo assim. Meu colega, Gerda, e eu estávamos pensando em dar uma passada aí. Você vai estar em casa nas próximas horas?

Como Karlsson, Gerda era um homem. Seu primeiro nome era Gerdin, explicou Karlsson, mas, como não havia muitas mulheres na divisão, seus colegas haviam decidido rebatizá-lo em nome da igualdade de gênero.

A primeira impressão de Mike foi de que Gerda era o mais gentil dos dois, apenas porque Karlsson era quem fazia as perguntas. Ambos pareciam incompetentes, ou melhor, resignados. Como se já tivessem decidido que não havia nada que pudessem fazer a não ser tentar acalmar os membros histéricos da família, e então esperar para ver o que aconteceria.

— E vocês têm uma filha? — perguntou Karlsson.

— Sanna. Minha mãe a levou para a escola há pouco.

— Lá em cima, no prédio de tijolos amarelos?

Karlsson apontou sobre o ombro com o polegar.

— Escola Laröd, sim. Achei que era melhor manter as coisas da maneira mais normal possível. Não sei mais o que fazer.

Ele olhou para os policiais, esperando que concordassem. Gerda anuiu e mudou de posição na cadeira.

— Quantos anos sua filha tem? — ele perguntou.

— A Sanna tem sete. Vai fazer oito daqui a duas semanas. Ela está no segundo ano.

— Conte nas suas próprias palavras o que aconteceu — disse Karlsson.

Mike o olhou com uma expressão irritada. Nas suas próprias palavras? Palavras de quem ele usaria?

— Ela não voltou para casa — ele disse. — Eu peguei a Sanna no clube de atividades extracurriculares mais ou menos às quatro e meia. Fomos ao supermercado comprar comida e então voltamos para casa. Ylva tinha dito que talvez saísse para tomar um drinque depois do trabalho.

— Com as colegas dela?

— Sim, elas estavam fechando uma revista e...

— Fechando uma revista?

— Ela trabalha numa agência que faz revistas para empresas. Fechar uma revista significa fazer as alterações finais antes de enviá-la para a gráfica. Pode ser demorado.

— E foi?

— Não, na verdade não. Elas terminaram um pouco depois das seis.

— E como você sabe disso?

— Como eu já contei para vários dos seus colegas, a primeira pessoa para quem liguei foi a Nour, amiga de trabalho da minha mulher.

Ela disse que a Ylva tinha se despedido delas na rua às seis e quinze. A Nour e as outras foram para um restaurante, mas a Ylva disse que ia para casa.

Karlsson anuiu, pensativo.

— Então, ela disse para você que ia sair para um drinque com as colegas, e, para as colegas, que ia para casa se encontrar com você?

— Ela disse que talvez saísse para um drinque. Não era certeza.

Karlsson inclinou a cabeça para o lado e o maldito estava sorrindo. Mike estava prestes a socá-lo.

— Olha, eu não estou nem aí para o que você pensa. Você quer criar uma situação que não existe, ok?

Karlsson deu de ombros.

— Eu só acho um pouco esquisito passar uma mensagem dúbia assim. Ela diz uma coisa para você e outra para as colegas. Você não acha meio esquisito?

— Minha mulher desapareceu. Ela não estava deprimida, não tinha pensamentos suicidas e, até onde eu sei, nunca foi ameaçada de nenhuma maneira. E, se ela tivesse um amante apaixonado escondido em algum lugar, ao menos teria ligado para a filha, caralho.

— O que o faz pensar que ela tem um amante apaixonado?

Mike encarou os policiais, de um para o outro. Karlsson sorriu para ele.

— Isso é loucura — disse Mike. — Vocês dois estão loucos. Vocês acham engraçado? Minha esposa desapareceu. Vocês não entendem como isso é sério?

— Só estamos nos perguntando se talvez exista uma explicação.

25

O homem e a mulher tiraram o colchão, as cobertas e o travesseiro, e então desligaram a eletricidade.

Ylva ficou deitada, encolhida no chão, com uma toalha sobre o corpo. Ela não sabia há quanto tempo estava ali. Ficou deitada debaixo da toalha chorando, levantando-se só para beber água e mijar. Quando a eletricidade foi finalmente religada, era como se a vida tivesse voltado. A luz no teto retornou e a tela da TV piscou. Era dia lá fora, tarde, na realidade, a julgar pela luz do sol e pelo sossego. O carro não estava na garagem. Ylva se perguntou se Mike estava conseguindo cuidar da casa e o que ele estava fazendo para tentar encontrá-la. Se ele havia seguido o trajeto dela para casa, colocado cartazes com a fotografia dela. Alguém a vira entrando no carro? Ela achava que não.

O que ela teria feito se fosse Mike? Fora todas as coisas óbvias, como ligar para os amigos, a polícia e os hospitais, ela colocaria um anúncio no jornal, falaria com todos os motoristas de ônibus que estivessem trabalhando naquele momento. Bateria em todas as portas entre a parada de ônibus e a casa deles, perguntaria se alguém a tinha visto passar, encheria a cidade de fotografias e cartazes de pessoa desaparecida.

Então ela se deu conta de uma coisa.

Mike poderia até bater na casa onde ela estava encarcerada. Ele se apresentaria para o novo casal e explicaria rapidamente o que tinha acontecido. Então lhes mostraria uma foto. O homem e a mulher fingiriam interesse, olhariam a foto de perto e balançariam a cabeça de maneira compreensiva. A mulher colocaria a mão no coração e pareceria perturbada, o homem demonstraria preocupação e tentaria ser prestativo, sugeriria coisas, porque homens sempre fazem isso, acreditando seriamente que eles podem solucionar todos os problemas.

E Ylva não conseguiria se fazer ouvir, ela compreendia isso agora. Havia alguma outra maneira pela qual ela pudesse chamar atenção?

A sra. Halonen foi a primeira a aparecer na tela. Ela passou com seu pastor-alemão e virou na Bäckavägen. Olhou furtivamente para a casa de Ylva e Mike, quase se sentindo culpada. Ylva percebeu que ela sabia de seu desaparecimento. E, se a sra. Halonen sabia, então todo mundo sabia. Ela estava na base da cadeia de informações.

Ylva tentou imaginar as fofocas, confortando-se com as conversas que deviam estar acontecendo pela cidade.

Você ficou sabendo que a Ylva desapareceu?

Quem?

A esposa do Mike, aquela moça de Estocolmo.

O quê?

Ela não voltou para casa. Saiu do trabalho e nunca mais voltou.

Será que ela fugiu?

Não sei.

Ela não entrou em contato?

Não, ela sumiu. O Mike está procurando por ela. Ele deu parte na polícia e tudo mais.

Mas eu não entendo, ela simplesmente não voltou para casa?

Não.

Que loucura. Ela o abandonou?

Não sei.

E a filha, ela não abandonaria a filha, não é?

Ou ela fugiu ou aconteceu alguma coisa.

Tipo o quê?

Como eu vou saber?

Mas ela não estava deprimida, estava?

As coisas nem sempre são o que parecem. Meu pai tinha um amigo que...

Não importava o que acontecesse, as coisas sempre eram esquecidas. Tornavam-se parte da grande charada da vida. Centenas de passageiros mortos em um acidente aéreo? Meses mais tarde ninguém mais se lembraria deles, e apenas o aniversário seria marcado. Milhares de mortos em uma catástrofe natural? Uma semana de notícias desagradáveis e então virava algo que você procurava na Wikipédia. O tsunami, em que ano foi? Certo, é mesmo.

Ninguém a salvaria — ela precisava escapar.

* * *

Todos ficaram em silêncio quando Mike entrou no trabalho de Ylva. Nour se levantou e foi recebê-lo.

— Venha comigo — ela disse. — Vamos até a cozinha.

Mike imediatamente começou a chorar. Pela simples razão de que uma pessoa simpática tinha visto sua impotência e lhe oferecido conforto.

— Nebuloso — ele disse, quando ela perguntou como ele estava. — É como aquele plástico de proteção que vem num celular ou num relógio novo; se alguém o tirasse, eu veria com clareza.

Nour assentiu, secou uma lágrima do rosto dele com o polegar e lhe ofereceu um pouco de água.

— Beba.

Mike obedeceu, olhou sobre o ombro para conferir se a porta estava fechada e gesticulou de um jeito nervoso.

— Você acha que ela conheceu outra pessoa? — perguntou, olhando para ela com um misto de medo e desamparo.

— Não que eu saiba — ela respondeu por fim.

— Não consigo ver o que mais pode ter acontecido. — Ele balançou a cabeça e continuou: — Ela teria entrado em contato. Ela não esqueceria a Sanna simplesmente, não é?

— Não, ela não esqueceria — respondeu Nour.

— Mas então o que aconteceu? Ela sofreu um acidente? Foi atropelada, encontrou o cara errado? Não entendo. Três noites, são três noites agora. Eu nem sei se a quero de volta, você compreende isso?

— Compreendo.

Mike respirou sofregamente. Nour lhe passou um lenço de papel, e ele assoou o nariz como uma criança, sem força.

— Mike, escute. Você precisa ser forte. No mínimo, pelo bem da Sanna. Ela é uma criança, você é um adulto. Está me ouvindo, Mike? Você é um adulto.

O telefone dele tocou. Mike secou o nariz e olhou para a tela. Levantou o aparelho para que Nour pudesse vê-lo e se virou de costas.

— Mike falando — ele disse.

— Aqui é o Karlsson. Será que você pode dar uma passada na delegacia? Tem algo que gostaríamos de lhe mostrar.

— Vocês a encontraram?

— Não, lamento. Mas temos uma lista de ligações feitas para e do telefone dela. E uma gravação do correio de voz.

— Estou a caminho.

Mike desligou e se virou para Nour.

— Era a polícia — disse. — Eles têm uma lista das ligações dela.

* * *

Mike estava nervoso enquanto dirigia para a delegacia. Tenso e esperançoso, assustado e resignado. Ele se sentia como se estivesse fazendo um teste de direção. Estacionou perto da delegacia, próximo ao acesso para a autoestrada, e entrou.

A mulher na recepção ligou para Karlsson.

— Eles estão esperando por você — ela disse e sorriu. — Terceiro andar, segunda porta à direita.

Ela poderia facilmente trabalhar em uma agência de publicidade.

Karlsson estava parado, esperando no corredor, quando Mike saiu do elevador. Ele acenou.

— Que bom que você veio — disse e o encaminhou até seu escritório, onde Gerda já estava instalado em uma cadeira. — Sente-se.

Karlsson deu a volta na mesa até o computador.

— Você disse que ligou para Nour primeiro. Certamente você deve ter tentado sua esposa antes disso, não?

— É claro.

— E a que horas você ligou para ela da primeira vez? Só para a gente saber onde a ligação se encaixa.

Karlsson apontou para uma lista à sua frente.

— Não lembro — disse Mike. — Pensei em ligar para ver se ela ia para casa jantar, mas não liguei.

— Por que não?

— Eu não queria que ela se sentisse culpada. Achei que ela tinha o direito de sair e aproveitar a vida sozinha, para variar.

— Então, a que horas você ligou?

Mike deu de ombros, irritado.

— Antes de ir para cama — ele disse. — Por volta da meia-noite?

Gerda acenou com as mãos no ar, como se estivesse se preparando para fazer uma pergunta difícil, contra sua vontade.

— E, hum, como vocês se dão, quero dizer, como homem e mulher?

— Ah, por favor, você só pode estar brincando.

Karlsson ergueu uma mão em defesa.

— Vamos ouvir isso — ele disse, movendo o mouse para o arquivo de gravação certo na tela e clicando.

Mike ouviu a própria voz e ficou chocado com como ela soava débil, subserviente e insegura.

Oi, sou eu. Seu marido. Só pensei em checar como você estava. Presumo que você tenha saído com o pessoal do trabalho. Enfim, vou para a cama agora. Pegue um táxi para voltar, por favor. Eu tomei um drinque e não posso dirigir. A Sanna está dormindo. Grande abraço.

Outra voz, mais mecânica e de mulher, disse: *Recebido à meia-noite e catorze.*

Karlsson parou a gravação e se virou para Mike.

— Em primeiro lugar, você normalmente se apresenta como "seu marido" quando liga?

— Não, eu estava tentando ser engraçado.

— Como assim?

— Não sei.

— Nem eu. Mas sabe como isso soa para mim? Parece que você está com muita raiva, mas com medo de demonstrar. Acho que soa como um lembrete patético. *Você não vai para a cama com outra pessoa, vai? Lembre-se de que você é casada. Comigo.*

Mike o encarou. Karlsson nem sequer piscou. Como se ele acabasse de ser declarado o homem mais estúpido no universo e tivesse orgulho disso.

Gerda agitou as mãos nervosamente.

— Eu fico pensando por que você perguntou se ela tinha saído com o pessoal do trabalho se você sabia que era o caso. Como se você achasse que ela poderia estar em outro lugar.

Tão imbecil quanto o outro.

— Você parecia nervoso — continuou Karlsson. — Você estava?

Mike olhou para eles.

— Foi por isso que você me pediu para vir aqui?

Karlsson pressionou os dedos juntos debaixo do queixo. Mike pensou no executivo na velha caixa racista do jogo Senha. O estrategista, o pensador.

Karlsson se inclinou para trás e trocou olhares com Gerda. Como se aquela fosse uma peça do quebra-cabeça que eles esperavam descobrir. Uma novela de ciúmes e paixão que tinha escapado do controle.

Mike deu um riso de deboche. Uma confirmação cínica, mais do que qualquer coisa.

— Me perdoem — ele disse. — Isso é tudo que vocês têm? Por causa disso pediram que eu viesse aqui?

Ainda nenhuma resposta.

— Isso é algum tipo de técnica de interrogação? Sentar aí e ficar em silêncio? Vocês realmente suspeitam de mim, é disso que estamos falando? Vocês acham que eu sequestrei minha esposa, ou a matei e escondi o corpo? É isso?

— Estamos apenas nos perguntando se sua esposa teria um amante.

Gerda tentou que a frase soasse banal. Como um fato, como a cor de uma casa ou a marca de um carro.

— Não, minha esposa não tem um amante. Ela teve um caso com um grandessíssimo idiota com quem, por razões óbvias, não tenho nenhuma relação. Vamos colocar a questão da seguinte forma: se um dia Bill Åkerman desaparecer sem deixar nenhum vestígio, sugiro que vocês me procurem e descubram por onde eu andei. Isso foi há mais de um ano, e não, não tenho razões para acreditar que eles ainda tenham um caso. E, de qualquer maneira, a Nour ligou para ele no sábado, só para ter certeza. E não, a Ylva não estava com ele.

Mike se pôs de pé.

— Se vocês me dão licença — disse —, acho que vou ao jornal aqui perto pedir que eles publiquem uma foto da minha esposa. Alguém a deve ter visto. Ela não pode ter desaparecido do nada.

26

—  que foi executado com imenso zelo? Você está escondendo algo.

Jörgen Petersson parecia irritado, e Calle Collin suspirou.

— Você não quer saber — Calle disse.

— É claro que quero — persistiu Jörgen.

— Acredite — retrucou Calle —, você não quer.

— Você parece um daqueles jornalistas falsamente cuidadosos que avisam os telespectadores sobre imagens perturbadoras, sabendo que essa é a melhor maneira de fazer as pessoas assistirem. Você só está tentando aumentar meu interesse, como um cara no circo apresentando um novo número.

— Eu cheguei a ter dificuldade para dormir.

— Bom, eu nunca tive esse problema. Eu durmo que nem aquelas pessoas bonitas nas propagandas.

Calle deu mais um suspiro profundo.

— Bom, não vai reclamar depois — disse.

— Por que eu reclamaria?

— Só estou dizendo.

— Não pretendo reclamar.

— Tudo bem — disse Calle. — Alguém espatifou a cabeça do Anders com um martelo, enfiou o martelo no cérebro dele como se fosse uma batedeira e aí deixou a haste saindo para fora do crânio, tipo uma flor morta em um vaso.

— Puta que pariu.

— Eu avisei, era melhor você não ficar sabendo.

— Meu Deus do céu, puta que pariu.

— Não quero ouvir você reclamando.

— E foi a cara-metade de alguém que fez isso?

— Acho que podemos concluir que foi alguém que não gostava muito do nosso velho colega de classe.

— E a polícia acha que foi um homem que cometeu o assassinato, mas foi uma mulher que o atraiu para lá?

— Mais ou menos.

— Mas eles não fazem a menor ideia de quem pode ter sido?

— Não.

Jörgen anuiu em silêncio para si mesmo.

— Então ele tinha má reputação...

Calle o encarou.

— O que você disse?

— Anders Egerbladh — falou Jörgen. — Ele devia ter uma má reputação.

Calle lançou um olhar duro e longo para o amigo.

— Você tem brincado fora de casa? — perguntou por fim.

— Do que você está falando?

— Você disse "má reputação". Isso é um ato falho, a senha de alguém que foi infiel. Para minimizar os próprios excessos, a pessoa demoniza outros que são um pouquinho piores. Como os alcoólatras que dizem que precisam de uma cervejinha. Qualquer um que diz "uma cervejinha" em vez de "uma bebida" é por definição um alcoólatra.

Agora foi a vez de Jörgen de olhar dura e longamente para o amigo.

— Me perdi.

— É verdade, você sabe que é — disse Calle.

— Não, não é — retrucou Jörgen. — E não, eu não tenho *brincado fora de casa*.

— Espero que não — rebateu Calle. — Porque eu gosto mais da sua mulher que de você.

— Se um dia eu pensar nisso, pode ter certeza que não vou jogar sobre você o fardo de saber.

— Eu agradeço por isso.

— Senha — Jörgen riu com desdém. — Essa foi a coisa mais ridícula que eu já ouvi na vida.

27

O restaurante havia sobrevivido. O que era o mais extraordinário. O tempo de vida de um café da moda acanhado normalmente era curto, e o ciclo muitas vezes o mesmo: o lugar abria, era descoberto, e então abandonado.

Por via de regra, o empreendedor, inebriado pela invasão, tornava-se ambicioso e investia grandes somas na esperança de manter os clientes, mas eles nadavam em cardumes que subitamente mudavam de direção e desapareciam sem avisar.

Havia três razões para o restaurante de Bill Åkerman ter sobrevivido. A primeira foi que ele havia decidido oferecer somente pratos requintados e com preços que beiravam a indecência, a despeito de uma entusiasmada e inesperada reportagem elogiosa no jornal local. Isso tornava o restaurante uma escolha óbvia para jantares de negócios e pessoas que não saíam muito, mas queriam fazer uma refeição especial uma vez por ano.

A segunda era a localização. O restaurante ficava no andar térreo de uma casa de campo antiga, logo acima da Margaretaplatsen, e tinha vista panorâmica do estreito e da costa da Dinamarca.

A terceira razão era a esposa de Bill, Sofia.

Sofia gerenciava o restaurante, empregava pessoas, pensava em cardápios novos, organizava as compras e se certificava de que todo mundo estava feliz.

Bill sabia que não poderia ter escolhido uma parceira melhor. Só era uma pena que ela tivesse ganhado alguns quilos em torno dos quadris e, como resultado, sua autoconfiança tivesse despencado, o que a levava a desconfiar de tudo o que ele fazia. No entanto, como ela já sabia do caso dele com Ylva — e, assim como todo mundo em Helsingborg, sabia que Ylva estava desaparecida —, Bill não fez nenhuma tentativa de esconder o fato de que a polícia queria falar com ele, pois isso reforçava a ideia de que Ylva era uma sedutora ardilosa que deixaria indefeso qualquer homem com sangue nas veias. Bill já lhes dissera ao telefone que não fazia ideia de onde ela estava, e deixara bastante claro que eles não tinham mais uma relação íntima. Mesmo assim a polícia havia insistido em falar com ele pessoalmente.

O encontro ocorreu no bar do restaurante, que estava vazio apesar do movimento da hora do almoço.

— Quando você viu Ylva pela última vez? — perguntou Karlsson, tendo aceitado um café de cortesia.

— Você quer dizer quando eu dormi com ela pela última vez ou quando eu a vi pela última vez?

— Quando a viu. E, sim, quando dormiu com ela também.

— Nós tivemos um breve caso em junho do ano passado. Então isso faz, o quê, uns onze meses? A última vez que a vi foi em Kullagatan. Acho que foi em abril, mas não tenho certeza.

— Vocês conversaram?

— Sim. Foi meio esquisito.

— Como assim?

— Não é uma cidade grande, e tem sempre alguém olhando.

— Compreendo. E o que vocês disseram um para o outro?

— Nada em particular. Ela me perguntou quando transaríamos de novo.

Isso fez Karlsson e Gerda se endireitarem na cadeira. Eles não tinham certeza se ele estava brincando ou não.

— Foi o que ela disse — Bill assegurou. — E eu respondi: nunca.

— Por que não?

— Porque eu não queria. Mas eu não disse isso. Despreze uma mulher e você terá uma inimiga para o resto da vida. É preciso ser cuidadoso.

— Então o que você disse?

— Que não queria arriscar o meu casamento.

— Mas essa não era a razão de verdade?

— Não.

— Então, por que você não queria?

Bill olhou para eles e deu de ombros.

— Nós dois gostamos de coisas diferentes.

Os policiais estavam de olhos arregalados e com a garganta seca, como dois adolescentes. Karlsson se recompôs primeiro.

— O que você quer dizer com "coisas diferentes"? — perguntou atabalhoadamente, inclinando-se para frente com interesse.

— Ela gostava de drama. Gostava de se jogar na cama dizendo "Me come, me come", esse tipo de coisa.

— Não compreendo.

— Ela gostava de ser dominada.

— Você quer dizer amarrada? — perguntou Karlsson, com o interesse voyeurístico de um adolescente que se masturba escondido.

— Não necessariamente. Mas não acho que isso tenha a ver com o desaparecimento dela. Só estou dizendo que ela gostava de um pouco de brutalidade. Embora ela pareça tão doce. Mas sexo é isso. O que existe por dentro nem sempre casa com o que está por fora. A dualidade das coisas. O cara durão pode ser um amante carinhoso, e o magrinho pode ter mais a provar.

— O que você quer dizer com isso? — perguntou Gerda.

Bill Åkerman deu um gole no café.

— Ela devia ter escolhido um cara mais magro — ele respondeu.

* * *

Karlsson jogou os papéis de qualquer jeito na mesa, empurrou a cadeira para trás e esticou as pernas.

— Muito bem — disse, juntando as mãos atrás da nuca. — Temos uma mulher cheia de tesão desaparecida e um marido traído. Conclusão?

— Ela volta para casa tarde e as coisas saem do controle? — sugeriu Gerda.

— Ãrrã — disse Karlsson, suspirando. — É melhor falarmos com os vizinhos. Eles podem ter visto quando ela voltou para casa.

— No meio da noite?

— Sempre tem alguém acordado.

— Acho que devíamos falar com a menina — disse Gerda, conferindo a hora. — Ela deve estar na escola agora.

— Se tivermos sorte — anuiu Karlsson.

Eles estacionaram atrás do refeitório e perguntaram a um aluno que passava onde ficava a secretaria. Foram recebidos por uma mulher grande que um dia fora atraente e agora tentava esconder o fato de que não era mais. Karlsson e Gerda explicaram por que estavam ali, e a mulher soube imediatamente do que se tratava. Como o restante dos funcionários da escola, nos últimos dias ela não havia falado de outra coisa senão o desaparecimento de Ylva. Ela pediu a Karlsson e Gerda que esperassem na secretaria e foi pessoalmente buscar Sanna na classe.

Quando a mulher voltou, estava segurando distraidamente a mão da garota, garantindo que a polícia visse como ela se importava com as crianças. A mulher apresentou Sanna aos policiais e disse que eles queriam falar com ela, talvez lhe fazer algumas perguntas.

— Não precisa ter medo — assegurou em sua voz mais querida e amável usada especialmente com crianças e então se voltou para Karlsson e Gerda. — Talvez seja melhor eu ficar.

Karlsson consentiu, e a mulher se sentou na cadeira ao lado de Sanna, sem soltar sua mão.

— Nós conversamos com o seu pai — disse Karlsson, na mesma voz que sempre usava, não importava com quem estivesse falando. — E ele disse que a sua mãe está desaparecida. Você se lembra da última vez que a viu?

Sanna fez que sim.

— Quando foi?

Ela deu de ombros. Gerda fez uma tentativa, falou com uma voz mais suave que a do colega.

— Você se lembra quando foi a última vez que viu sua mamãe?

— Sim — disse Sanna.

— E onde foi?

— Na escola, aqui.

A mulher intercedeu.

— A Ylva deixou a Sanna na escola na sexta-feira de manhã. Ela falou com as professoras. O Mike viria buscá-la.

Gerda anuiu pensativo para ela e voltou para Sanna.

— E você não viu mais a sua mamãe desde então?

Sanna balançou a cabeça.

— O que você e o papai fizeram no fim de semana?

— Fomos ao Väla e ao McDonald's. E pegamos alguns filmes.

— Parece legal.

Sanna anuiu.

— *Operação cupido.*

Gerda não entendeu.

— É muito bom — disse a menina.

— Ah, entendi, é um filme. Certo. O papai também viu?

— Ele estava falando no telefone.

— Quando ele contou para você que a mamãe estava desaparecida?

— Quando a vovó chegou. E depois a polícia.

— Sanna, esses cavalheiros também são policiais.

Ela anuiu obedientemente, mas sem muita convicção.

— Mas os outros eram policiais de verdade — disse por fim. — O papai disse que a mamãe voltaria quando eu estivesse dormindo, mas ela não voltou. Ele disse que ela voltaria quando eu acordasse. Mas ela não voltou.

Gerda se sentou na beirada da cadeira e se inclinou na direção de Sanna, na tentativa de ganhar sua confiança.

— A mamãe e o papai... eles brigam muito?

* * *

Gerda olhou fixamente pela janela do carro.

— Eu só espero que tenha sido ele. Caso contrário, nós arruinamos sua vida. A senhora-galinha-vestida-de-franguinha não vai ficar calada.

Ele estava se referindo à professora gorducha que havia acompanhado a entrevista, saboreando cada palavra.

— Foi você que quis ir lá — disse Karlsson.

— Conclusão — disse Gerda. — Ou ela aparece com o rabo entre as pernas quando tiver terminado de dar por aí, ou ele a matou. Não tem outra opção. E, se ele não fez isso pessoalmente, contratou alguém.

Karlsson roeu a cutícula nervosamente.

— Ele pode acabar com a gente pelo que fizemos — disse Karlsson. — Se fosse comigo, eu denunciaria. E como.

— Quer saber? — disse Gerda. — Ele tem outras coisas com que se preocupar.

Karlsson ligou o rádio. Um apresentador de voz afetada falava desnecessariamente rápido e alto.

— Maldito bate-papo — exclamou e desligou o rádio de novo.

* * *

— É tudo tão estranho, tão difícil de compreender.

Kristina estivera sentada na frente da TV a noite toda. Ela vira o que tinha acontecido e ouvira o que havia sido dito, mesmo que não entendesse muita coisa. Ela não aguentava mais. Bloqueara o mundo exterior.

Uma pessoa não podia simplesmente desaparecer, não é?

Um único pensamento ocupava sua cabeça, um único pensamento que evitava que as imagens e o som da TV fossem registrados em seu nervo óptico ou em seus tímpanos.

Era um pensamento que ela não deveria ter, não queria ter — um pensamento horrível, e que, justamente por essa razão, se recusava a abandoná-la.

O pensamento de que seu filho pudesse ter algo a ver com o desaparecimento de Ylva.

Ela não conseguia conceber isso. Nunca vira Mike como um homem violento. Muito pelo contrário, ele era do tipo calmo.

Teria sido a gota-d'água?

E, se fora isso, o que o futuro reservava? Quem cuidaria de Sanna? Kristina imaginava que todos manteriam distância, assustados demais para se aproximar. Seria difícil para Sanna encontrar amigos em quem pudesse confiar.

Kristina quis invocar a imagem de algum paciente psiquiátrico seriamente perturbado que poderia ter esfaqueado sua nora até a morte na rua. Tentou imaginar Ylva dando risadinhas irresponsavelmente na cama de outro homem, ou gargalhando com malícia. Então Mike finalmente perceberia o tipo de mulher que ela era e se libertaria do seu encanto.

Mas nenhum desses cenários imaginados conseguia apagar o pensamento que ela queria evitar a todo custo. Que Mike sabia mais do que estava dizendo, que ele tinha algo a ver com o desaparecimento de Ylva.

Kristina ouviu o telefone tocar. Estava tocando fazia um tempo, mas ela não contara o número de vezes. Por fim, seu cérebro entrou em ação e ela se levantou para atender. Olhou para a tela e viu que era Mike.

Respirou fundo, fechou os olhos e disse:

— Alguma novidade?

Seu filho estava chorando do outro lado.

— Eu não tenho ninguém com quem conversar — ele se lamuriou.

Kristina prendeu a respiração. Ela estava preparada. Para qualquer coisa. Não importava. Mike era seu filho, nada mudaria isso.

— Estou ouvindo — ela disse. — Vá em frente.

Então esperou que ele se recompusesse para que ela pudesse compreender o que ele estava dizendo.

— Eles foram até a escola — ele conseguiu desabafar por fim.

— Quem?

— A polícia. Eles falaram com a Sanna.

Kristina não respondeu.

— Você não entende? — chorou Mike. — Eles acham que fui eu. Acham que eu a matei. Como eles podem pensar isso?

Sua voz era impotente e desesperada, mas ela não conseguiu identificar nenhum traço de mentira. Kristina sentiu a tensão deixar seus músculos.

28

Karlsson e Gerda foram de porta em porta e conversaram com os vizinhos. Alguém vira ou ouvira alguma coisa que pudesse esclarecer o desaparecimento de Ylva? Carros que tivessem parado próximos ou deixado a casa dos Zetterberg naquele intervalo relevante, provavelmente entre as nove da noite e a manhã seguinte?

Karlsson e Gerda estavam cientes de que todas as perguntas que faziam apontavam a suspeita na mesma direção.

O resultado de dois dias de trabalho de campo foram duas testemunhas sem conexão entre si que tinham ouvido um carro deixar a Bäckavägen e desaparecer subindo a Sundsliden aproximadamente às duas e meia da manhã. Mas infelizmente isso não levou a nada quando eles descobriram que quem estava dirigindo o carro era um garoto sóbrio de dezoito anos que tinha passado a noite de sexta-feira na casa da namorada.

— Que sorte — disse Karlsson. — Por que ele não ficou na casa dela? Na minha época era assim que a gente fazia.

— Se eu tivesse uma filha de quinze anos, não deixaria um garoto de dezoito dormir na minha casa, vá por mim — retrucou Gerda.

— É, acho que é diferente quando se tem filhas. O que você quer?

— Não sei.

— Eu também não.

Eles estavam parados na fila de um quiosque de sorvete.

— Talvez uma casquinha — disse Gerda.

— Vá em frente.

— Com granulado colorido.

— Nossa, que gastador.

— Só se vive uma vez.

— Verdade. Acho que vou pedir três bolas. Com calda de morango e chantili.

— Então você vai botar pra quebrar mesmo, é?

— Eu mereço. Se você vai pedir granulado colorido, eu vou pedir calda de morango e chantili.

Eles tomaram o sorvete encostados no carro, debaixo do sol.

— Nada melhor que isso — disse Karlsson.

— Não sei não. Meu granulado acabou.

— Onde você se livraria do corpo?

— Não sei. E você?

— Em um lago — disse Karlsson. — Com pesos.

— Muito complicado — concluiu Gerda. — Você teria que arrastar o corpo por aí e, além de tudo, ter um barco. E depois ficaria preocupado que o corpo pudesse se decompor e flutuar até a superfície. Enterra essa merda, é o que eu penso.

— Mas você teria que cavar fundo pra caramba. Sempre tem algum animal remexendo na terra. Nossa, é tão bom quando o chantili meio que congela encostado no sorvete e fica duro.

— Quando ele forma um grumo, sei do que você está falando.

— Bom, vamos ter que falar com ele de novo. Já se passaram alguns dias. Talvez a consciência dele já tenha entrado em ação.

* * *

Mike Zetterberg se perguntou o que mais poderia fazer. Tentou pensar racionalmente, encontrar um fio solto.

Ela não pegara o ônibus. Errado, ele não sabia com certeza. O que ele sabia é que nenhum motorista de ônibus ou passageiro se lembrava de tê-la visto. É claro que era possível ninguém tê-la notado, mas ele achava difícil de acreditar. Ylva chamava atenção e tinha o tipo de sorriso aberto que convidava ao contato. Ela normalmente ouvia o iPod para não precisar conversar com as pessoas.

IPod nos ouvidos. Será que, ao atravessar a rua, ela fora atropelada sem que ninguém tivesse visto? E que o motorista tenha entrado em pânico e levado seu corpo sem vida para enterrar em algum lugar ou jogar no mar? Pouco provável. Ela teria caminhado pela cidade, com gente por toda parte. Extremamente improvável, quase impossível.

O mais provável era que — e ele tinha de concordar com a polícia nesse ponto — ela tivesse combinado de se encontrar com alguém. Ela tinha dito uma coisa para Mike e outra para as colegas. Para se garantir. A questão era: Com quem ela fora se encontrar?

Seus registros telefônicos não forneciam nenhuma pista. Ele os repassara pessoalmente com Karlsson e Gerda. Os e-mails do trabalho se provaram igualmente inúteis. Nenhum flerte cibernético salvo. É claro que ela poderia tê-los deletado para evitar o risco de ser descoberta, ou ter um endereço de e-mail secreto, mas Mike não acreditava nisso. Mulheres de meia-idade que transavam com quem tinham vontade eram vistas como liberadas, não precisavam se esconder por aí. O oposto se aplicava quando você era adolescente: as garotas ficavam com má fama, e os garotos viravam heróis.

Ylva estava desaparecida havia quatro dias. Ela não tinha simplesmente saído para um fim de semana de sacanagem com um amante apaixonado. E seu passaporte ainda estava na cômoda, então ela não pegara um voo de última hora.

O celular dela...

Mike estava quase ligando para Karlsson e Gerda quando os viu dobrando na entrada de sua casa. Ele abriu a porta da frente e viu que eles estavam com o rosto sério.

— Vocês a encontraram?

Karlsson colocou uma mão no ombro dele.

— Vamos conversar lá dentro.

Nos trinta segundos que eles levaram para ir até a cozinha e se sentarem, Mike se convenceu de que tinham encontrado o corpo de Ylva. Foi um alívio quando ele se deu conta de que ela ainda estava desaparecida.

— O celular dela — ele disse. — Vocês não podem ver onde ela esteve?

— Ela desligou o celular na Tågagatan.

— Quando?

— Às seis e meia, na sexta-feira.

— Ela devia estar no ônibus então — disse Mike.

— Por quê?

— Essa rua fica no trajeto do ônibus, e a hora se encaixa com o horário em que ela saiu do trabalho.

— Mas ela não estava no ônibus — declarou Gerda.

— Não é por isso que estamos aqui — interrompeu Karlsson. — Nós falamos com Bill Åkerman.

Mike congelou por um segundo.

— Compreendo, e o que ele disse?

— Bom, em primeiro lugar, que ele estava trabalhando na sexta-feira, e os funcionários confirmaram isso. Mas ele nos contou outra coisa que achamos interessante.

Mike se inclinou para frente, todo ouvidos. Karlsson olhou para Gerda em busca de apoio.

— Como vai sua vida sexual?

O rosto de Mike ficou completamente vermelho. Mas de raiva, não de vergonha.

— Que merda você quer dizer com "Como vai sua vida sexual?". Nossa vida sexual vai muito bem, obrigado. O fato de ela ter ido pra cama com aquele imbecil não quer dizer que ela não me amasse, mas que ela não amava a si mesma. Sim, eu sei que parece clichê, mas no caso dela é verdade. Minha esposa gosta de paquerar, está sempre atrás de baratos sem sentido. Eu já a vi dançando juntinho com um vizinho várias vezes, mas também, e asseguro a vocês que isso é mil vezes pior, fui forçado a conviver com a angústia que ela sente depois, quando ela se odeia e simplesmente quer morrer.

— Achei que você tinha dito que ela não estava deprimida.

— Bill Åkerman foi a gota-d'água, o sinal de alerta de que ela precisava. Foi como se recomeçássemos do zero depois disso. E tenho certeza que essa é uma das razões pelas quais ela não saiu com as colegas dela.

Karlsson e Gerda olharam um para o outro e assentiram.

Sem sombra de dúvida.

29

Estava difícil ouvir o que a outra pessoa estava dizendo. Calle Collin estava sentado de frente para um ator veterano, em uma mesa ao lado da janela central de um restaurante sofisticado escolhido pelo ator. Os outros clientes pertenciam à mesma geração do ator e olhavam de relance e com discrição para ele. Dois grupos haviam passado pela mesa a caminho da rua e agradecido ao ator pelos inúmeros momentos agradáveis e de risos. O ator aceitou os tapinhas nas costas com falsa modéstia e grande prazer.

A razão pela qual Calle Collin estava achando difícil ouvir o que o ator dizia não era que ele falasse baixo, mas que ele era muito desinteressante.

— Eu... sucesso... piada... pausa para o riso... público recorde... infância difícil... não foi fácil alcançar o sucesso... mesmo assim eu... modesto... sempre duvido... luto constantemente... eu... o principal... eu interpreto... vou ao coração do personagem... eu... frases vazias... eu.

Calle Collin anuía atentamente e anotava as palavras-chave. Ele se sentia melancólico. O ator não era má pessoa, era egocêntrico porque lhe faltava confiança e, portanto, tinha uma necessidade insaciável de autoafirmação. Momentos como aquele eram como oxigênio para ele.

A entrevista de Calle Collin seria uma cópia carbono de todas as outras que o ator já dera. Nada de novo seria acrescentado, e a verdade seria cristalina em sua ausência. Calle enviaria o texto para que o ator aprovasse, e ele daria seu consentimento, talvez insinuando que os esforços de Calle não tinham ficado à altura de suas expectativas, uma vez que a promessa de uma página inteira em uma publicação significava muito mais para ele agora, passado tanto tempo do auge de sua carreira.

Então o ator deletaria a única coisa que poderia ser considerada uma observação real da parte de Calle e a substituiria por uma declaração glorificando a si mesmo, antes que ambas as partes pudessem concordar que estavam satisfeitas.

O ator havia sido entrevistado incontáveis vezes no curso de sua carreira. As perguntas eram sempre as mesmas, assim como as respostas. Calle reconhecia as palavras que vertiam de sua boca de artigos que tinha lido antes da entrevista. As palavras eram exatamente as mesmas e tão profundamente entranhadas que, mesmo que o ator quisesse se abrir e ser honesto, não poderia se libertar da imagem que construíra para si mesmo.

— Por quê? — Calle o interrompeu subitamente, sem aviso algum.

O ator perdeu o fio da meada no meio de uma piada que já havia contado umas cem vezes antes.

— Perdão?

Calle Collin percebeu que estivera pensando em voz alta e não fazia a menor ideia do que o ator estava falando.

— Como você se tornou a pessoa que é? — tentou Calle, mudando sua postura.

— Você deve ser a pessoa que é quando percebe que não é quem queria ser — o ator divagou, bem ensaiado.

Calle lhe deu um sorriso amigável e anuiu.

— E quem você era na escola? — perguntou. — O palhaço da turma? Um garoto tímido?

O ator ficou em silêncio por um longo tempo antes de responder.

— Eu era terrível — disse por fim. — Eu batia nos outros para que eles não batessem em mim.

* * *

Mike se sentou à mesa da cozinha. O ambiente estava em silêncio, nem a geladeira zunia. Ele pensou em virar a página do jornal apenas para ouvi-lo farfalhar, mas sabia que não seria capaz de levantar a mão para tal movimento.

Fizera o possível. Isso é certamente o que Mike tentava dizer a si mesmo. Ele não sabia se era verdade ou não. Talvez não tivesse feito nada. Talvez só tivesse ficado paralisado na mesa da cozinha com um jornal intacto à sua frente, um jornal que ele pegava na caixa de correio, porque ele sempre pegava o jornal na caixa de correio. Todas as manhãs desde que se tornara adulto.

Ylva não tinha voltado para casa e ponto-final. Ela fora para o trabalho, passara o dia lá e então saíra. Mas não tinha voltado para casa.

Ylva desaparecera. Não fizera contato e não fora vista. Tinha sumido.

Dali a cinco dias, a filha deles faria oito anos. Os colegas de Sanna foram convidados para a festa. Mike não acreditava que Ylva voltaria a tempo.

Ele refletiu sobre a relação deles, se é que havia sido uma relação.

O celular vibrou sobre a mesa da cozinha e fez um ruído surpreendentemente alto no silêncio. Mike olhou para a tela, viu que era do escritório e atendeu.

Seu colega se esforçou para soar casual de maneira compreensiva.

— Eu só queria saber se você vem hoje.

— É claro, já estou a caminho. Não dormi muito bem.

— Não tem pressa — o colega assegurou. — A reunião é só à tarde.

— Obrigado por ligar — disse Mike.

Ele desligou e dobrou o jornal. Fazia dez dias que Ylva desaparecera.

30

Pessoas que diziam não haver diferença entre meninos e meninas obviamente nunca organizaram uma festa de criança, pensou Mike. Os meninos eram bagunceiros e barulhentos, brigavam e derramavam pipoca e refrigerante, enquanto as meninas se reuniam em torno de Sanna para vê-la abrir os presentes.

Quanto dessa diferença podia ser atribuída à genética ou à cultura era outra questão, mas Mike era grato por ter tido uma filha e não um filho. Mesmo que, obviamente, houvesse exceções. O gentil e filosófico Ivan, que, quando perguntado como iam sua mãe e seu pai, respondera: "Não muito bem. Na verdade estamos bem pobres agora, então não vamos poder ir à Tailândia". Ou o calado Tobias, que uns dois anos atrás chorara como se não houvesse amanhã quando descobrira que os saquinhos de lembrancinhas da festa não incluíam confetes de chocolate. Mike se certificara de não repetir o erro em nenhuma festa de aniversário desde então.

Mike e Kristina haviam carregado uma mesa extra até a cozinha para que tivesse lugar para todos. Mesa posta, dois casais colocavam sorvete às colheradas em uma travessa cheia de merengues, enquanto Kristina cortava bananas e Mike preparava jarras de suco. O ruído e o caos na sala de estar eram música para os ouvidos de Mike, um lembrete de que a vida seguia em frente mesmo que ele se sentisse num vácuo.

Porque era assim que ele se sentia. Nada mudara, tudo estava igual. Um oceano de palavras e frases duras pronunciadas para defender um ponto de vista, acrescentar importância, atenuar e confortar. Mas elas não evitavam que Holst passasse dirigindo sua perua Volvo ou que a sra. Halonen acenasse de longe quando passeava com seu pastor-alemão.

A vida seguia em frente. Esse evento inconcebível era apenas uma pequena onda na superfície, e nunca seria nada mais do que isso. A compaixão daqueles à sua volta agora havia se reduzido a *Nada de novo?*. Ao que Mike respondia, com uma expressão perturbada: *Nada de novo*.

Ele olhou para o relógio. Duas e vinte. Os merengues estavam quase prontos. A julgar pelo nível de ruído, era como O *senhor das moscas* na sala ao lado.

— Vamos buscá-las? — perguntou Mike.

— Sim, vá em frente — respondeu sua mãe.

Mike foi até a sala de estar, assobiou alto para fazer as crianças se calarem e pediu que elas fossem pegar algo para comer na cozinha.

* * *

Havia balões amarrados na caixa de correio e na porta da frente. Pela tela, Ylva observou a chegada dos convidados. Os colegas de Sanna estavam lá, arrumados e prontos para dar os presentes. As crianças foram convidadas a entrar. Mike ficou parado no vão da porta, conversando com os pais.

Ylva achou que todos pareciam desconfortáveis, tensos e receosos. Ela adivinhou que o fato de estar desaparecida ainda estava em primeiro plano na cabeça de todo mundo. Seria estranho se não estivesse.

O sol brilhava, e os balões dançavam e se chocavam no vento. Ylva percebeu que eles não tinham conseguido colocar a mesa com pratos de papel e copos plásticos na garagem. Anders e Ulrika ficaram para ajudar, assim como Björn e Grethe. A mãe de Mike viera na noite anterior. Os outros pais provavelmente estavam fazendo suas coisas nesse ínterim: saindo para uma caminhada, indo para a cidade, para o cinema ou algo assim. Se houvesse tempo. Festas de criança normalmente não duravam mais que duas ou três horas.

Quando todos os convidados chegaram e a porta foi fechada, Ylva não conseguiu ver o que estava acontecendo lá dentro, mas não achou difícil de imaginar. O barulho de antigas festas infantis ainda ressoava em seus ouvidos.

Pela próxima hora mais ou menos, nada mais de importante aconteceu, a não ser Mike sair de casa com o lixo. Então a porta do terraço foi aberta. As crianças correram para fora em uma massa orgânica. Mike e Anders as dividiram em grupos e elas fizeram um tipo de revezamento com laranjas debaixo do queixo. Depois brincaram de esconde-esconde.

Mike e os outros adultos desapareceram na casa. Quinze minutos depois, ele enfiou a cabeça para fora da porta e gritou algo. As crianças pararam e então correram para dentro de casa.

Hora do parabéns, conjecturou Ylva.

A festa terminaria logo. Os pais estariam de volta a qualquer minuto para resgatá-los do ruído e da bagunça. Alguns ficariam para uma taça de vinho na cozinha e fariam companhia aos filhos enquanto eles descansavam e recuperavam o fôlego depois do caos planejado que era uma festa de criança.

* * *

Sanna estava passando manteiga em um pedaço de pão. Ela fazia isso com tamanho cuidado que Mike e Ylva tinham começado a pôr duas facas na manteiga antes de colocá-la na mesa, uma para eles e uma para a menina.

Cada fatia era um trabalho de arte para Sanna, e a tarefa não estava pronta até que o pão estivesse coberto com uma camada uniforme e plana de manteiga. Sem calombos ou marcas.

— Então, você gostou da festa? — perguntou Mike.

Ela concordou sem levantar os olhos do pão.

Aquela fixação em espalhar a manteiga era uma piada constante para Mike e Ylva. Eles se perguntavam o que aquilo poderia indicar, especulavam de onde ela teria pegado aquela mania e que outras coisas na vida da filha receberiam tanta atenção e cuidado.

Às vezes, Ylva achava que Sanna podia ter algum tipo de transtorno, um toque de autismo ou alguma condição conhecida por uma sigla. Mas não. Mike acreditava que espalhar a manteiga era uma forma de meditação. E não havia sentido algum em analisar até a morte algo que funcionava. Colocar uma faca extra na manteiga era muito mais simples. Viva e deixe viver. Com todas as nossas peculiaridades individuais.

— Do que você mais gostou? — perguntou Mike.

— A mamãe não vai voltar para casa, vai?

A pergunta foi como um tapa na cara. Mike tinha pensado bastante sobre a decisão equivocada de sua mãe de manter o suicídio de seu pai em segredo e falar evasivamente de um acidente de carro. Ele lembrou como o sentimento de desesperança e culpa o derrubou quando a verdade finalmente foi revelada. Mike havia decidido não enfeitar os fatos nem proteger sua filha da verdade.

— Não — ele disse —, pelo visto não.

Sanna olhou para ele.

— Ela morreu?

— Não sei — respondeu Mike. — Não sei de nada

Sanna colocou a faca de volta na manteiga e começou a comer. Ela olhou de relance para a mesa antes de voltar a atenção para fora da janela, para o mundo exterior: folhas verde-claras, lilases florindo, não faltava muito para as férias de verão.

Os olhos de Mike ficaram marejados e seu nariz entupiu, forçando-o a respirar pela boca.

31

Amizade, privilégios

Quando a vítima já foi suficientemente desestruturada, a manipulação se torna ainda mais desonesta. O perpetrador, que até agora abusou fisicamente da vítima e a ridicularizou, se torna de súbito gentil e generoso. A vítima fica confusa e começa a reavaliar o perpetrador, a ponto de negar os ataques anteriores. O perpetrador só estava fazendo o que precisava fazer. A vítima o compreende. Ela começa a enxergar sua situação como normal e autoinfligida.

— Feche os olhos.

Ylva o olhou com desconfiança. Ela estava parada com as mãos na cabeça, como fora instruída a fazer. Ele tinha aberto a porta apenas o suficiente para espiar em volta.

— É uma surpresa — ele disse. — Feche os olhos.

Ela obedeceu, as pálpebras tremendo desconfortavelmente. Então o ouviu passando pela porta e caminhando em sua direção. Quando abriu os olhos, ele estava segurando uma luminária de piso em uma mão e um saco de papel pesado na outra.

— Algo para ler — ele disse. — É bom ter algo para passar o tempo. Você usa óculos?

Ela balançou a cabeça. O homem sorriu.

— Sente-se — disse.

Ylva obedeceu. O homem colocou o saco e a luminária no chão e se sentou ao lado dela na cama.

— Você está aqui agora — ele disse. — Eu sei que é difícil aceitar. Você quer pensar que é por pouco tempo, que vai conseguir fugir. Mesmo que saiba que isso nunca vai acontecer. E, quanto mais cedo você parar de pensar nisso, mais cedo vai se sentir em casa. Acredite em mim, em um ano você não vai mais querer ir embora. Em um ano, você vai querer ficar, mesmo que eu deixe a porta aberta.

Ele acariciou o cabelo de Ylva, como se ela fosse uma criança e ele a estivesse confortando, o adulto sábio.

— E não é uma vida ruim, a que nós podemos lhe dar — disse.

Ele colocou um dedo debaixo do queixo de Ylva e virou delicadamente o rosto dela para ele.

— A violência não é realmente o meu barato. Eu bato em você porque preciso bater, para fazer você me obedecer. É eficiente, mas não ajuda a construir laços fortes. Eu prefiro a cenoura ao chicote, o elogio à censura...

* * *

— Mas o que você quer que a gente faça?

Como a maioria dos homens, Karlsson era na realidade sensível. O marido de barba malfeita e olhos vermelhos, cuja esposa estava desaparecida, era mais do que ele conseguia suportar. Se Karlsson não estivesse convencido de que as lágrimas de Mike eram causadas por culpa e não por dor, ele poderia tê-lo persuadido a fazer qualquer coisa.

— Eu quero que vocês a encontrem — disse Mike.

— Como? — perguntou Karlsson.

Mike não sabia.

— Ou ela não quer ser encontrada, ou...

Karlsson se calou, mas era tarde demais. Mike estava chorando de novo.

Meu Deus, que maricas, pensou Karlsson. *Se ele não parar com a choradeira logo, vou começar a chorar também.*

— Desculpe — soluçou Mike.

— Não tem importância. É perfeitamente compreensível — disse o policial, empurrando um pacote de lenços de papel sobre a mesa.

— Obrigado — disse Mike.

Faca enferrujada, pensou Karlsson.

Crime passional, faca enferrujada, culpa.

32

Um país estrangeiro era sempre um bom lugar para esconder seu alcoolismo. O homem presumiu que essa era a razão pela qual todos os ocidentais que viviam no exílio eram tão confusamente parecidos.

Para falar a verdade, Johan Lind era casado com uma africana e o orgulhoso pai de duas crianças pequenas, mas o branco de seus olhos era injetado e amarelado, as bochechas eram inchadas e a barriga era avantajada como um barril de cerveja, como a maioria dos homens brancos no Terceiro Mundo.

Ele começava a beber na hora do almoço e frequentemente parava no bar quando voltava do trabalho, a caminho de casa. O bar era um barraco de metal corrugado que só oferecia a cerveja local e um punhado de mulheres jovens que se sentavam nos joelhos dos homens e riam de suas piadas em troca de drinques e gorjetas.

O homem imaginou que era assim que Johan Lind justificaria sua vida instável. Algo evasivo como o fato de eles serem pobres na África, mas pelo menos saberem se divertir. As coisas não eram tão terrivelmente sérias. As pessoas não sabiam mais como rir na Suécia.

Algo nesse sentido.

O homem não tinha certeza de que Johan Lind era realmente dessa opinião, uma vez que ele mantinha distância e fazia suas observações de um carro alugado, mas parecia um palpite qualificado.

O homem estava no Zimbábue havia seis dias e queria dar cabo do que se dispusera a fazer tão logo fosse possível. Ele sabia o seguinte: Johan Lind trabalhava como capataz em uma construção na região central de Harare. Vivia com a família em Avondale, um belo subúrbio a noroeste da cidade, e cumpria a mesma rotina de trabalho todos os dias.

O homem estava esperando pelo momento certo. Que chegou no dia seguinte.

Johan Lind havia decidido que, como era sexta-feira, iria de moto para o trabalho. Era uma máquina ordinária de suspensão alta e aceleração errática. O homem o viu sair de casa e acelerar na curva como se ainda fosse um garoto de vinte e poucos anos desafiando a morte.

Patético, pensou o homem, enquanto o seguia a certa distância até o seu local de trabalho na cidade.

Quando John Lind, fiel ao hábito, parou no bar na volta para casa, o homem decidiu que havia chegado a hora.

Ele esperou um pouco adiante na estrada. No momento em que John Lind passou algumas horas mais tarde em uma velocidade mais baixa que de costume, para compensar seu consumo de álcool, o homem virou a chave na ignição do carro alugado e partiu atrás dele.

Estava escuro e não havia muitos carros em volta.

O homem o seguiu até que eles chegassem a um trecho de estrada deserto. Então ele o ultrapassou e deu uma guinada com o carro na estrada, na frente da motocicleta. Johan Lind perdeu o controle e tombou sobre o carro. A moto se afastou rodopiando e ele ficou caído no asfalto. O homem estacionou no acostamento e correu até ele.

— Seu idiota! Você me jogou pra fora da estrada, caralho! — gritou Johan.

O homem foi até ele e olhou apressadamente em volta. Johan Lind tentou controlar a dor.

— Você está bem? — o homem perguntou.

Johan Lind ficou surpreso ao ouvir sua língua materna. Perplexo, olhou para cima, para o motorista imprudente que quase lhe tirara a vida. Ele parecia familiar.

— Me deixe ajudar — disse o homem. — Eu sou médico.

Ele colocou o braço por baixo da cabeça de Johan e a segurou com firmeza.

— Você se lembra da Annika? — disse, e então quebrou o pescoço de seu conterrâneo.

* * *

— Em outras palavras, vocês não têm nada?

O promotor público tirou os olhos dos papéis que não se furtara de ler enquanto Karlsson e Gerda recitavam as informações que tinham reunido sobre o desaparecimento de Ylva Zetterberg três meses atrás.

Eles haviam se concentrado no caso da mulher desaparecida, em suas mensagens conflitantes a respeito de aonde estava indo naquela sexta-feira à noite e, finalmente, em sua alegada preferência por certa brutalidade na cama.

Karlsson e Gerda olharam um para o outro, cada um esperando que o outro se saísse com uma paráfrase concisa que atribuísse autoridade ao relatório pouco consistente e, na prática, inútil.

O promotor público continuou folheando os papéis, em uma clara indicação da pouca importância que dava ao trabalho deles.

— Nenhum corpo, nenhuma testemunha, nenhum saque inexplicável no banco, nenhum e-mail ou ligação misteriosa. Resumindo, nada.

Então olhou para os policiais à espera de uma resposta. Nem Karlsson nem Gerda disseram qualquer coisa.

— O caso está encerrado — decretou o promotor público e retornou aos seus papéis, sem prestar mais atenção nos dois. — Isso é tudo — acrescentou em voz baixa.

33

Já existiu algo que poderíamos chamar de profissionais de velório, ou seja, pessoas que iam a funerais onde não tinham razão alguma para estar, inclinavam a cabeça e assentiam pesarosamente com uma expressão de dor. Elas apareciam em número considerável, mas a maioria das pessoas recua. A vasta maioria fica sem jeito diante da dor alheia, sem saber o que fazer ou dizer. Essas pessoas têm medo de parecer intrusas, de ser uma lembrança e de se somar à dor. Também temem que parte do peso e da tristeza possa respingar na própria vida.

Aqueles que experimentaram a dor e a perda, e que foram confrontados com a incerteza dos que os rodeiam, muitas vezes dizem que o mais importante não é como os outros reagiram, mas o fato de que reagiram. Não importa como.

No caso de Mike, não havia por que estar de luto, apenas incertezas e perguntas.

— E ela simplesmente sumiu?

— Sim.

— Então ela fugiu?

— Não, acho que não.

— Mas então aconteceu alguma coisa...

— Não sei. Ela está desaparecida. Saiu do trabalho e nunca mais voltou para casa.

— O que a polícia diz?

— Nada, na verdade. Eles dizem que acontece, que as pessoas simplesmente desaparecem.

— Ela tem que estar em algum lugar. Eu não entendo...

Os amigos e colegas de Mike não podiam lhe dar os pêsames. Fazer isso seria sinal de que eles tinham perdido a esperança. Depois de um tempo, eles começaram a se afastar. Não havia mais nada a dizer. O desaparecimento de Ylva era um mistério.

Quando o sumiço completou cinco meses, o jornal local publicou um longo artigo associado ao programa de TV *Desaparecidos*, em uma tentativa de trazer à luz mais informações. O artigo detalhava o último dia de trabalho de Ylva. Também incluía uma lista daqueles que haviam desaparecido na região em anos recentes, sem deixar nenhum vestígio, sob o título "Corpos nunca encontrados".

A maioria era homem, mais da metade, temia-se, perdidos no mar. Alguns tinham sido vistos nos dias que se seguiram ao desaparecimento, mas os relatos das testemunhas eram conflitantes e vagos.

Como investigador da polícia, Karlsson fez declarações, recitando estatísticas e possíveis cenários.

— Nos casos em que suspeitamos que a pessoa desaparecida pode ter sido morta, nos concentramos naqueles mais próximos dela. É aí que normalmente encontramos o culpado.

A declaração não mencionava Mike diretamente, mas o artigo era ilustrado com uma fotografia de Ylva, que o jornal tivera a permissão de tomar emprestada em conexão com seu desaparecimento.

Karlsson não poderia ter apontado o dedo mais claramente, sem correr o risco de calúnia.

Mike passou a maior parte da semana seguinte refutando as acusações.

Ele ligou para Karlsson, que alegou ter sido mal interpretado e que falara em termos gerais, não especificamente sobre o desaparecimento de Ylva.

O promotor público disse que aquela era uma questão para o Conselho de Imprensa sueco.

— E, se você ler o artigo corretamente, então...

Mike bateu o telefone e ligou para o jornal.

— Minha filha estava chorando quando eu a peguei na escola hoje. E adivinha o que as outras crianças disseram?

O editor-executivo foi compreensivo e se desculpou, dizendo que estava disposto a publicar uma correção. Assim, uma pequena nota na primeira página declarava que nem a polícia nem a promotoria pública apontavam como suspeito alguém da família de Ylva ou quaisquer de seus amigos.

Como acontece com a maioria das negações, isso só piorou as coisas.

34

Ylva ficou deitada na cama olhando para a tela da TV. A luz assumia seu espaço, a manhã forçando a noite a recuar. Era a melhor hora do dia. Ela sabia que logo veria Sanna e Mike passarem rapidamente pelas janelas e que, quarenta e cinco minutos depois, eles deixariam a casa e entrariam no carro.

Ylva encarava a tela como se a segurança deles dependesse de sua supervisão vigilante. Ela se concentrava de tal maneira que tudo à sua volta desaparecia. Era quase como se ela estivesse ali, dentro da imagem de realidade que estava observando.

Mike e Sanna haviam encontrado novas rotinas. Era óbvio, a julgar por seus movimentos familiares. A maneira como Mike fechava a porta da frente, a maneira como Sanna dava a volta no carro e saltava para dentro tão logo ele o abria. A cadeirinha era agora um equipamento permanente no banco do passageiro. Sanna colocava a mochila debaixo do banco e se esticava para afivelar o cinto de segurança. Mike jogava fora o lixo do dia anterior. Hesitava por um momento antes de despejar as coisas certas nos recipientes certos.

Mike adaptara seu dia de trabalho para se adequar aos horários de Sanna. Nas manhãs, pelo menos. Sua mãe estava ali na maioria das tardes. Ela voltava de mãos dadas com Sanna da escola, carregando sacolas de alimentos.

Ylva se perguntou se sua sogra estava feliz agora. Se ela valorizava a importância que havia adquirido.

Kristina também havia perdido o marido. A diferença é que ela soubera disso. Era quase certo que havia assumido sua porção justa de culpa, passado e repassado o que poderia ter feito diferente, punido a si mesma dessa maneira. Mas ela soubera.

Sanna tinha um novo casaco de outono. Ylva tinha certeza de que Mike havia deixado que a filha mesma escolhesse. Ela pensou que não teria sido tão generosa.

Tão logo eles desapareciam da tela, Ylva começava seus exercícios matinais. Cinco minutos marchando no mesmo lugar, elevando os joelhos bem para cima, com as mãos ao longo do corpo. Cem abdominais e vinte e cinco flexões de braço.

Ylva queria fazer mais, mas temia que pudesse se machucar e ter de parar completamente. O sentimento de força era importante para seu bem-estar mental.

Eles mataram Anders, mataram Johan. Mataram. O homem lhe contara orgulhosamente, com detalhes, e lhe informara o que eles esperavam dela agora.

Não havia pressa, a mulher explicara. Ylva podia prolongar o próprio sofrimento se quisesse, ela não merecia uma solução rápida. Mas, quando estivesse pronta, eles lhe forneceriam o equipamento necessário.

Então a mulher reclamara do cheiro de suor. Ela reclamava de tudo. Ylva tinha mais medo dela que do homem.

Logo depois de tomar banho, Ylva preparava uma xícara de chá e passava manteiga em uma fatia de pão. Então ela lavava e passava roupa, fazia as tarefas que lhe haviam sido dadas. Ela as realizava com uma energia e um cuidado surpreendentes. Ylva recebia comida, eletricidade e água em troca de seu trabalho. Recebia permissão para seguir vivendo.

A luminária de piso, a chaleira elétrica e os livros eram em troca da outra coisa.

Ylva merecia recompensas, pois fazia mais do que era esperado.

E estava sempre pronta.

* * *

Calle Collin estava na filial Odengaten da Biblioteca Pública de Estocolmo. Havia avisos por toda parte dizendo que você só poderia levar um jornal de cada vez, mas Calle estava com pressa, então pegou meia dúzia de jornais locais antes de se ajeitar na sala de leitura.

O jornalismo era cíclico. Uma coisa gerava a próxima, que por sua vez exigia pesquisa, que resultava em novos artigos, que gerava...

Os livros didáticos tendiam a enfatizar a importância de fontes múltiplas e independentes. O acesso a informações objetivas era um pré-requisito para que bons cidadãos fizessem escolhas ponderadas e então votassem no partido que acreditavam estar mais bem preparado para governar o país no mandato parlamentar seguinte.

O jornalismo político não era realmente a praia de Calle. A sua "causa" era manter as dívidas e os credores longe de sua porta, mas até o conteúdo dos semanários funcionava na mesma base cíclica. Ele conseguia ideias para o próprio material dos artigos de outras pessoas.

Ele folheou os jornais rapidamente, procurando por material com um olhar treinado. Seu interesse estava nas notícias dos jornais locais. Era onde Calle normalmente encontrava assunto, eventos incomuns na vida de pessoas comuns.

Ele fez uma nota rápida de tudo o que lhe chamou atenção. Mesmo se não fosse adequado para um artigo ou uma entrevista, o material talvez pudesse ser transformado em uma História do Leitor.

Esses artigos não eram tão bem remunerados, mas eram fáceis de inventar. Calle vinha trabalhando como freelancer para uma revista voltada para a família, fornecendo esse tipo de material, e logo percebeu que era muito mais simples escrever ele mesmo o artigo que editar os manuscritos incompreensíveis que os leitores enviavam.

Trinta minutos depois, ele deixou a biblioteca, foi para casa e disparou e-mails com ideias para três matérias para quatro editorias. Enviar mais sugestões testaria a paciência dos editores.

Ele ligaria para eles à tarde e perguntaria se tinham conseguido examinar suas sugestões. Se tivesse sorte, alguns deles seriam cautelosamente positivos.

Decorrido um tempo, ele ouviu algo cair em sua caixa de correio — o carteiro devia ter sido jogador de basquete no passado. Calle foi até a entrada e pegou os envelopes com um suspiro. Ele os abriu com o polegar e, como era de esperar, confirmou que, mesmo quando as coisas pareciam mal, sempre podiam piorar.

Três horas mais tarde, Calle havia falado com o quarto e último editor. Nada feito. Dois deles disseram que pensariam sobre as ideias, mas não podiam prometer nada. Um havia demonstrado estar abertamente desinteressado e suspirou alto quando Calle se apresentou. O outro, um jovem com ótimas habilidades sociais, mas obviamente muito pouco entre as orelhas, havia declinado e tagarelado sobre cortes. Calle tinha certeza de que esse cara escalaria rapidamente até o topo do maior grupo de mídia da Suécia.

Calle havia acabado de se deitar na cama e começado a olhar para o teto com apatia quando o telefone tocou. Ele conferiu a tela. Era Helen, a editora-executiva de *Crianças & Família*. Então atendeu animadamente.

— Há quanto tempo.

— Sim — ela disse, cansada. — Sinto muito. Estávamos ocupados demais. Ainda estamos. Por isso estou te ligando. Pergunta rápida: você pode vir aqui e editar algumas coisas?

— Claro. Quando?

— Amanhã e sexta-feira. E na semana que vem inteira.

— Com certeza — disse Calle.

— Mesmo? Isso é ótimo. Eu te adoro.

— Sem problemas — disse ele e desligou. — O telefone não parou de tocar — completou em voz alta, com um largo sorriso.

35

Ylva estava morta, Mike estava certo disso. Ele não tinha mais nenhuma esperança de que ela subitamente entraria em contato de algum lugar no Mediterrâneo, onde estava colhendo uvas de sandálias e roupas leves, causando confusão como uma hippie pós-pubescente cheia de tesão. Algo havia acontecido, e ele não fazia questão de especular demais a respeito. Em vez de ruminar sobre quão terríveis deviam ter sido as horas finais da vida dela, Mike bloqueava conscientemente todos os pensamentos que levavam nessa direção e se concentrava nas questões práticas do que estava à sua volta.

— Papai, você foi convidado para uma festa à fantasia!

— O quê, eu?

Sanna veio correndo na direção dele com o convite na mão. Mike levantou a filha e a abraçou apertado. Ele assentiu para sua mãe, que estava parada de avental na cozinha, sorrindo enquanto olhava para os dois.

— O que você vai usar? — guinchou a menina.

— Não sei. Vamos dar uma olhada no convite.

Mike colocou Sanna no chão e olhou para o cartão que ela lhe passara. Depois pendurou o paletó e começou a ler o convite enquanto caminhava até a cozinha.

— Então ela está fazendo quarenta anos — ele disse e beijou sua mãe na face. — Humm, que cheiro bom.

— São só almôndegas, nada especial.

— O que você vai usar? — insistiu Sanna.

— Eu não sei. Primeiro vamos ver se eu vou.

— O quê? Você não vai?

Aquilo estava além da compreensão de Sanna. Uma festa à fantasia, a oportunidade de caprichar na roupa. Melhor impossível.

— É claro que o papai vai — disse Kristina.

— Veremos — observou Mike, roubando uma almôndega direto da panela.

Sanna olhou para o pai, decepcionada.

— Você nunca quer fazer nada divertido.

— Não quero? — perguntou Mike.

— Não, nunca — disse Sanna.

— Talvez eu não ache festas à fantasia tão bacanas assim.

— Papai, você não acha nada tão bacana assim.

* * *

Calle Collin deu um longo suspiro. O artigo era uma bobagem e não tinha relação alguma com o título. As citações eram vazias, os fatos não traziam nenhuma novidade e a perspectiva escolhida era tão empolgante quanto uma noitada em Nässjö.

Era sexta-feira à tarde, e a equipe editorial de *Crianças & Família* estava sentada na cozinha tomando café. Helen tinha tentado fazer com que Calle se juntasse a todos, mas ele se recusara a deixar sua mesa até que o artigo estivesse pronto. Era seu último dia como editor freelancer, e ele queria terminar o trabalho, mesmo sem conseguir compreender por que Helen havia comprado a história em primeiro lugar.

Os telefones continuavam tocando à sua volta, sem parar.

— Você pode ligar para a recepção e pedir que eles segurem todas as chamadas? — gritou Helen. — Diga que estamos em reunião até as quatro.

Calle pegou o telefone e discou.

— Acho melhor você atender essa chamada — disse a telefonista. — Na verdade, acho que a Helen devia atender.

— Ok, então transfira.

Calle se apresentou para a mulher, que estava extremamente aflita e pedia para falar com a editora-executiva.

— Qual o assunto? — perguntou Calle, uma vez que não queria perturbar o intervalo para o café da equipe por causa de mais uma assinante que não havia recebido a revista pontualmente.

Calle levou meio minuto para perceber que a questão era séria.

— Só um momento — disse. — Vou chamá-la.

Então largou o telefone sobre a mesa, engoliu um nó desconfortável na garganta e foi até a cozinha. A expressão em seu rosto refletia claramente o que estava se passando em sua cabeça, pois todos silenciaram e olharam para ele em suspense.

— Tem uma mulher no telefone — disse Calle. — Algo sobre um artigo na última edição. Sobre a África.

Helen anuiu.

— Sim. E qual o problema?

— O cara está morto — disse Calle. — Ele morreu em um acidente de trânsito quatro meses atrás.

— Ah, meu Deus.

Helen se levantou rapidamente.

— No seu telefone? — perguntou.

Calle assentiu.

Ele ficou na cozinha e, como os outros, ouviu a resposta cuidadosa e calma de Helen. Sua preocupação, suas sinceras desculpas e mais profundas condolências. E, dada a situação, suas explicações honestas, porém insignificantes, para o equívoco.

Um dos repórteres havia conseguido encontrar uma cópia da edição de que estavam falando e abriu a revista no artigo. Embora tivesse sido escrito seis meses atrás, ele não fora usado até aquele momento. Calle se inclinou sobre a mesa para dar uma olhada no homem que havia morrido em um acidente de trânsito quatro meses atrás. Ele posava orgulhosamente com sua família, uma esposa africana e duas crianças. Uma menininha, a julgar pelas roupas, e um filho de uns dois anos.

Calle levou um tempo para reconhecê-lo. Ele sentiu o coração bater mais rápido enquanto procurava pelo nome do homem no texto. Ele estava certo. Era ele.

O homem que havia morrido em um acidente na África era Johan Lind, um dos tiranos da escola que faziam parte do que Jörgen Petersson havia chamado de Gangue dos Quatro.

* * *

Mike foi à festa, embora visse festas à fantasia como um crime contra a dignidade humana, algo que apenas pessoas banais, sem imaginação e sádicas pensariam em fazer.

Ele foi pelo bem de Sanna. Para ser um bom exemplo, e não alguém que se fechou para a vida.

Virginia era uma mulher do tipo formal, falava pouco e tinha um rosto não muito simpático, fria e distante. Mas, depois de meio copo, era também uma maluca festeira.

E, nessas ocasiões, Mike tinha tanta consideração por Virginia quanto por festas à fantasia.

Os outros convidados deram tapinhas em seu ombro e disseram que era bom ver que ele estava saindo de novo.

Fazia dez meses que Ylva tinha desaparecido e quase seis meses desde o artigo do jornal. A respiração de Mike era rasa, como se ele estivesse prestes a chorar. Tornara-se um hábito a maneira como ele respirava.

O jantar foi agradável. Virginia agiu como era de esperar, a médica e a monstra.

Mais tarde, assim que tiraram a mesa e a música começou a tocar com um atrevimento juvenil e alegres investidas lascivas, Virginia encostou do lado dele e gritou em seu ouvido:

— Acho que você sabe.

Ela assentiu bêbada e cutucou o dedo no peito de Mike. Ele teve uma premonição terrível, mas era algo tão impensável que ele não tinha como aceitá-la.

— Sabe o quê?

— O quê?

Ela estava realmente de porre.

— Sabe o quê? — repetiu Mike em voz alta.

Virginia tropeçou para frente e fez um gesto para Mike se abaixar, para que ela pudesse gritar em seu ouvido.

— A Ylva — ela berrou. — Eu acho que você sabe o que aconteceu.

Mike a encarou com a boca aberta e o pulso acelerado. Ela deu de ombros alcoolizada e apontou para todos em volta.

— Todo mundo acha.

36

Mike ficou acordado metade da noite em companhia da mãe e não conseguiu dormir durante as poucas horas que lhe restavam. Ao olhar para a luz que passava pelas cortinas do quarto, colocou um par de jeans e uma camiseta e foi até Tennisvägen para ver Virginia e seu marido. Eram nove horas, e eles tinham se levantado havia pouco.

Lennart abriu a porta. Mike passou direto por ele até a cozinha, onde Virginia tentou esconder seu constrangimento atrás de um jornal, alegando que não conseguia se lembrar de nada.

— Não me venha com essa desculpa esfarrapada — disse Mike, apontando um dedo acusador para ela. — Não me venha com essa maldita desculpa esfarrapada. A Ylva está desaparecida, presumivelmente morta, e você acha engraçado jogar essa merda em cima de mim? Algo para se fofocar enquanto se bebe vinho?

Lennart deu um passo à frente, tentando fazer o papel de homem da casa.

— Mike, por que você não senta? Então podemos conversar sobre isso direito...

— Não encoste em mim.

A respiração de Mike era audível.

— Eu fiquei tão contente quando recebi seu convite — ele disse. — E aí você joga essa merda na minha cara.

Virginia se sentou em silêncio, com as faces queimando de tão vermelhas.

— Que porra você estava pensando? Você acha, vocês dois acham, de verdade, que eu tenho algo a ver com o desaparecimento da Ylva? Mesmo?

— É claro que não — assegurou Lennart. — Foi um mal-entendido. Não foi, Virginia?

Ela continuou paralisada, sem mover um músculo.

— Bom, vou deixar bem claro que eu não tive absolutamente nada a ver com o desaparecimento da Ylva. Ela está desaparecida há dez meses e sete dias. E não passa um minuto sequer sem que eu me pergunte o que aconteceu naquela noite. Eu só espero que tenha sido rápido, que ela não tenha sofrido. E vocês têm o desplante de sentar a bunda na cadeira e acreditar que sabem. De especular! Vocês dois deviam estar envergonhados, caralho.

Mike se virou para Lennart e o encarou com desprezo.

— E você, andando por aí na sua Harley sem silenciador, sabia que todo mundo ri da sua cara? Um homem de meia-idade em uma moto. O que vem depois, uma guitarra? Se vocês tivessem a mínima noção do que eu passei, do que eu e a Sanna temos que enfrentar todos os dias, vocês não diriam esse tipo de coisa, seus canalhas miseráveis.

Virginia ficou onde estava, olhando para a mesa, sem dizer uma palavra. Lennart fez outra tentativa de controlar a situação.

— Mike, pelo amor de Deus.

— Cala a boca. Você não tem culhão.

Mike bateu a porta atrás de si. Subiu a escadaria até a Ankerliden e seguiu em frente na direção de Bäckavägen. Ele caminhava rápido, apesar de ser uma ladeira íngreme, e fazia muito que não sentia uma confiança tão grande em seu passo e uma calma tão profunda no coração.

Quando chegou em casa, sua mãe e Sanna estavam de pé, com o café na mesa.

Sua filha olhou para ele.

— Onde você estava?

— Fui ver a Virginia e o Lennart. Eu tinha algo para dizer a eles.

— A festa à fantasia foi divertida?

Mike estendeu os braços e a levantou do chão.

— Foi muito divertida — e a girou como se estivessem dançando.

Ele abraçou Sanna apertado e sorriu para a mãe.

* * *

Mike deixou Sanna na escola e foi direto para o hospital. Pagou por um dia inteiro no estacionamento, pois não fazia ideia de quanto tempo levaria, mas presumiu que seria um tempo considerável.

Então caminhou até os elevadores e leu o letreiro. Quarto andar.

A porta no corredor estava trancada e Mike tocou a campainha. Uma enfermeira caminhou em sua direção com as sobrancelhas erguidas e um ponto de interrogação no rosto. Ele estava usando um terno caro e obviamente não parecia um paciente.

Ela abriu a porta.

— Posso ajudar?

— Minha esposa está desaparecida, presumivelmente morta. Meus vizinhos acham que eu estou por trás disso. Tenho uma filha de oito anos e preciso de ajuda. Alguém com quem falar.

Ele viu a enfermeira hesitar, como se achasse que talvez fosse uma piada. Então ela anuiu ligeiramente.

— Você já esteve aqui antes?

Mike balançou a cabeça.

— Venha comigo — disse a enfermeira.

Ela lhe mostrou onde esperar e prometeu que voltaria logo.

Levou apenas alguns minutos. Ela voltou com o médico, um homem de uns sessenta anos. Mike achou que ele parecia familiar. Talvez parente de um de seus amigos.

O homem estendeu a mão. Mike o cumprimentou, agradecido.

— Olá. Meu nome é Gösta Lundin. Você quer falar com alguém?

Mike assentiu.

Eles foram para um dos consultórios, e o médico fechou a porta atrás de si.

— Por favor, sente-se.

— Obrigado.

Gösta Lundin se sentou do outro lado da mesa.

— Desculpe, mas não guardei seu nome.

— Mike. Mike Zetterberg.

O médico se sobressaltou, olhou para ele brevemente e então escreveu seu nome.

— Número da identidade?

Mike recitou o número.

O médico colocou a caneta sobre a mesa e sorriu para Mike.

— Muito bem — disse. — Então você apareceu aqui sem marcar uma consulta?

— Sim.

— E qual a razão disso?

Mike lhe contou a história.

— ... e ela simplesmente nunca mais voltou para casa — concluiu. — Simples assim. Eu não faço ideia do que aconteceu, se ela sofreu um acidente ou foi assassinada.

— Mas você acha que ela está morta?

Houve uma pausa antes que Mike respondesse. Ele queria ter certeza de suas palavras.

— Acho difícil acreditar em qualquer outra possibilidade.

— Você disse que os seus amigos suspeitam que você tem algo a ver com o desaparecimento da sua esposa. A polícia também pensa assim?

— Minha esposa teve um caso mais ou menos um ano antes de desaparecer. E, até onde eu sei, talvez não apenas um. Quando contei isso para eles, os policiais se recostaram e olharam um para o outro. Como se estivessem apenas esperando para perguntar onde eu escondi o corpo.

— E isso não o incomodou tanto?

— Foi perturbador e ofensivo, mas na época, no caos que se seguiu ao desaparecimento da minha mulher, eu basicamente não estava nem aí. Não teve uma acusação formal, foram mais insinuações, olhares trocados e observações silenciosas. Como se eles estivessem esperando que minha consciência falasse mais alto e eu contasse o que tinha feito.

— E por que agora é diferente?

— Porque eu tenho conseguido retomar o que chamamos de vida cotidiana. A festa me parecia um ponto de virada. Era à fantasia. Eu detesto me fantasiar, mas fui para provar que estava de volta ao jogo.

Mike levantou a cabeça, encontrando o olhar penetrante do médico.

— Você acha que isso não devia me incomodar? — perguntou. — O que os vizinhos pensam e fazem? Que, levando todo o resto em consideração, isso não devia fazer nenhuma diferença?

Gösta Lundin balançou a cabeça, sem se ofender.

— Eu não disse isso. E não foi o que pensei também.

Mike se arrependeu do que havia dito.

— Desculpe.

— Não precisa se desculpar. Só quero que você diga como se sente. E o sentimento de perda?

— É como um buraco, como se eu fosse uma casca e tivesse um eco por dentro. É assim que eu me sinto. Embora às vezes me pergunte se realmente sinto isso ou se é apenas como as pessoas esperam que eu me sinta. Às vezes é como um suor na testa. Há uma pressão e uma batida surda dentro do crânio. Não metálica, mais... sei lá, abafada. É algo físico, digamos assim. Mas, na maioria das vezes, há uma espécie de distância.

— Uma espécie de distância? Como assim?

— As vozes das pessoas. É como se eu estivesse desconectado. Eu ouço as pessoas, mas fico perambulando em minha própria névoa, como se estivesse bêbado. Ou não, não sei. Parece que eu vejo a mim mesmo como outra pessoa, como se eu estivesse me observando de fora. Quando eu estendo a mão e cumprimento outra pessoa, é como se eu não tivesse nada a ver com aquilo. O mesmo acontece quando estou falando: não sou eu. As palavras saem da minha boca como uma propaganda estrangeira mal dublada; minha boca não está sincronizada com o som. E, ainda mais que isso, é como se nada tivesse mudado. Tudo continua do mesmo jeito, as coisas simplesmente seguem em frente.

— A sua filha — sondou o médico.

— Sanna... — disse Mike. — Eu não sei. Parece que ela seguiu em frente, realizou o luto, aceitou. Sim, é isso. A mamãe estava lá e agora não está. Não existe mais. É quase assustador.

— Ela está feliz?

— Você quer dizer, de modo geral? Acho que sim. Não, eu sei que ela está. Todo dia é uma aventura.

— Ela tem amigos?

— Ah, sim.

— Então, o que você está dizendo, essa suspeita, nada disso chegou aos ouvidos da sua filha?

— Não. Se tivesse chegado, eu teria enlouquecido.

Gösta Lundin se ajeitou na cadeira.

— Então, na verdade, o que estamos discutindo é algo que uma mulher bêbada e não particularmente inteligente disse em uma festa?

Mike deu uma risada desdenhosa. Gösta olhou atentamente para ele. Mike balançou a cabeça.

— Sabia que você tem que esperar cinco anos antes que uma pessoa possa ser declarada morta? — ele perguntou. — E aí são as autoridades tributárias que anunciam a morte primeiro, enquanto você ainda tem que esperar mais seis meses. Mas e o que você faz então? Convida as pessoas para um funeral, senta ali, olha para um caixão vazio e fala sobre uma pessoa que ninguém lembra mais? E por que as autoridades tributárias? O que elas têm a ver com isso?

— Você confrontou a mulher — disse Gösta. — Me fale sobre isso.

— Eu fui até a casa dela. Em um primeiro momento, ela alegou que não conseguia se lembrar de nada, então o marido disse que eu tinha entendido mal. Ela estava obviamente constrangida.

— Mas você está convencido de que ela disse o que todo mundo está pensando?

Mike anuiu.

— E se você seguir esse pensamento até o fim? Imagine que isso é tudo o que seus amigos e conhecidos conversam a respeito, nada mais. O tempo todo. Que eles se reúnem e concordam com toda acusação que é externada ou insinuada.

Mike olhou para o médico, que estava sorrindo para ele.

— Aí você percebe como isso é ridículo, não?

— Sim, talvez.

— Acho que foi bom você ter vindo. Sugiro marcarmos outra consulta e continuarmos a nos encontrar regularmente até que as coisas fiquem mais fáceis. Está bem assim para você?

Mike assentiu, agradecido. Gösta Lundin olhou para ele enquanto folheava sua agenda.

— Você me parece familiar — ele disse. — Acho que eu talvez o tenha visto em Laröd. Você mora lá?

— Em Hittarp — Mike respondeu. — Gröntevägen.

— Gröntevägen — repetiu Gösta. — Foi o que eu pensei. Minha esposa e eu acabamos de nos mudar para cá, de Estocolmo. Nós moramos subindo a Sundsliden.

Mike pareceu surpreso.

— É mesmo? Como ainda não tínhamos nos conhecido?

— Acho que já vi você — disse Gösta. — Mas você tinha outras coisas na cabeça, por razões óbvias.

— Mesmo assim — retrucou Mike. — Somos praticamente vizinhos. Você está falando da casa branca no morro? A que foi reformada? Com um estúdio de música no porão?

Gösta largou a agenda e tocou uma guitarra imaginária enquanto cantarolava a introdução de "Smoke on the Water".

Mike não conseguiu segurar o riso. Um psiquiatra fingindo ser um pop star; a simplicidade inesperada era bela.

— Embora eu toque mais bateria — disse Gösta. — É a minha válvula de escape. Bater, golpear, bater, golpear. Botar todo o estresse para fora.

37

Era importante demonstrar sentimento, responder de maneira convincente. Ylva desempenhava seu único dever bem, ela era convincente. Não era difícil, ela quase ansiava pelas visitas. Qualquer forma de contato humano era preferível ao isolamento e à solidão. O que eles haviam lhe dito era verdade, ela havia aprendido a se contentar com o que tinha.

Ylva alternava em seu papel de amante, de sedutora e instigante a tímida e inocente.

Era incrivelmente embaraçoso. Ele tinha mais de sessenta anos, era culto e inteligente, e deveria ter mais noção das coisas. Mas Gösta Lundin não era diferente dos outros homens. Ele escolhia acreditar nos gemidos sensuais dela, escolhia acreditar que ela arqueava as costas para aumentar o prazer, escolhia acreditar que ela o puxava para perto para ser preenchida por sua masculinidade.

Quando ele batia na porta, Ylva ficava de pé, onde poderia ser vista, com as mãos na cabeça. Ficava assim até que ele tivesse entrado no quarto e olhado para conferir que as facas, as tesouras, o ferro de passar e a chaleira elétrica estavam no lugar, no balcão. Todos esses objetos eram armas em potencial, e, se ele não os visse, batia nela ou, pior, saía porta afora e não voltava durante dias. Então ela era obrigada a se virar com o que tinha e a suportar o cheiro de lixo podre.

Às vezes, a esposa de Gösta descia para buscar o marido, se achasse que ele estava demorando muito ou se sentisse compelida a dizer algo. Nada deixava Ylva mais feliz. Quando Marianne vinha buscar o marido, Ylva saltitava alegremente ao fundo, como se estivesse satisfeita.

Marianne fingia não ver, mas Ylva sabia que a atingia fazendo isso.

* * *

Mike Zetterberg estava parado no sinal vermelho. Ele se sentia bem, calmo e forte. Sempre se sentia assim quando voltava do hospital. Estivera lá cinco vezes e já se sentia muito mais estável que da primeira vez em que fora à clínica.

Gösta Lundin era um bom médico, atencioso e gentil. Ele se intitulava "o aposentado da Flórida". Tinha se mudado para longe de Estocolmo em busca de uma vida mais fácil, no outono da vida. A maioria dos moradores de Estocolmo escolhia Österlen, mas Gösta e a esposa não viam a menor graça em morar ao lado daquela água salobra, onde as algas floresciam tão logo estivesse quente o suficiente para nadar.

Os dois estavam felizes com a escolha, e nenhum deles sentia saudades da capital. Exceto quando o sotaque se tornava um pouco forte demais ou os comentários hostis sobre pessoas de fora ficavam demasiado chatos. Nesse aspecto, havia uma grande diferença entre Helsingborg e Estocolmo, e Mike sabia disso muito bem.

Os pedestres atravessavam a rua na frente do carro dele. Corpos se movendo, pessoas a caminho de algum lugar, um rio. Mike estava indo muito bem. Por algum milagre, a vida tinha dado uma guinada.

Ele não diria que a dor diminuíra ou que tivesse desaparecido, mas não o consumia inteiro como antes.

Sanna estava feliz, parecia quase inacreditavelmente em paz e tranquila. Mike trocava algumas palavras com os professores dela praticamente todos os dias, mas aquelas conversas sérias do período imediatamente após o desaparecimento de Ylva tinham sido substituídas por algo mais próximo de amenidades.

— Está tudo bem? — perguntava Mike.

— Sim, achamos que sim — as professoras diziam. — Ela é uma menina forte.

A mãe de Mike era um grande ponto de apoio. Sem ela, não teria sido possível. Ela pegava Sanna na escola e fazia o jantar muitos dias na semana. Às vezes, dormia por lá e limpava a casa no dia seguinte. Mike se sentia como um adolescente mimado, mas sabia que o benefício era mútuo. Kristina estava correspondendo à sua súbita importância.

Eles conversavam muito sobre o pai de Mike, quase mais do que sobre Ylva. Qualquer conversa sobre Ylva terminava em suposições e especulações, conjecturas que não levavam a nada positivo, mas que continuavam a fermentar no subconsciente de Mike, apenas para vir à superfície alguns dias mais tarde, como sonhos horríveis.

E, nessas noites, Mike não conseguia pegar no sono novamente. Então ligava para a mãe e chorava ao telefone. Eles conversavam sobre dor e perda, sobre o sentimento horrível na garganta que fazia com que tudo tivesse um gosto ruim, dificultando a respiração.

Sua mãe e Gösta Lundin. Pessoas sábias e compreensivas que o ouviam e o deixavam falar, lhe permitiam ser triste e fraco. Nada de malditas pílulas que serviam para acalmar e tirar o excesso das coisas.

Mike tinha de pensar claramente e estar presente na vida de sua filha.

Essa era sua única obrigação. E isso lhe dava força, era sua única prioridade. Essa atitude lhe proporcionara outra perspectiva, e ele não se importava com nada mais. Seu trabalho era um meio, não um fim em si mesmo. Nas reuniões, começara a fazer perguntas que ninguém mais tinha coragem de fazer, a levantar objeções óbvias que normalmente cabiam apenas aos mais poderosos e influentes.

Alguém acenou para ele e parou na frente do carro, tentando chamar sua atenção. Era uma mulher bonita, que sorria para ele.

Será que tem alguma coisa errada?, perguntou-se Mike. Então ele percebeu quem era, acenou e sorriu de volta.

Nour veio até o carro, e Mike abriu a janela do lado do passageiro. Ela se inclinou.

— Olá, como vão as coisas?

Ele compreendeu o que ela quis dizer. Eles não se falavam desde todo o drama relacionado ao desaparecimento de Ylva. Mike sorriu.

— Bem, obrigado, está tudo bem. As coisas parecem bem melhores agora, de verdade.

— Eu pensei em ligar para você umas mil vezes, mas acabei não ligando — disse Nour.

O carro atrás deles começou a buzinar. Mike olhou rapidamente pelo retrovisor.

— Estou atrapalhando o trânsito.

— Para onde você está indo? — perguntou Nour.

— Para o trabalho. E você?

— Na mesma direção. Posso entrar?

— É claro.

Mike tirou a cadeirinha de Sanna. Nour abriu a porta e saltou para dentro. Ele engatou a primeira, mas o carro atrás já tinha trocado de pista e o ultrapassado, com as setas piscando furiosamente. Mike levantou uma mão se desculpando, mas o motorista simplesmente balançou a cabeça.

— Coisas urgentes — disse Nour, ironicamente. — Coisas muito importantes.

38

A luz néon piscou no teto, e Ylva foi acordada pela claridade súbita. Os olhos estavam remelentos e ela se sentia febril.

Ylva não sabia por quanto tempo a eletricidade fora cortada, mas lhe pareceram dois dias. O leite na geladeira havia talhado, e a única coisa que ela tinha para comer eram fatias de pão de centeio ressecadas e uma lata barata de atum.

Ela não sabia por que estava sendo punida. Na realidade, ela previra alguma recompensa por seus serviços sexuais, pois fizera mais que o esperado e havia realmente se dedicado. Gösta não reclamara de nada.

Ylva olhou para a tela. Estava claro na rua, e o carro de Mike não estava na garagem. Então supôs que era dia de semana.

Duas batidas fortes na porta. Ylva se levantou com as pernas bambas e as mãos na cabeça. Estava tonta e sentia o corpo balançando. Para passar o tempo nos dias escuros, ela havia deitado debaixo das cobertas e cantarolado canções infantis centenas de vezes, de trás para frente e vice-versa, só parando para ir ao banheiro.

Chão, paredes, teto.

Agora que a eletricidade estava de volta e ela podia ver a rua pela tela da TV, estava preparada para fazer quase qualquer coisa para garantir que não ficaria no escuro de novo.

Ela ouviu a chave virando. A porta se abriu, e Marianne entrou. Ela tinha um rolo de corda na mão, e Ylva automaticamente começou a recuar.

Marianne avançou em sua direção, e Ylva se encolheu na cama, baixou a cabeça e curvou os ombros.

— Você acha que eu não sei o que você está tentando fazer?

Ylva olhou para ela timidamente, sem responder. As únicas palavras que lhe eram permitidas dizer eram "obrigada" e "desculpe". E ela tinha de dizê-las com toda a convicção. Se Marianne achasse que havia o menor sinal de falsidade nelas, Ylva era punida.

— É ridículo — disse Marianne. — Você é uma puta inútil e acha que pode se colocar entre mim e o meu marido? Você não tem noção da realidade? Você realmente acha que ele te deseja?

Ela fez uma pausa e olhou para Ylva com a mesma exasperação que uma professora mostraria ao lidar com uma criança particularmente burra.

— Você acredita sinceramente que alguém iria querer ficar com você? Se nós abríssemos a porta e te deixássemos ir embora, o que você acha que aconteceria? Você acha que o Mike vai te aceitar de volta quando descobrir como você tem sido sem-vergonha dando o seu corpo?

Marianne soava vagamente divertida. Seu desdém era absoluto, pois ela sabia que estava no comando da situação. Era impossível para Ylva contradizê-la. Mesmo a tentativa de retrucar seria inútil.

Marianne levantou uma mão, e Ylva se encolheu instintivamente.

— Por que eu bateria em você? — ela perguntou. — Não vale o esforço.

Então jogou o rolo de corda sobre a cama e voltou para a porta. Quando colocou a chave na fechadura, ela se virou.

— Eu contei para você que a sua filha esteve aqui? Eu comprei uma flor dela. Paguei até um pouco a mais. Pode-se dizer que somos amigas agora.

Depois abriu a porta e saiu.

* * *

— Ao sul de Trädgårdsgatan? — perguntou Mike, virando-se com os olhos arregalados.

— Assustador? — disse Nour, provando o café.

— Um pouco.

— É melhor você acreditar em mim. Eu cresci aqui.

— Impossível — disse Mike. — Simplesmente não se vive ao sul de Trädgårdsgatan; não se faz isso.

— Onde você cresceu? — perguntou Nour. — Em Tågaborg?

— Em Hittarp.

— Sério?

Mike anuiu e sorriu.

— De volta à cena do crime, hein? — disse Nour, imediatamente se arrependendo da escolha de suas palavras.

— Acho que sim — respondeu Mike, sem se ofender.

— Na mesma casa?

— Não exagera.

— Na rua paralela?

Mike não pôde deixar de rir. A risada escapou pelo nariz.

— Quase — ele disse.

Nour assentiu silenciosamente para si mesma.

— Eu tenho um amigo — disse ela — que diz que existem duas maneiras de medir o sucesso de uma pessoa. Não consigo lembrar qual é a primeira, mas a segunda é a distância geográfica entre o lugar onde você cresceu e o lugar onde vive agora. Quanto maior a distância, maior o sucesso.

— Então eu sou um fracasso total — disse Mike. — Embora, na realidade, eu tenha vivido em Estocolmo alguns anos e nascido nos Estados Unidos.

— Uma salva de palmas para você — falou Nour. — E, assim que a Sanna nasceu, vocês voltaram para casa?

— A Ylva não. Ela era de Estocolmo.

Era...

A escolha inconsciente do tempo verbal ficou no ar.

Nour estudou Mike, que engoliu nervosamente. Por fim, ela abriu um sorriso amigável.

— Você pensa muito nela?

Ele empurrou o copo para o meio da mesa.

— Não sei o que penso — respondeu. — Não sei se meus pensamentos têm palavras. Como você pensa? Com imagens ou palavras?

Nour não respondeu.

— Ela faz suas aparições — disse Mike. — Às vezes, ela tem opiniões. Fica ao meu lado e diz que devo baixar o fogo para não queimar a comida, insiste que eu coloque as mãos nos quadris e revire os olhos quando Sanna escolhe as roupas erradas. Do que você chama isso?

— Que ela está cuidando de vocês?

Mike respirou fundo e soltou o ar com um suspiro.

— Não importa. Não importa que diabos seja isso. Você gostaria de vir jantar conosco?

— Jantar?

Nour levou um susto. A pergunta fora tão súbita.

— Se você tiver namorado, traga ele junto — disse Mike.

— Tudo bem.

— Ok. Ótimo. Sexta-feira?

— Quer dizer, eu adoraria vir. Mas sozinha. Eu não tenho namorado...

— Ou quem sabe no sábado? Se o tempo estiver firme, podemos fazer um churrasco.

Nour riu, e Mike não entendeu o motivo.

— O que foi?

— Churrascos.

— Você não come carne?

— Sim, sim, é claro que eu como. É só a ideia toda. É meio... bem, doce.

— A comida?

— Não, doce. Como fofo.

O *que há de fofo em um churrasco?*, Mike se perguntou.

— Fofo porque é tocante — explicou Nour. — Homens que acham que podem fazer coisas. Como crianças com superpoderes. Tudo sozinhos.

39

Negação de si mesmo

A fim de lidar com a humilhação e as constantes agressões, a vítima aprende a se distanciar do próprio corpo. Não é ela que está sendo explorada, é outra pessoa. O corpo se torna uma casca que não tem nada a ver com ela. Essa forma extrema de aversão por si mesma pode se tornar tão intensa que a mulher nunca mais encontra o caminho de volta para o seu eu verdadeiro.

Houve uma batida na porta, e Ylva se posicionou onde era visível, com as mãos na cabeça.

A porta se abriu e Gösta Lundin entrou. Ele tinha um saco na mão. Ylva tentou sorrir, mas ele olhou feio para ela.

— Você não está usando maquiagem — disse, fechando a porta atrás de si.

— Desculpe.

Gösta apontou na direção do banheiro, e Ylva correu para lá dentro.

Quando voltou, os lábios estavam vermelho-brilhantes e os olhos cintilavam. Gösta parara ao lado da cama, desabotoando a camisa. Ele já tinha tirado as calças e as dobrado na beirada da cama.

— De joelhos.

Ylva se ajoelhou na frente dele e pegou a cueca com as duas mãos. Então a baixou bem devagar enquanto olhava sorrindo para ele. Ele se cansou da atuação dela, levantou o pau e o enfiou em sua boca.

— Mãos nas costas. Só a boca. Ele inteiro.

Ylva pôs as mãos atrás das costas e fez o que ele mandou. O pau dele inchou na sua boca e ela quis tirá-lo para não engasgar, mas Gösta agarrou a cabeça dela e a puxou em sua direção.

Ylva tossiu, quase vomitou e instintivamente virou o rosto.

— Desculpe — ela disse.

Gösta a levantou pelo cabelo.

— Mãos para trás — ele lembrou, quando ela se segurou na cama para ficar mais fácil de se levantar. — De joelhos na cama.

Ela se virou e obedeceu. Gösta a empurrou para frente, de maneira que ela caísse de rosto para baixo sobre o colchão, dessa vez sem mexer as mãos.

— Fique com as mãos nas costas. Sempre.

Quando ele terminou, a empurrou para o lado.

Ylva se sentou na cama enquanto Gösta se vestia. O batom tinha sumido, e a sombra nos olhos estava manchada. Fazia um bom tempo que ele não era violento assim.

— Minha mulher diz que você está ficando preguiçosa.

Ylva não compreendeu.

— Com a roupa — continuou Gösta. — Você só passa um lado. Isso não é suficiente, você tem que passar o lado de dentro também.

— Desculpe.

— Eu não sei o que você faz o dia inteiro. E não tem sentimento. Eu não quero usar de violência, mas não vou hesitar em usar se for preciso para que você entenda.

— Desculpe.

— Você está começando a ter ideias além do seu alcance. A pensar que você é importante. Você não significa absolutamente nada.

Ele olhou para ela.

— Da próxima vez, espero que você tome um pouco de iniciativa.

Gösta suspirou e balançou a cabeça.

— E pensar que a Marianne e eu chegamos a discutir se devíamos deixar você subir para limpar a casa.

* * *

Nour estendeu o presente. Sanna o pegou com as duas mãos, com grande entusiasmo.

— Posso abrir? — perguntou.

— É claro — respondeu Nour.

— Mas não é meu aniversário.

— Não precisa ser seu aniversário.

Sanna correu para a cozinha. Mike a observou e então sorriu para sua convidada. Depois a abraçou com cautela.

— Seja bem-vinda.

— Obrigada — ela disse, tirando uma garrafa de vinho da bolsa.

Mike a pegou e olhou o rótulo.

— Não é muito caro — explicou Nour —, mas é muito bom.

— Tenho certeza que sim. Obrigado. Posso pegar seu casaco?

Ele pendurou o casaco de Nour e disse que ela podia continuar de sapatos.

— Mas eles estão molhados — disse ela.

— Não se preocupe — insistiu Mike.

— Você tem faxineira?

— Você fala como se fosse uma coisa ruim.

Mike colocou a mão no coração e fingiu estar chateado. Nour o encarou. Ele sorriu para ela, que não sorriu de volta.

— O que foi? — perguntou Mike, nervoso.

Ela balançou a cabeça.

— Essa foi a última coisa que eu ouvi a Ylva dizer. Nós estávamos insistindo para que ela saísse com a gente para um drinque, e ela disse que queria ir para casa. Alguém gritou: "Mande um oi para a família", e ela colocou a mão no coração, exatamente como você fez agora, e falou: "Você diz como se fosse uma coisa ruim".

Eles ficaram em silêncio por um tempo, ambos surpresos pela força da memória. Mike engoliu nervosamente.

— É a minha mãe — disse, incerto. — Que limpa, quero dizer. Gosto de pensar que ela faz isso por amor.

— Ela ama limpar a sua casa? — brincou Nour.

— Quem sou eu para negar a ela esse prazer? — retrucou Mike.

Eles foram para a cozinha. Nour pegou um pedaço de papel-toalha e secou rapidamente os sapatos.

— Pelo visto, você não está pensando em fazer churrasco.

— Não, o tempo mudou. Então vai ser lasanha. Vegetariana. Tudo bem para você?

— Tudo bem. Foi sua mãe que fez?

— Não, na verdade fui eu...

— Papai! São canetas. E um quadro para desenhar! — exclamou Sanna, exibindo o presente.

— Sim. Eu lembro que você era muito boa de desenho — disse Nour. — Aliás, ainda tenho o seu hipopótamo no trabalho. Lembra dele?

— Ele não ficou tão bom — disse Sanna.

— Ficou superbom — Nour garantiu. — Eu olho para ele todos os dias.

Mike se serviu de um pouco de vinho e passou uma taça para Nour.

— Sanna, Coca-Cola?

— Agora não.

Ela queria testar suas canetas primeiro.

— Bom, saúde. Seja bem-vinda à nossa humilde moradia — exclamou Mike, erguendo a taça.

Eles provaram a bebida.

— Humm, está ótimo — disse Nour.

Mike olhou para a filha, pronunciando um silencioso *Obrigado* para Nour. Ela balançou a cabeça. *Não foi nada.*

— E obrigado por ter vindo — falou ele. — Parece meio bobo, mas aquele café com você outro dia valeu minha semana. O que isso quer dizer, "valeu minha semana"?

— Aprimorou? — sugeriu Nour.

— Isso. Aquele café aprimorou minha semana, de verdade.

Nour observou que os cílios de Mike estavam molhados. Ele se virou e olhou para o forno. Ela pegou uma cadeira e se sentou ao lado de Sanna.

— Um gato?

— Um cavalo — disse Sanna.

— É mesmo, agora dá para ver.

Nour ergueu o olhar. Mike tinha se voltado para o balcão e estava assoando o nariz.

— Humm... — ele suspirou, jogando o lenço de papel no lixo. — Sou realmente patético — e deu uma risada constrangida.

— Você tem todo direito de ser — disse Nour.

40

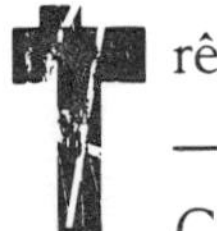

rês dos quatro estão mortos — disse Jörgen Petersson. — Não pode ser coincidência.

Calle Collin não conseguiu segurar uma risada cética.

— Você acha que tem alguma ligação? — ele riu baixinho. — O Morgan morreu de câncer, o Anders foi assassinado na Fjällgatan e o Johan morreu num acidente de moto na África. Agora, por favor, me explique o que tudo isso tem a ver.

— Há conexões e conexões — disse Jörgen. — Eu vejo isso mais como uma prova de que Deus existe.

Calle ergueu a mão.

— Você não devia dizer essas coisas nem brincando.

— Mas eu realmente acredito nisso — afirmou Jörgen, absolutamente sério. — O mundo pode não estar melhor sem eles, mas certamente não está tão ruim.

Calle olhou para ele asperamente.

— O que eles fizeram para você? Como eles conseguiram deixar uma marca tão profunda que você não consegue nem sentir pena de eles terem perdido uns quarenta anos de vida?

— Eu? — disse Jörgen. — Eu fiquei fora do caminho deles o máximo possível. Mas mesmo assim consegui apanhar umas duas vezes. Eles não fizeram nada de bom. Aterrorizavam todo mundo. A escola inteira se curvava diante da crueldade deles. Eu ficava em pânico toda vez que tinha que passar por eles.

— Eu não lembro de ser assim.

— Como você lembra, então?

Calle deu de ombros.

— Na semana passada eu entrevistei um cara que ficou paralisado da cintura para baixo. Ele mergulhou num lugar raso e quebrou o pescoço. Dezoito anos. É uma das pessoas mais positivas que já encontrei na vida. Eu perguntei se ele tinha raiva pelo fato de o acidente ter acontecido com ele. E sabe o que ele disse? Disse que não tinha ninguém para culpar, que acidentes assim normalmente acontecem com pessoas que assumem riscos, que se expõem a riscos desnecessários. Ele tinha somente a si mesmo para culpar, não era nem um azar extremo. Você devia conhecer esse cara. Ele pode te ensinar uma ou duas lições.

— Tenho certeza — disse Jörgen.

Calle riu com desdém.

— Uma esposa, filhos saudáveis e montanhas de dinheiro. E você fica aí, se lamentando por causa de uns derrotados imbecis que eram o máximo no colegial. E que nem estão mais entre nós. Quantas pessoas bem-sucedidas você conhece que eram felizes na escola?

— Você está certo — disse Jörgen. — Você está absolutamente certo.

— É claro que estou certo.

— Mas a Ylva ainda está viva?

— Não sei — disse Calle. — Não posso dizer que a gente tenha um contato diário. Não a vejo desde a época da escola. Acho que ela se casou com alguém de Skåne ou algo assim.

— Alguém de Skåne?

— Lá vem você — disse Calle. — Um destino pior do que a morte.

Jörgen olhou pensativo para o espaço vazio.

— Pare — disparou Calle. — Isso não combina com você.

Jörgen não compreendeu.

— O quê? — perguntou.

— Ficar parado aí, ruminando.

— Eu só estava pensando...

— Bem, então não pense — interrompeu Calle. — Não vai fazer nenhum bem, nem para você nem para ninguém.

Jörgen acenou com a mão à sua volta e cruzou as pernas.

— Isso que você estava dizendo sobre o cara que ficou paralisado, que foi algo que ele mesmo se impôs...

Calle se perguntou aonde ele queria chegar com aquilo.

— Talvez tenha acontecido o mesmo com os caras da Gangue dos Quatro — disse Jörgen.

— Como assim?

— O Morgan teve câncer, provavelmente por causa de um estilo de vida pouco saudável. O Anders foi assassinado no centro de Estocolmo, e só podemos supor a razão disso. E o Johan morreu num acidente de moto no Zimbábue, e é bem provável que não estivesse muito sóbrio.

Calle balançou a cabeça.

— Você não desiste, não é?

* * *

— É estranho — disse Mike. — Eu quase penso mais no meu pai do que na Ylva. Todas as coisas antigas acabam vindo à tona.

Ele estava no consultório de Gösta Lundin, no quarto andar do hospital de Helsingborg. Mike se sentia à vontade naquele ambiente e tinha absoluta confiança em seu médico.

— Você quer dizer que poderia ter feito alguma coisa diferente? — Gösta lhe perguntou.

Mike inclinou a cabeça e fez uma careta.

— Não é tanto isso, é o sentimento.

— O sentimento?

— Logo após a morte do meu pai, as pessoas deram muita atenção para mim e para a minha mãe. Família, amigos, o funeral, todos os detalhes. A vida diária era um drama, mais à flor da pele de certa maneira. Talvez pareça insensato, mas era empolgante, um pouco como o primeiro dia na escola, ou como se apaixonar. A vida era cheia de significado, apesar de toda dor e desesperança. Acho que eu... não sei, me sentia importante ou algo assim. Meu Deus, isso soa terrível.

— De maneira alguma.

— Porque não é isso que eu penso.

— Compreendo. Continue.

Mike reuniu seus pensamentos e tentou formular o que queria dizer.

— O resto veio depois — ele disse.

— Que resto?

— A vergonha, o constrangimento, as pessoas desviando o olhar. Elas não sabem como lidar com a dor. Existe muito pouca gente que realmente compreende o que você precisa de verdade.

— E o que seria? — questionou Gösta.

— Companhia — disse Mike, olhando para ele. — Ou pelo menos acho que é isso. Alguém que o convide para tomar um chá e seja apenas amigável, normal, que ligue e pergunte se você quer ir ao cinema, que peça para você dar uma mão com algo. Qualquer coisa, apenas para ajudar a passar o tempo.

Mike sorriu para o médico.

— Depois de terminados todos os rituais, quando a vida cotidiana prosseguiu e as pessoas esperavam que eu tivesse superado tudo, naquele momento eu teria até gostado de uma piada inapropriada, qualquer coisa que não fosse apenas distância e silêncio.

Mike riu, olhou para as mãos e então ergueu o olhar de novo.

— Eu pareço um daqueles velhos entrevistadores de TV falando sobre sua infância difícil — disse ele. — E acho que a maioria das pessoas que sentam nessa cadeira faz o mesmo. Você deve pensar que somos um bando lamentável de fantoches chorões.

Gösta balançou a cabeça, se inclinou para frente e cruzou as mãos sobre a mesa.

— O seu pai — ele disse em uma voz amigável. — Você teme que... bem, que seja hereditário, digamos assim? A depressão dele, quero dizer.

Mike balançou a cabeça e se inclinou para trás.

— Minha mãe acha que foi o álcool que matou meu pai. Era um círculo vicioso. No fim, ela não sabia se ele bebia porque estava deprimido ou se estava deprimido porque bebia. Eu tomo bastante cuidado com o álcool, ajo como minha mãe nesse sentido. E desde que a Sanna nasceu, eu jamais chegaria a pensar em algo assim, nunca. Embora eu deva dizer que consigo entender o meu pai de certa maneira, agora. Quer dizer, a dor era profunda e o futuro era negro. Eu compreendo por que as pessoas cometem suicídio, só não quero que aconteça com aqueles próximos de mim.

— O que você acha que aconteceu com a Ylva? Você acha que ela cometeu suicídio?

— Não.

— O que você acha que aconteceu?

— Eu acho...

Ele virou o rosto e olhou para a parede.

— Eu acho que ela foi assassinada. Talvez por acidente. Pode ter sido um jogo sexual com a pessoa errada, uma agressão sexual, não sei.

— Então você não acha que ela esteja viva?

— Não, não acho — ele disse, após um tempo.

— Você não tem mais nenhuma esperança?

Mike balançou a cabeça.

— Eu ficaria maluco — disse.

— Ambos os cenários que você mencionou envolvem sexo — indicou Gösta.

— Nós já falamos sobre isso — falou Mike laconicamente.

— Ela era excessivamente sedutora?

— Sim.

Mike teve de se segurar para controlar a voz.

— E você acha que isso a levou para os braços da pessoa errada?

— Não faço ideia. A Ylva partiu e nunca mais vai voltar. Eu não quero pensar muito sobre o que pode ter acontecido.

— Desculpe, sinto muito — disse Gösta.

Mike procurou se controlar e se acalmou.

— Você já perdeu alguém próximo? — perguntou por fim, encarando o médico.

— Eu tinha uma filha — Gösta contou.

O rosto de Mike foi da irritação para o arrependimento em um instante. Gösta sustentou seu olhar.

— Foi há vinte anos. Ela tinha dezesseis.

— Câncer?

Gösta não disse nada por um longo tempo.

— Eu prefiro não falar sobre isso — disse por fim. — Não mais, e não com você. Você é meu paciente, não o contrário.

41

Não era bom. Contratos curtos e de vez em quando um trabalho como freelancer. A única constante na vida de Calle Collin eram as contas. Ele investia mais tempo e esforço procurando trabalho do que trabalhando de verdade. Ele precisava de um trabalho fixo, páginas regulares para preencher, alguém que o incumbisse de escrever uma série de artigos.

Ele se conectou à internet e navegou na esperança de encontrar ideias. Morte e miséria, e nada mais. O noticiário só se baseava nisto atualmente: maneiras incomuns de morrer.

Que celebridades eram quentes? O que estava passando na TV?

O que foi que o velho ator havia dito? Que batia nos outros para que os outros não batessem nele. E é claro que ele não queria que a única coisa interessante que revelara em toda a entrevista fosse publicada na revista. Calle teria conseguido mais entrevistando os ex-colegas de classe do ator e escrevendo sobre as lembranças que tinham dele. A época na escola, a infância. Você nunca se livra do passado. Daí a fixação de Jörgen Petersson com a Gangue dos Quatro.

A Gangue dos Quatro — três dos quais estavam mortos. Apenas Ylva ainda estava viva. Até onde Calle sabia, pelo menos. Talvez ele devesse entrevistá-la. Com o título: "Meus amigos morrem jovens!"

Ela não teria mais muitos amigos depois de um artigo assim.

Por outro lado, isso tocava a todos. Quem não conhecia alguém que havia morrido cedo? Talvez não fosse uma ideia tão ruim assim. Uma série de artigos sobre pessoas que haviam morrido jovens e deixado a família e os amigos desolados e de luto. Como se chamaria essa série?

"De uma hora para outra." Não, não, não. Precisava ser algo tocante. "Ela dançou um verão"? Talvez não. "Um dia passa, para nunca mais voltar"? "Um momento no tempo"? "Deus deu e Deus tirou"? "À sua sombra"? "Jardim das lembranças"? "Deixados para trás"? "Com os dias contados"? "Aproveite a vida"? "Aconteceu de repente"...?

Merda, vamos lá.

"E então o jogo terminou."

Calle murmurou as palavras para si mesmo. Soava bem. Um título fatalista, mas mesmo assim positivo.

"E então o jogo terminou."

Puta que pariu. Perfeito.

* * *

Futuro sem esperança

Uma mulher que consegue escapar de seu raptor tem uma pequena chance de voltar para sua antiga vida. Pouco importa que ela tenha sido forçada à situação; na maioria das sociedades, ainda se acredita que a mulher tem total responsabilidade pelo que aconteceu. Ela trouxe desonra para a família, e muitas vezes apenas alguns familiares e amigos estarão preparados para fazer o sacrifício necessário e acolher uma pessoa considerada uma pária social. Como resultado, a mulher quase sempre volta para o raptor.

Havia um mundo lá fora, e a única coisa que separava Ylva dele eram as paredes do porão. Ela tentou se lembrar disso, recordar os sentimentos que tivera em um primeiro momento, antes que todas suas ambições tivessem sido frustradas. Quando ainda imaginava que era possível escapar. Quando ainda tentava pensar logicamente.

Antes de que ela tivesse compreendido o preço de suas tentativas fúteis, e os golpes e as ameaças que a fizeram se encolher e aceitar. Sua situação e quem ela era.

Limpar a casa.

O pensamento de ter permissão para subir à casa e poder sentir a luz do sol havia despertado algo nela.

Em seus sonhos, Ylva saltava pela janela e corria pela grama até a própria casa e...

Ela nunca ia mais longe que isso. Sua mente se recusava a sonhar adiante. Presumivelmente estava tentando poupá-la da dor.

Limpar a casa.

Eles nunca a deixariam fazer isso. Era apenas mais uma maneira de atormentá-la, uma promessa que eles acenavam diante de seus olhos. Eles a arrancariam da sua frente no último minuto. Como haviam feito antes.

Ylva olhou em volta, pensou no risco que estava correndo, em tudo o que tinha batalhado para conseguir.

A tela de TV que lhe proporcionava olhar para o mundo, a comida, a água, a eletricidade. Os livros para ler.

A única coisa que eles exigiam dela era obediência. De resto, Ylva era sua própria chefe. O fato de que Gösta possuía seu corpo algumas vezes por mês não a incomodava mais. O prazer dele mostrava que ela era boa. Enquanto Gösta a desejasse, ela estava segura. Enquanto Gösta voltasse para mais, ela seria mantida viva.

Se é que era isso que ela queria.

Em seus momentos mais sombrios, Ylva pensava na corda. Era isso que Gösta e Marianne esperavam dela, no fim das contas. Olho por olho, dente por dente.

Mas ela não tinha chegado a esse ponto ainda. E a meia promessa de Gösta de deixá-la subir para limpar a casa havia acendido uma chama. Ela quase podia visualizá-la. Como, sob supervisão, é claro, ela andaria pela casa com um aspirador de pó e seria cegada pela luz de todas as janelas. Saciada com as cores e os sons da rua. Mesmo em seus sonhos, Ylva se sentia sobrepujada.

Ela conhecia cada canto e fenda do porão, cada irregularidade na alvenaria estava marcada em sua mente. O porão era seu porto seguro.

Gösta raramente batia nela. Ele só precisava levantar a mão. Ylva compreendia que ele o fazia porque era necessário. Para lembrá-la de quem estava no comando.

Marianne era pior, desdenhosa e condescendente.

Às vezes, Ylva fantasiava a morte de Marianne. Então seriam somente ela e Gösta. Ela desejava a peste para Marianne, que ela sofresse, que não fosse um acidente súbito. Isso lhe daria um grande prazer.

— Você tem que saber o seu lugar — Marianne vivia dizendo. — Não esqueça quem você é: um escape para os fluidos corporais do meu marido. Nada mais.

Da última vez que ela estivera no porão, abrira um largo sorriso.

— Acho que você está sonhando com sua vida antiga. Sim, acho que está. Isso só mostra como você é estúpida. Já se olhou no espelho? Se você tivesse só a metade da feiura que tem, já seria ruim o suficiente. Estou tentando chegar a uma palavra que descreva o que você é, mas não consigo. Não, espere, eu sei. Gasta. É isso aí. Você está gasta. Acabada. Você devia pensar na corda.

Ylva tentou se lembrar de algo que ela ouvira os cristãos dizerem: você escolhia acreditar.

Ela não acreditava. Não na possibilidade de escapar, tampouco que sua vida antiga a estivesse esperando lá fora.

Limpar a casa.

Ter permissão para sair do porão, nem que fosse só de vez em quando. O pensamento a deixava atordoada. Era quase impossível assimilar.

Ylva sentiu um frio na barriga.

Ela queria que Gösta não tivesse dito nada, não tivesse lhe dado aquela falsa esperança.

* * *

Sanna os observava, como se soubesse que Nour era uma ameaça ao mundo dela e de Mike. Mas era confuso, pois ela gostava de Nour e não sabia como lidar com o fato de que o seu pai também parecia gostar.

Sanna e Nour jogavam badminton enquanto Mike cuidava do churrasco. Nada que a preocupasse. Foi diferente mais tarde, quando os três foram a Hamnplan de carro para nadar. Sanna insistiu para se sentar na frente, como sempre.

Mike disse que o banco da frente era destinado aos adultos, mas Nour, rápida e habilmente, contornou a situação saltando para o banco de trás.

Uma vez na água, Sanna mostrou todos os seus truques para Nour. Ela mergulhou entre as pernas do pai, saltou do píer e nadou no estilo crawl. Mas não importava quanto ela se esforçasse, seu pai e Nour sempre pareciam terminar um ao lado do outro todas as vezes.

Após o banho, eles foram até a Sofiero's e compraram sorvete, que tomaram no banco ao lado do quiosque. Sanna estendeu sua casquinha para que Nour pudesse provar.

— Humm, é bom — disse Nour.

— O que você pediu? — perguntou Sanna.

— Passas ao rum. Quer experimentar?

Nour estendeu sua casquinha e Sanna lambeu.

— Ugh, isso é horrível. Tem gosto de álcool.

— É álcool. Rum.

— Eu não posso tomar isso.

— Acho que não tem problema — disse Mike.

— Crianças não devem tomar álcool — disse Sanna.

— Não, é verdade — respondeu Nour.

— Por que você me deu então?

— Achei que você quisesse provar.

— Não álcool.

— Não é álcool de verdade — explicou Nour. — As passas são aromatizadas com rum.

— Tem um gosto horrível.

Não passava disso, mas o fato fora tão ressaltado que Nour e Mike trocaram olhares.

— Você me leva para casa? — perguntou Nour.

— É claro — disse Mike.

Eles a deixaram na Bomgränden. Nour se esticou do banco de trás e colocou uma mão no ombro de Mike.

— Obrigada. Foi um dia adorável.

— Espere, eu vou sair. Precisamos nos despedir direito.

Ele saiu do carro e deu um abraço em Nour.

— Obrigado — sussurrou.

Nour deu um tapinha no peito dele, se abaixou e falou com Sanna.

— Divirta-se no passeio a cavalo amanhã. Espero te ver de novo em breve.

— Ãrrã.

No carro, a caminho de casa, Sanna perguntou ao pai se ele estava apaixonado por Nour.

— Por que você está perguntando isso?

Sanna deu de ombros.

— Porque parece.

— Mesmo?

Ela não respondeu.

Mike dirigiu ao longo da Drottninggatan e da Strandvägen. Era uma rota meditativa que a maioria das pessoas de Helsingborg preferia à autoestrada por Berga. O céu era imenso e aberto pela água, enquanto a autoestrada oferecia somente tráfego e movimento.

Mike se lembrou do tempo em que a Tinkarpsbacken era ainda de paralelepípedos e de como o ruído mudava quando o carro deixava o asfalto. Naquela época, as árvores na avenida no topo do morro eram grandes e sólidas, as ovelhas do velho rei pastavam na campina perto da água e havia um modelo de barco a vela com vários mastros na janela da casa de campo vermelha e branca mais próxima da estrada. Agora os paralelepípedos haviam sido substituídos por asfalto liso, árvores novas, ainda pateticamente pequenas, haviam sido plantadas na avenida, e não havia mais um barco a vela na janela da casa de campo.

— Eu sinto falta da mamãe — disse Sanna.

Mike olhou de relance para a filha. Ela estava olhando direto para frente.

— Eu também — ele disse. — Eu também.

42

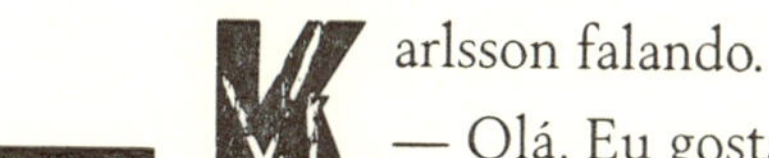

arlsson falando.

— Olá. Eu gostaria de permanecer anônima.

A voz pertencia a uma mulher que estava determinada e, no entanto, insegura diante da situação.

— Qual o assunto? — perguntou Karlsson.

— Ylva Zetterberg.

— Quem?

— A mulher de Hittarp que desapareceu há mais ou menos um ano.

— Estou ouvindo — disse Karlsson. — Por que você quer permanecer anônima?

— Porque o que eu vou dizer é algo delicado.

— Bom, vá em frente.

— O marido da Ylva está saindo com outra mulher.

Karlsson permaneceu em silêncio e esperou que ela continuasse, mas ela não disse nada.

— E...? — ele disse, por fim.

— Ele tem passado bastante tempo com uma das colegas de trabalho da Ylva.

— Certo.

— *Muito* tempo, se você me entende.

— Eles são um casal? — instigou Karlsson.

— Eles são bastante abertos a respeito, não têm vergonha. Ela é estrangeira.

— Bom, aí está.

— De cara, minha ideia foi que eles agiram juntos.

— Agiram como?

— Tiraram a Ylva do caminho.

— Por que você acha isso?

— Como eu disse, é apenas uma ideia. Mas talvez não seja tão interessante para você que o marido de uma mulher desaparecida esteja tendo um relacionamento com uma das colegas dela...

— Todas as observações são interessantes — disse Karlsson, revirando os olhos para Gerda, que havia aparecido no vão da porta, com as sobrancelhas erguidas de curiosidade. — Eu só não entendo por que você acha que eles têm algo a ver com o desaparecimento da Ylva.

— Motivo — disse a mulher.

— Motivo? — repetiu Karlsson, ao mesmo tempo parando de prestar atenção nas divagações da mulher.

— Ela estava atrapalhando o romance deles.

— Parece fascinante — disse Karlsson. — Tem um número em que eu possa ligar para você?

— Sim, zero sete três... Não, quero permanecer anônima, eu já disse.

— Bom, obrigado por ligar. Prometo que vamos investigar sua sugestão.

Karlsson desligou o telefone e olhou para o colega.

— O assassino da esposa de Hittarp — disse ele. — O homem cuja esposa desapareceu.

— O que ele queria? — perguntou Gerda.

— Não, não, era uma velha fofoqueira, provavelmente uma vizinha. Parece que ele está trepando com uma colega da esposa.

— Algo que devíamos checar?

— Como exatamente?

— Não sei.

— A questão é essa. Tem um café fresco?

* * *

Virginia olhou para fora da janela da cozinha, em direção à Tennisvägen. Segurou a xícara de chá perto da boca e assoprou. Ela fizera a coisa certa. Seria errado não dizer nada. Seria errado ficar quieta. Mike não deveria ficar impune.

* * *

Fazia três meses desde que Nour viera para o jantar, dois meses desde o primeiro beijo, e até aquele momento eles só tinham feito sexo um punhado de vezes. As experiências iniciais foram mais tentativas desajeitadas enquanto Sanna dormia inquieta no quarto ao lado. As outras vezes haviam sido no apartamento de Nour, na Bomgränden, na hora do almoço.

Essa era a primeira noite que eles ficavam sozinhos. Sanna fora enviada para a casa da avó.

No dia seguinte, eles tomaram café da manhã sem pressa antes de voltar para o quarto e exaurir um ao outro de qualquer energia que ainda lhes restasse. Mike se sentia febril, e seus músculos doíam após o exercício ao qual ele não estava habituado. Ele não lembrava quando fora a última vez que havia se sentido tão feliz. Parecia que tinha sido anos atrás.

Mike ligou para sua mãe e falou com Sanna. Oficialmente, ele estivera trabalhando. Ele podia dizer, pela maneira como sua filha tagarelava, que estava tudo bem. Ela e a avó tinham feito o jantar juntas e comido na frente da televisão. A avó lera um livro inteiro para ela antes de dormir.

— ... e agora vamos a uma loja de dez coroas na Dinamarca — ela concluiu.

— E quando você quer que eu vá te buscar?

— Agora não. Mais tarde.

— Tudo bem. Posso falar com a vovó?

Mike combinou um horário com sua mãe, desligou o telefone e então se virou para Nour.

— Ela não quer voltar para casa — disse.

— Isso quer dizer que eu posso ficar? — perguntou Nour.

Mike foi até ela e a beijou.

— Vamos dar uma saída?

— Uma caminhada?

Mike concordou ansiosamente, como uma criança. Nour encolheu o queixo.

— Será que devemos? Você não precisa anunciar o casamento primeiro?

— Melhor encarar de uma vez.

— Tem certeza?

Mike segurou a mão dela e a puxou para o corredor.

— Vamos lá.

Eles caminharam lado a lado, sem dar as mãos. Obviamente não tinham saído para fazer exercício, mas também não passeavam sem pressa; caminhavam a um passo que poderia ser adequado a um casal exercitando um cão velho.

Quando chegaram ao bosque, eles se beijaram com tamanha paixão que nenhum dos dois conseguiu segurar o riso depois. Eles deram as mãos, encontraram uma pressão confortável e seguiram caminhando debaixo da abóbada de faias verdes, como a de uma igreja, na direção de Kulla Gunnarstorp. Assim que passaram pelo chalé vermelho do guarda-florestal e os campos se abriram dos dois lados do caminho, eles soltaram a mão um do outro.

— Isso lhe parece errado? — perguntou Nour.

— Como assim?

Ela deu de ombros.

— Talvez você ache que devesse usar preto um pouco mais.

Mike lançou um olhar rápido para ela.

— Ela não vai voltar — disse.

Eles seguiram pelo caminho. Cavalos pastavam nos campos e uma brisa vinda do sul formava cristas brancas ao redor do estreito.

— Na verdade, você não faz o meu tipo — disse Nour. — Nunca pensei em você desse jeito antes, quando você era o marido da Ylva. Agora eu só penso em te pegar, saltar aquela cerca elétrica e transar com você naquele campo. E eu não estaria nem aí se a cidade toda estivesse em volta assistindo.

Mike segurou o rosto dela e a beijou delicadamente. Ele deixou os braços escorregarem pelas costas de Nour e a abraçou firme. Ficaram parados no meio do caminho, com os corpos balançando no mesmo ritmo. Um casal mais velho se aproximou vindo do norte, mas Mike não se afastou. Foi só quando viu quem eram que ele cuidadosamente a soltou.

— Esta é a Nour — disse ele. — E estes são o Gösta e a Marianne, meus vizinhos de frente na Sundsliden.

Eles se cumprimentaram.

— Onde está sua filha? — perguntou Marianne.

— A Sanna? — disse Mike. — Está na Dinamarca com a avó. Elas estão fazendo compras em alguma loja de dez coroas.

Marianne pareceu confusa.

— Tudo lá custa dez coroas — disse Mike. — Ou vinte. A inflação superou o conceito.

Marianne assentiu de maneira compreensiva. Como se ir às compras fosse um passatempo apropriado para uma garota da idade de Sanna. Mike e Nour se despediram do casal e seguiram na direção do castelo.

— Gösta é a pessoa que está me ajudando — explicou Mike. — O psiquiatra de quem eu lhe falei. Sem ele, eu não estaria aqui agora.

43

Mike estava a caminho do hospital para mais uma consulta com Gösta. Ele se sentia bem e sabia que se sentiria ainda mais forte quando deixasse o hospital algumas horas depois. Gösta o fazia acreditar na vida, o fazia acreditar que qualquer coisa era possível.

Era um sentimento fugaz, é claro, que rapidamente desaparecia e era varrido para longe pela labuta dura e cinzenta do dia a dia, mas, a cada visita, Mike se afastava um pouco das profundezas mais sombrias.

Eles não se viam mais com tanta frequência. Gösta concluiu que havia outros que precisavam mais de sua ajuda.

— Levando em consideração tudo que você passou, você parece extraordinariamente bem — ele dissera, antes de cancelar as consultas regulares e começar a marcar consultas ocasionais para Mike.

Agora eles só se encontravam a cada três ou quatro semanas e, às vezes, passavam a consulta inteira apenas batendo papo, em vez de se aprofundar em pensamentos sombrios e perturbadores.

Mike admirava muito Gösta. Independentemente de suas habilidades profissionais e da maneira como ele tão sabiamente se distanciava das preocupações da vida, ele também era um grande exemplo. Gösta havia perdido a filha, sobrevivido à sua única filha. Annika, como ela se chamava, teria a mesma idade de Ylva se estivesse viva. Se qualquer uma das duas estivesse viva.

Mike havia pensado muito sobre isso. Devia ser insuportável viver mais que a própria filha. Ele não conseguia imaginar a vida sem Sanna, ele se recusava a imaginar, e assim empurrava esses pensamentos de lado antes que criassem raízes.

Por vinte anos, Gösta havia lutado, ido ao trabalho, escutado os problemas das pessoas, tentado encontrar soluções. Ele nunca cedera, nunca se tornara mau ou amargo. Gösta e a esposa haviam lutado juntos, se apoiado mutuamente e, como por milagre, haviam conseguido sobreviver.

Os aposentados da Flórida.

Mike se perguntou se a mudança para lá também havia sido uma maneira de seguir em frente, de começar de novo. Parecia estranho que eles tivessem esperado vinte anos para fazê-lo, mas talvez não estivessem prontos para mudar até aquele momento. Casas e ruas tinham grande importância. Presumivelmente, eles haviam sentido que precisavam ficar até que as memórias se apagassem e eles pudessem lidar com elas.

Annika tinha dezesseis anos quando morrera. Dezesseis. Tinha a vida inteira pela frente.

Mike se sentiu envergonhado. Ele havia pensado que seu sofrimento era maior que todos os outros, havia sentado ali chafurdando, tomando espaço, quase teimoso em sua autopiedade. Mesmo sabendo que todo mundo tinha seus dramas, que só era preciso raspar a superfície com a unha.

E a perda de Gösta era maior que a de Mike.

— E então? — ele disse, tão logo Mike entrou no consultório. — Quem é ela, a mulher com quem você estava de mãos dadas?

Mike ficou quase acanhado.

— É a Nour — respondeu. — Uma das ex-colegas de trabalho da Ylva. Nós nos encontramos por acaso, fomos tomar um café. Então ela veio para um jantar e, bem...

— E, bem... — instigou Gösta, com as sobrancelhas arqueadas.

Mike sorriu em resposta.

— Parabéns — disse Gösta. — Você merece. Viu? A vida retorna.

— Sim, ela retorna — concordou Mike.

Gösta mexeu em um pedaço de papel sobre a mesa e o colocou em cima de outros.

— Então — ele disse com um sorriso amigável, entrelaçando os dedos. — Sobre o que você quer conversar hoje? Borboletas no estômago?

Mike riu.

— É tão óbvio assim?

— É muito óbvio.

— Nunca achei que sentiria isso de novo.

— A vida é estranha.

— Estou quase com medo que acabe — disse Mike. — E sempre acaba.

— Pode acabar e virar outra coisa.

— Sim, é claro. E é assim que parece.

— Bom, então é isso. Nada a conversar.

— Acho que eu não senti isso nem com a Ylva.

— Sério?

— Não essa viagem natural, estar apaixonado.

— O que a Sanna acha disso?

Mike riu e então olhou para Gösta, sério de novo.

— Você é incrível — disse. — Sempre acerta em cheio a questão. Ela estava um pouco arredia no começo. Mas muitas vezes lidamos assim com a mudança. Acho que é um traço muito humano ser arredio a mudanças. Mas as coisas estão melhores agora. Outra noite ela entrou no quarto e deitou entre nós dois na cama. Quase como uma família de novo.

* * *

Gösta e Marianne estavam sentados à mesa da cozinha, tomando café e olhando pela janela. Ambos tinham lido o jornal sobre a mesa, entre eles.

— Não sei — ele disse. — Parece... não sei.

E olhou para a esposa.

— Você acha que devemos continuar vivendo desse jeito? — ela perguntou.

Agora foi a vez de Gösta não dizer nada. Não por razões táticas, mas porque ele não conseguia. Ele não conseguia estar à altura das expectativas de sua esposa.

— Você gosta — disse ela, cheia de reprovação.

— Não gosto.

— Sim, gosta sim. E o que é pior, ela também gosta. A putinha acha que vocês são um casal. Não acho que ela vá cometer suicídio um dia. Você devia estuprá-la, não satisfazer seus desejos.

Gösta balançou a cabeça.

— Pare com isso — ele disse.

— Pare com isso?

Ela o encarou.

— Ela vai embora do mesmo jeito que a Annika. Você se esqueceu disso? Ela vai tirar a própria vida. E, se ela não fizer isso por conta própria, nós vamos ter que ajudar a ajeitar o laço.

Gösta permaneceu em silêncio. Marianne olhou para o teto e respirou profundamente até se acalmar de novo.

— Por quanto tempo você pretende deixar as coisas como estão? — ela perguntou, por fim. — Não vai funcionar, você tem que se dar conta disso. É um milagre que tenha funcionado até agora. Você não pode me culpar por pensar que você esteja adiando a situação para o seu próprio benefício.

— Pare!

Gösta bateu a mão na mesa, mas foi um gesto débil. Marianne escolheu não dizer nada e, em vez disso, esperou que ele falasse.

— Eu quero o mesmo que você — ele disse. — Só não vejo como. Na prática, quero dizer.

Marianne deu de ombros.

— Um banheiro azulejado — disse.

Gösta respirou fundo e olhou pela janela. Marianne o estudou. Ele parecia aborrecido.

— Por Deus — disse ela. — Esse não é o momento de ser covarde.

Ela se levantou e levou as xícaras de café até a pia.

44

Ylva estava tão próxima da tela que a imagem estava indistinta. Ela deu meio passo para trás e olhou novamente.

Nour estava em casa com Mike. Ela estava jogando badminton com Sanna, sem rede. O entusiasmo delas era maior do que a habilidade.

Nour estava de short com a parte de cima de um biquíni, e não com as roupas que estava usando ao chegar. Sanna estava relaxada e feliz, e Nour parecia brincalhona e animada. Em casa, e ao mesmo tempo não.

A relação com Mike estava florescendo. Nour estava começando a assumir o lugar de Ylva.

Houve uma batida na porta.

Ylva correu para onde tinha de ficar, colocou as mãos na cabeça, fez uma boca sensual e trouxe os cotovelos para trás para erguer o busto, como ele disse que ela deveria fazer.

Estava maquiada e pronta, de lingerie e salto alto. Era uma visita combinada, e Gösta Lundin havia dito a ela o que queria.

Ele fechou a porta atrás de si, colocou o saco de comida no balcão, então foi até ela e gesticulou para que se ajoelhasse. Ylva obedeceu imediatamente.

Ela gemeu de expectativa, como se quisesse que ele a possuísse. Gösta soltou o cinto e abriu o zíper.

Ela tirou o pênis dele para fora e o colocou na boca, então abriu as unhas pintadas como uma estrela pornô. Ele endureceu rápido. Ylva olhou para cima e viu sua expressão de desdém. Ele a segurou pelo cabelo e puxou a cabeça dela para frente e para trás.

— Brinque com a sua boceta, eu quero você molhada.

Ylva levou a mão até a calcinha, se tocou, sentiu o lubrificante que tinha passado e gemeu como havia aprendido.

Mais tarde, ele notou que ela estava interessada no que estava passando na tela. Gösta se perguntou se ela ainda imaginava, esperava, planejava.

— O seu marido tem vindo me ver — disse ele.

Ylva o encarou.

— Faz vários meses. Uma mulher maluca numa festa o acusou de ser responsável pelo seu desaparecimento. Disse que todo mundo pensava o mesmo, que ele estava envolvido.

Gösta riu.

— Gozado. Ele conseguiu lidar com o seu desaparecimento, mas não com as acusações e as fofocas inocentes.

A nova informação fez a cabeça de Ylva girar. Era o mesmo sentimento horroroso que ela tivera quando Marianne lhe contou que havia comprado uma flor de Sanna. Mike era paciente de Gösta, discutia seus sentimentos mais íntimos com ele, se abria para o homem que a estava mantendo prisioneira e que a havia estuprado sistemática e ritualmente por mais de um ano. Ylva não era a única vítima. O abuso de Gösta e Marianne havia se espalhado para a família dela.

Ela sentiu a mão do homem sobre o seu estômago. Acariciando, subindo até os seios. Ylva odiava que ele a tocasse depois, mais do que qualquer outra coisa. Já deveria ter terminado, mas seguia do mesmo jeito.

Dessa vez foi pior do que nunca.

E, no entanto, ela ainda fez exatamente o que era esperado dela, cerrou as pálpebras e gemeu de prazer.

Ele desceu a mão entre as pernas dela e sentiu a umidade. Lubrificante e esperma.

— Nós conversamos bastante, o seu marido e eu. Ele me admira muito. E perguntou se eu tinha perdido alguém, então contei a ele sobre a Annika. Por razões óbvias, não entrei em detalhes. O seu marido disse que a minha perda era maior que a dele, que ele não conseguia imaginar perder a filha.

Gösta ficou em silêncio por um tempo.

— E eu tenho que concordar — ele disse, batendo de leve no quadril de Ylva. — Vire-se, eu quero te pegar por trás.

* * *

A *Revista da Família* estava interessada. Eles estavam satisfeitos com o último trabalho de Calle Collin e já haviam falado sobre convidá-lo para Helsingborg para uma reunião com os editores a fim de discutir uma colaboração mais regular. Quando ele apresentou sua ideia para "E então o jogo terminou", a matéria foi fechada. Pagaram-lhe o voo para Ängelholm, e ele pegou um táxi para a imponente sede cinza-prateada da editora.

A editora-executiva lhe apresentou a redação e o convidou para almoçar na cantina dos funcionários. Como o tema para a série proposta era muito delicado, ela queria mais detalhes.

Calle sugeriu que, após uns dois artigos introdutórios, eles deveriam, até onde fosse possível, deixar que os leitores os procurassem, sem que a revista precisasse sair atrás de nada ou buscar nomes em notícias antigas de mortes. Como a pessoa morta seria retratada por um membro da família ou um amigo, a perspectiva variaria. Poderia ser sobre a dor de perder um cônjuge, um filho, um pai, um irmão, um amigo. Eles deveriam tentar manter o tom mais objetivo possível, já que o contraste com a história comovente maximizaria o impacto. Cada artigo incluiria uma breve biografia do falecido, um relato detalhado dos eventos que levaram à sua morte, a lembrança favorita do entrevistado sobre a pessoa amada que partiu e alguns detalhes interessantes da vida que havia chegado ao fim. O tipo de coisa que nunca ganhava espaço ou era considerado inadequado para reportagens mais tradicionais.

— Quando os leitores largarem a revista, eu quero que eles compreendam que essa grande tragédia poderia atingir qualquer um da nossa família ou amigos, em qualquer momento — explicou Calle. — Eu quero que as pessoas sintam a necessidade de dar um bom e longo abraço nos entes queridos mais próximos.

A editora-executiva estudou o rosto dele, como se estivesse tentando aferir se ele estava sendo irônico ou não. Quando se convenceu da sinceridade de Calle, assentiu de maneira decisiva.

— Como você teve essa ideia? — ela perguntou.

Calle lhe contou sobre a Gangue dos Quatro, os tiranos da época da escola que haviam sucumbido, um a um, até restar somente uma representante.

— Aliás, ela e o marido moram aqui, em Helsingborg. Pensei em procurá-la e ver o que ela sabe.

Calle havia conseguido o seu nome de casada vasculhando dados da Receita Federal. E encontrara o endereço e o nome do marido na internet.

— Para a série? — perguntou a editora-executiva, horrorizada.

Calle percebeu que tiranos da escola e mortes súbitas desagradáveis não tinham uma reputação muito alta na lista de artigos dos sonhos. Ela olhou para ele com suspeita renovada.

— Não, não — ele assegurou. — Apenas me pareceu esquisito. Três dos quatro. Será que eles levaram vidas mais duras? Será que desafiaram a morte? Não é relacionado diretamente com a minha ideia, só achei que seria interessante encontrá-la de novo. Depois de todos esses anos... Faz muito tempo que não nos vemos.

Ele abriu um largo sorriso, mas a editora-executiva ainda estava cética. Quem iria querer encontrar tiranos do passado?

— Ela mora no subúrbio — Calle continuou, preenchendo o silêncio constrangedor. — Em Hittarp, por ali.

— Ah, eu moro lá — disse a editora-executiva. — Qual o nome dela?

— Ylva — respondeu Calle. — Ela é casada com um cara chamado Michael Zetterberg.

A editora-executiva o encarou, chocada e com os olhos arregalados.

Algo estava errado, Calle percebeu. Algo estava muito errado.

45

Calle estava sentado em um ônibus amarelo a caminho do centro de Helsingborg. Tinha a boca seca e o rosto ruborizado. Então se lembrou de seu amigo rico, Jörgen Petersson. Quem era ele realmente? Era óbvio que ele podia ser duro e frio quando se tratava de negócios. Pessoas ricas eram o seu dinheiro, seu saldo bancário era a sua identidade. Era assim que essas pessoas se definiam. Mas era um salto e tanto daí a acreditar que se podia brincar com a vida e a morte...

Calle foi até a frente para falar com o motorista.

— Com licença, uma pergunta rápida. Como eu chego em Hittarp?

— É só pegar o 219 — disse o motorista, com um forte sotaque de Skåne.

— E de onde sai esse ônibus?

— Você está nele.

— Então este ônibus vai para Hittarp?

— Bom, ou isso ou ele não é o 219.

Calle não compreendeu. O motorista do ônibus estava zoando com a cara dele?

— Então você está indo para Hittarp? — insistiu Calle.

— Bom...

— Não estou entendendo — disse Calle. — Isso é alguma piada?

— Só estou brincando com você um pouquinho. Vocês sabem brincar em Estocolmo, não?

— Você pode me avisar quando chegarmos a Hittarp, por favor?

Calle se sentou de novo. Ele jamais poderia viver fora da capital.

* * *

— Nós devíamos falar com o canalha — disse Gerda.

— Por quê?— Karlsson quis saber.

Gerda deu de ombros.

— Ele pode estar pronto para nos dizer o que realmente aconteceu.

— É um grande risco — falou Karlsson. — Ele se apaixonou e tem uma filha para criar. Por que nunca tem salgados aqui? Só esses malditos biscoitos, tão secos que você tem que beber algo só para conseguir engolir.

— Talvez não tenha sido ele — sugeriu Gerda.

— Quem? O quê?

— Aquele idiota burguês. Ele pode ser inocente.

Karlsson riu.

— Sei, tá bom. Uma Branca de Neve qualquer. O que foi que ela disse mesmo?

— Quem?

— Aquela atriz.

— Eu não sei do que você está falando.

— Você sabe — continuou Karlsson. — A loira que falava como um travesti. Nos filmes em preto e branco antigos.

— Rita Hayworth?

— Ela não falava como um traveco. Antes disso. Mãos nos quadris, dura que era um diabo.

— Marilyn Monroe?

— Não, não a Marilyn Monroe. Eu disse antes. Os primeiros filmes falados, por aí.

— Não faço ideia.

— Mae West.

— O que tem ela?

— Ela disse isso.

— Disse o quê?

— "Eu costumava ser a Branca de Neve, mas me deixei levar." Brilhante mesmo.

— Não entendi — arriscou Gerda.

— Eu costumava ser a Branca de Neve, mas... ela não é mais.

— Eu costumava...?

— ... ser a Branca de Neve, mas me deixei levar.

— O que ela quer dizer com "me deixei levar"?

— Eu sei o que ela quer dizer, só não sei como explicar.

Gerda anuiu.

— Tudo bem.

* * *

Calle desceu do ônibus. A primeira coisa que viu foram duas garotas, no início da adolescência, passando lentamente em seus pôneis. Então um único carro subiu a duras penas a ladeira. Ele podia ver Öresund e a costa dinamarquesa através dos espaços entre as casas.

Calle leu o nome das ruas: Sperlingsvägen, Sundsliden. Pegou o mapa que havia imprimido da internet e tentou se localizar. Uma mulher mais velha estava varrendo com um ancinho o cascalho da entrada de casa. Calle a cumprimentou.

— Você precisa de ajuda? — ela perguntou, com um sotaque de Estocolmo.

— Não, obrigado. Acho que já sei para onde estou indo.

Calle ergueu uma mão em agradecimento. O *povo de Estocolmo costuma ser boa gente*, pensou. A mulher sorriu para ele de novo e pareceu familiar de alguma maneira a Calle. Mas rostos amigáveis muitas vezes são.

— Aonde você está indo? — ela perguntou.

— Gröntevägen — ele respondeu.

— É ali do outro lado, passando o gramado. Está procurando alguém em particular?

— Michael Zetterberg — disse Calle.

— Ele mora na casa grande e branca com um telhado escuro. — A mulher apontou na direção geral.

— Obrigado — disse Calle, e começou a caminhar.

Ele estava prestes a se virar e perguntar se eles talvez já se conheciam, mas, levando em consideração o que a editora-executiva da *Revista da Família* havia acabado de lhe contar, ele não estava com disposição para jogar conversa fora.

Ylva havia desaparecido quase um ano e meio atrás. Três dos quatro estavam mortos, e a quarta desaparecida. O que isso tudo queria dizer? Havia uma conexão? Ou era apenas coincidência?

Calle caminhou ao longo da rua, resistindo à tentação de cortar caminho pela grama. Ela fatalmente estaria molhada, e ele havia colocado seus melhores sapatos para a reunião, apesar de eles serem um pouco finos para o tempo frio do outono.

A casa dos Zetterberg era grande, e o jardim parecia bem cuidado. Quando Calle se aproximou, notou uma cama elástica que obviamente havia sido deixada lá fora durante o inverno, uma bola de futebol esquecida e um trenó abandonado ao lado da porta do terraço.

Bom, pensou Calle. *É preciso tomar cuidado com pessoas organizadas demais.* Ele havia escrito um número suficiente de artigos para revistas de design de interiores para saber que as casas e os apartamentos mais bacanas cheiravam a alvejante e a divórcio.

A garagem da casa estava vazia.

Calle foi até a porta e tocou a campainha. Não havia ninguém em casa. De certa maneira, se sentiu aliviado. Ele não fazia ideia do que diria para o marido de Ylva.

Calle olhou para o relógio — cinco e quinze. Ele havia reservado uma passagem para o último voo, precisamente para que pudesse entrevistar Ylva. Ao contrário do que contara para a editora-executiva na *Revista da Família*, é claro que ele havia pensado em usar o material. Uma jovem e bela mulher que tinha perdido três de seus amigos mais próximos da escola — esse era exatamente o tipo de coisa que os leitores queriam.

Mas agora ela não estava disponível. Então Calle pensou em falar com o marido dela.

Sobre o quê?

Ele se sentia apreensivo. Ele era realmente um parasita, alimentando-se da desgraça alheia? Decidiu sair para uma caminhada no bairro para clarear a mente.

Havia casas por toda parte. Montes de casas de campo antigas, e algumas construções novas com grandes fachadas de vidro.

Ele seguiu na direção da água, notou uma casa enorme, intimidadora, na colina à esquerda, e o cheiro de algas marinhas. Quando Calle chegou à margem, achou que telhados de fibrocimento não eram tão feios assim no fim das contas. Então dobrou à direita, na direção de dois cais, e sentiu vontade de andar em um deles.

Calle parou no fim do cais. À direita ficava o Kattegatt; à frente, a costa da Dinamarca; e, à esquerda, a rota da balsa entre Helsingborg e Helsingör. Mais além, ele podia ver a ilha de Ven.

Menos de uma hora atrás, ele havia jurado que nunca deixaria a região central de Estocolmo, mas agora se questionava se não deveria rever essa decisão. O céu ali era infinito e cheio de esperança. Agora ele compreendia por que as pessoas que haviam crescido na região achavam difícil sair dela. Uma gaivota passou voando habilmente no vento e pareceu zombar dele com uma risada. Calle se virou e refez seus passos.

Então seguiu para o norte, beirando o mar, e depois subiu uma longa ladeira. Por fim, encontrou o caminho de volta para a Gröntevägen, onde um carro estava agora estacionado na entrada da casa.

Calle hesitou. O que ele iria perguntar?

Um homem estava de luto pela esposa desaparecida. Ela saiu para comprar jornal e nunca mais voltou...

Três pontinhos.

Rendia uma história, não havia dúvida quanto a isso.

Mas era uma situação delicada: a mulher havia desaparecido, o que automaticamente tornava o marido suspeito. O homem era sempre o vilão.

Como ele abordaria isso?

A Gangue dos Quatro, obviamente. Só que ele não os chamaria assim na frente do marido.

Calle varreu aqueles pensamentos para o lado. Ele não precisava de um plano, era um repórter, o jornalista de uma revista semanal, não tinha como ser mais calejado. Só era uma pena que o resto do mundo não compreendesse isso.

Ele tocou a campainha e ouviu os passos leves de uma criança correndo. Uma menina abriu a porta e olhou para cima, com o rosto cheio de expectativa.

— Oi, o seu pai está em casa?

— Está.

Ela se virou e correu na direção da cozinha.

— Papai!

Mike usava um avental e estava secando as mãos em um pano de prato. Ele olhou de maneira inquisitiva para Calle, que estendeu a mão e exibiu o que, na cabeça dele, era um sorriso irresistível.

— Calle Collin. Olá.

— Oi — disse Mike cautelosamente.

Ele não tinha certeza de quem tinha à sua frente. Uma testemunha de Jeová?

Sua filha observava com interesse.

— Eu estudei na Escola Brevik, em Lidingö — disse Calle. — Na mesma época que a Ylva. Fiquei sabendo que ela está desaparecida e pensei se poderíamos conversar.

Mike desanuviou a mente. Hesitou por um momento ou dois, então se recompôs.

— Sim, é claro.

46

Ylva viu que Mike e Sanna haviam se recolhido, pois já era noite, e trocou para um canal de TV. Gösta a havia conectado alguns meses atrás. A TV era seu maior luxo, e ela muitas vezes a deixava ligada. Era uma companhia e um ruído, ao menos.

Àquela hora, passavam antigas séries de humor. Ylva adorava os risos de estúdio, pois eles a confortavam.

Ela tinha passado a roupa do dia e conseguira até polir dois castiçais. Em outras palavras, realizara bastante coisa.

O outono já ia bem avançado, e fazia tempo que Ylva colocara de lado seus planos de fuga. Ela era inegavelmente uma idiota, bem como Gösta dissera. No entanto, ele estava bastante satisfeito com o desempenho sexual dela; chegou a dizer que Ylva tinha um talento natural, que tinha nascido para aquilo.

— Mas você pratica bastante também.

Ela agradeceu e criou coragem para lhes pedir que a deixassem limpar a casa, prometendo que faria um bom trabalho.

Gösta disse que iria pensar, e Ylva teve certeza de que cedo ou tarde teria uma chance. Ele havia sido generoso recentemente, mimando-a com comida e livros.

Não havia nenhuma razão, realmente, para arriscar tudo tentando fugir.

* * *

— Espere aí, espere aí — pediu Mike, erguendo as mãos.

Calle Collin parou de falar. Ele havia contado a Mike a história, que sua intenção original era entrevistar Ylva sobre o fato de três dos seus colegas de escola terem morrido tão jovens, mas então a editora-executiva da *Revista da Família*, que morava na cidade, contara a ele que Ylva estava desaparecida havia mais de um ano.

— Então você é jornalista — disse Mike, e o olhou com uma expressão bastante reprovadora.

— Para as revistas semanais — disse Calle. — Eu não sou um repórter de notícias.

— E você quer escrever sobre pessoas mortas?

— Bom, sim... não. Mas...

— Mas o quê? — perguntou Mike.

Seu rosto estava vermelho, e sua filha olhou para ele com uma expressão preocupada.

— Eu só acho tudo isso um pouco esquisito — disse Calle.

— O quê? — rosnou Mike.

— Que três dos quatro estejam mortos e a quarta esteja desaparecida.

— Do que você está falando? Três dos quatro? Três dos quatro o quê?

— A Gangue dos Quatro — disse Calle, olhando para baixo, constrangido.

— A Gangue dos Quatro? — repetiu Mike, balançando a cabeça.

Calle o encarou. Era agora ou nunca.

— A Ylva costumava andar com três caras: Johan Lind, Morgan Norberg e Anders Egerbladh. Os quatro aterrorizavam a escola. O Morgan morreu de câncer. O Anders foi assassinado em Estocolmo. O Johan morreu em um acidente de moto na África. Eu me perguntei se poderia haver uma ligação. Com o desaparecimento da sua esposa.

A menina se virou para o pai, olhando-o em suspense.

As veias na testa de Mike pulsavam, o peito arfava, os lábios estavam cerrados. Quando ele falou, foi com uma voz muito baixa, quase um sussurro.

— Eu nunca ouvi falar dessas pessoas que você mencionou, então presumo que elas não tenham nada a ver com a minha esposa. E, se você não deixar as pessoas em paz para que elas possam viver o luto, vou ter algo para dizer para a sua chefe na *Revista da Família*. Pensando bem, acho que vou falar com ela de qualquer jeito. E agora quero que você se levante, saia da minha casa e nunca mais apareça aqui de novo.

— Mas, mas eu só...

— Agora.

Calle se levantou e foi embora.

47

Calle Collin descansou a testa na janela do avião e sentiu o plástico frio contra a pele. O avião acelerou na pista e ele foi empurrado contra o assento. Ele não viajava com muita frequência, e, àquela altura, sua mente normalmente estaria percorrendo diferentes cenários em que o avião cairia, matando todos a bordo. A maioria deles envolvia o avião se partindo em dois em pleno voo e os passageiros sendo sugados para o ar frio e escuro, onde flutuavam impotentes apenas a tempo de refletir sobre os seus pecados, antes de mergulhar rumo ao chão.

Mas, desta vez, a cabeça de Calle estava cheia de outras cenas. Ele imaginou Michael Zetterberg contatando a editora-executiva da *Revista da Família*. Talvez ele ligasse para ela, ou apenas a encontrasse por acaso em uma caminhada de domingo. E então ele contaria o que havia acontecido. Que algum repórter maluco de Estocolmo o havia procurado, querendo falar sobre o desaparecimento de Ylva. Ele havia sugerido que Ylva não fora a garota mais bacana da escola e então mencionara um monte de colegas mortos e fora bastante desagradável de modo geral.

E tem mais, esse indivíduo disse que estava trabalhando para a *Revista da Família*. Era verdade?

Calle só conseguia imaginar a editora-executiva ouvindo cuidadosamente, a ira crescendo, e então dizendo que ela sabia de quem o marido de Ylva estava falando e que aquilo estava totalmente errado, e que ela prometia, *prometia* que iria contatar o repórter imediatamente e colocar um ponto-final em todo aquele absurdo.

A cena seguinte que tomava a mente de Calle era a conversa telefônica que se seguiria: o esporro que ele ouviria, seu contrato encerrado. E então as fofocas.

Aquele Calle Collin, o que aconteceu com ele? Ele costumava ser um bom jornalista e um cara decente. É claro que ele está totalmente perdido agora.

Seu terceiro pensamento, e a essa altura o avião havia pousado e estava taxiando até o portão em Arlanda, foi dirigido a Jörgen. Aquele homem terrível com os bolsos tão cheios de dinheiro que não tinha nada melhor para fazer do que cultivar aquele mito, inventado por ele mesmo, de que ele era um excêntrico interessante.

Era culpa dele. Tudo. Mesmo que ele não estivesse exatamente por trás de toda a situação.

Em vez de esperar pelo ônibus, Calle pegou um táxi.

— Lidingö, por favor.

Ele ligou o celular e telefonou para Jörgen.

— Estou a caminho — disse Calle. — Precisamos conversar.

* * *

— Apareceu uma pessoa aqui hoje — disse Marianne.

— Aqui? — perguntou Gösta.

— Aqui na rua. Ele perguntou onde era a Gröntevägen. Estava indo ver o Mike. Chamou-o de Michael.

— Certo.

Gösta soou vagamente interessado, mas seguiu lendo o jornal.

— Gay — disse Marianne. — Tinha a idade deles e falava com sotaque de Estocolmo.

— Um veado de Estocolmo, parem as máquinas.

Marianne suspirou, cansada do marido.

— Havia algo a respeito dele — disse ela. — Quase como se me reconhecesse.

— Ele se apresentou?

— É claro que não.

— Ele disse alguma coisa?

— Não.

— Então tudo bem.

Marianne se levantou, incomodada, e começou a carregar a máquina de lavar louça. Gösta continuou lendo o jornal, sem prestar muita atenção. Quando ela bateu a porta com força, Gösta a encarou.

— Não podemos continuar assim para sempre — disse Marianne. — Estamos quase no fim, só falta a Ylva. Temos que terminar com isso, e temos que fazer isso agora.

48

alle Collin pagou o motorista de táxi, foi até o portão e tocou a campainha. Olhou para a câmera, e o interfone crepitou.

— Entre — disse Jörgen, e a tranca clicou.

Calle empurrou o portão e caminhou até a casa. Jörgen tinha aberto a porta da frente antes mesmo que o amigo chegasse lá.

— A que devo a honra?

Calle olhou atentamente para seu velho amigo de escola.

— A família está em casa?

— É claro — disse Jörgen.

— Então sugiro que a gente saia para dar uma volta.

Jörgen não sabia por quê, mas concordou.

— Só vou pegar um casaco — avisou.

Tão logo eles passaram pelo portão, Calle pegou Jörgen pelo colarinho e o empurrou contra a cerca bem aparada.

— Que merda você fez? Você matou todos eles?

Jörgen parecia chocado. Ele piscava rapidamente, e seu lábio inferior tremia.

— Pelo amor de Deus, me solte. Do que você está falando?

— Você os matou — gritou Calle. — Todos eles.

Jörgen estava quase chorando, mas Calle não o largou.

— Você acha que eu não saquei tudo? Você tem tanto dinheiro que acha que pode decidir quem deve viver ou morrer. Quem você vai detonar agora? Estou a salvo? Ou talvez você queira me matar também?

— Cale a boca, Calle. Eu não fiz nada. Do que você está falando?

Calle estava tremendo, tão tenso que achava que ia explodir. Jörgen lutava para respirar e chorava convulsivamente, com o nariz escorrendo. Calle o empurrou ainda mais contra a cerca.

— Vou procurar a polícia, pode ter certeza disso — disse Calle. — Vou contar tudo para a polícia.

— E-eu não fiz nada — gaguejou Jörgen.

Calle o empurrou para longe e começou a caminhar. Ele não tinha se afastado mais do que cinco metros quando parou e voltou. Então estendeu a mão e ajudou o amigo a ficar de pé. Depois o abraçou, chorando. Em seguida os dois foram para a casa, de braços dados.

— Vocês estão encenando *Brokeback Mountain*? — perguntou a esposa de Jörgen.

Calle riu.

— Não, eu ainda tenho os meus critérios.

A esposa de Jörgen encolheu o queixo.

— Diferente de mim, você quer dizer?

Jörgen a beijou delicadamente no rosto.

— O Calle só está com ciúmes — disse ele.

Eles foram para o andar de cima e se sentaram na cozinha. Calle contou para Jörgen sobre o seu dia na região noroeste de Skåne, e sobre Ylva ter desaparecido sem deixar nenhum vestígio quase dezoito meses atrás.

— Mas ela não pode simplesmente ter ido embora? — disse Jörgen.

— O marido deve tê-la matado — sua esposa se intrometeu.

Calle balançou a cabeça.

— Se ele fosse culpado, não teria me enxotado de lá. Ele receberia com prazer qualquer coisa que apontasse a suspeita para outra pessoa.

A esposa de Jörgen se levantou com um suspiro.

— Vocês parecem dois verdadeiros idiotas. Não existe nenhuma ligação entre essas pessoas a não ser que elas foram colegas de escola.

— A Gangue dos Quatro — disse Jörgen.

Sua esposa deu um tapinha na cabeça dele.

— Pare com isso — falou ela. — Você colocou o Calle nessa. Agora escutem, os dois. Vocês não podem continuar desse jeito. Vocês precisam de um passatempo, ter um caso ou qualquer coisa assim.

— Sim, tenho que pensar em algo para fazer — disse Calle. — Porque não vão mais me passar trabalho, isso é certo.

* * *

Bateram à porta, e Ylva ficou parada onde era visível, com as mãos na cabeça. A porta se abriu. Era Marianne. Ylva já sabia. Sua janela para o mundo mostrava que era dia, e não havia muito movimento. Gösta estava no trabalho.

Marianne fechou a porta e entrou no quarto. Ela tinha um prato consigo.

— Sobrou comida — disse.

Ylva deu um passo na direção dela.

— Fique onde está — ordenou Marianne, levantando a mão.

Ylva ficou parada.

— Sente-se.

Ela obedeceu.

Sem tirar os olhos do rosto de Ylva, Marianne raspou os restos do prato no chão.

— Você acha que isso é digno? — perguntou.

Ylva não respondeu.

— Você é uma cadela. A questão é: Que tipo de cadela? Do tipo pequeno, que late muito, ou do tipo grande, desajeitado? Não importa realmente, todas elas têm um cheiro horroroso. Devo dizer que você está nos custando muito dinheiro. Eletricidade, comida e sei lá mais o quê. Você não vale exatamente todo esse dinheiro. Não, acho que estamos chegando ao fim da linha. Você não concorda?

Ylva a encarou, confusa.

— Boa garota, cadela inteligente, você compreende exatamente o que a sua dona está dizendo. Você deve fazer o que a Annika fez. Siga o exemplo dela. É melhor. Quero dizer, isso não é vida, é? Nem para você nem para ninguém. E nós duas sabemos que você não merece nada melhor que isso. Acho que podemos concordar nesse ponto.

Marianne deu um suspiro resignado.

— Pense nisso — disse.

Então abriu a porta e se virou.

— Se a corda não for suficiente, posso conseguir umas pílulas para você.

Depois indicou a comida no chão.

— Vá em frente, coma sua comida.

49

Mike ligou, disse que era uma emergência e perguntou se poderia ir. E Gösta, é claro, encontrou tempo.

— Me conte — ele disse, e Mike lhe contou sobre a visita misteriosa.

Gösta ouviu e sorriu, divertindo-se. Mike ficou ainda mais inseguro.

— O que foi? — perguntou, sentindo-se como uma criança mimada.

— Achei que fosse algo sério — disse Gösta.

— Mas, meu Deus, é sério.

— Não — retrucou Gösta —, não é. Como estão as coisas com Nour?

— Tudo bem, tudo bem. O que você quer dizer, que não é sério?

— Achei que sua vida amorosa estava se desfazendo — disse Gösta. — Mas isso não passa de uma vespa em um piquenique. Incomoda, sim, é difícil de espantar, mas você ainda terá um piquenique.

Mike se deixou acalmar e, após um tempo, riu também.

— Mas você tem que admitir que é estranho.

— O quê? Que alguns antigos amigos de escola morreram de câncer ou em um acidente? Você mesmo disse que a Ylva nunca comentou sobre deles. Dificilmente eles poderiam ser amigos próximos. Então, o que você tem? Três pessoas que morreram, e todas elas estudaram em uma escola relativamente grande. Não vejo qual é o problema.

— Eles estavam na mesma classe — disse Mike. — E o cara também. O que veio me ver.

Gösta não disse nada.

— Será que eu devia procurar a polícia? — perguntou Mike.

— Para fazer o quê?

— Para denunciá-lo. Da próxima vez ele pode ir atrás da Sanna.

Gösta ergueu os olhos para o teto, cerrou os lábios e girou a cabeça para frente e para trás enquanto pensava.

— Não sei — disse. — Você acha que existe algum perigo de verdade?

— Não diretamente — respondeu Mike. — É difícil dizer. Mas eu nunca me perdoaria se acontecesse alguma coisa com ela.

Gösta se inclinou sobre a mesa.

— Como você disse que ele se chamava?

— Calle Collin.

— Você o procurou no Google?

— Ele já escreveu para diversos jornais e revistas, nada esquisito.

— Você disse que ele estava trabalhando para a *Revista da Família*. Talvez pudesse conversar com alguém lá primeiro.

* * *

— Como ele se chamava? Calle...?

Marianne procurou impacientemente no velho anuário de sua filha, correndo o dedo pela lista de nomes.

— Calle, Calle, Calle. Jonsson?

— Não, Collin — corrigiu Gösta.

— Aqui — ela disse. — Terceiro a partir da esquerda, segunda fila. Ali.

Ela estudou a fotografia, pareceu em dúvida e deu de ombros.

— Eu nunca o teria reconhecido — disse.

A campainha tocou. Gösta se inclinou para frente, olhou pela janela e viu que era Mike.

— Meu Deus, é ele.

— Bom, abra a porta então — Marianne sibilou.

Por precaução, Gösta fechou a porta que dava para o porão e se dirigiu até a porta da frente. Ele a abriu, fingindo surpresa. Mike estava parado ali com uma garrafa na mão.

— Um símbolo da minha gratidão — disse ele.

— Ah, não precisava. Não precisava mesmo.

— Precisava sim, você foi muito importante para mim. Não sei como eu teria conseguido sem a sua ajuda.

Gösta pegou a garrafa, olhou para o rótulo e ergueu as sobrancelhas em agradecimento.

— Nossa. Bom, muito, muito obrigado. Eu convidaria você para entrar, mas agora não é uma boa hora.

— Não, não se preocupe. Tenho que ir para casa e fazer alguma coisa para a Sanna comer — disse Mike. — Eu só queria te dar isso, nada mais.

— Obrigado — agradeceu Gösta de novo.

— Não, eu que agradeço.

Mike acenou e foi embora. Gösta fechou a porta e voltou para sua esposa, na cozinha.

— Ele me reconheceu — disse ela, e bateu com o dedo na fotografia do anuário da escola. — Não acho que ele tenha conseguido se lembrar de onde, mas, quando conseguir, não há dúvida de que ele vai montar o quebra-cabeça.

— Relaxe. Por que você quer acreditar que a situação é pior do que é? Em primeiro lugar, por que ele reconheceria você? Quantos pais dos seus amigos de escola você reconheceria? E você não o reconheceu.

— Não, mas ele era criança na época e agora é adulto. Tenho certeza que nós mudamos muito também, mas não da mesma maneira.

Gösta suspirou.

— Mesmo que ele tenha reconhecido você, por que ligaria esse fato com a Ylva? Não há nenhuma razão. Além disso, o Mike o expulsou, e não é muito provável que ele entre em contato de novo.

— Talvez não, mas há um risco.

Marianne respirou fundo.

— Gösta, chegou a hora. Ela tem que ir. Se ela não fizer sozinha, você vai ter que ajudar.

* * *

Ylva viu tudo na tela.

Mike caminhou a passos largos na direção da casa onde ela estava, com uma garrafa de vinho na mão. Logo depois, ele partiu de novo, com as mãos vazias.

A câmera não cobria a área da porta da frente, mas não era preciso muita imaginação para adivinhar o que havia acontecido. Mike viera para dar a eles uma garrafa de vinho. O que confirmava o que Gösta havia dito: que ele e Mike estavam próximos, que Gösta o influenciava.

O vinho era obviamente um agradecimento por sua ajuda. Por ouvir Mike, mesmo que fosse o seu trabalho. Essa era a maneira como as coisas funcionavam nos subúrbios, uma garrafa de vinho em troca de um gesto amigável. Entre vizinhos.

Ylva se perguntou o que isso significaria para ela. Que perigos poderia trazer. Gösta e Marianne não podiam, sob nenhuma circunstância, receber convidados em casa. Qualquer pessoa que transpusesse o vão da porta seria um risco. Eles tinham de manter distância de quaisquer vizinhos que tentassem se aproximar; podiam cumprimentá-los alegremente, mas nada mais do que isso.

O interesse de Gösta por ela havia diminuído, e Ylva estava absolutamente consciente disso. Ela sabia que, no dia em que ele não a desejasse mais, ela estaria perdida.

Ylva tentava gemer com mais sentimento e se reinventar de todas as formas possíveis, mas mesmo assim Gösta parecia entediado. Só quando ele a possuía com força, conseguia demonstrar o mesmo interesse por ela dos primeiros seis meses.

50

Era importante que eles não se empolgassem. Eles tinham de planejar, ponderar cada alternativa cuidadosamente. Não seria problema algum matá-la. Mas Gösta ainda acreditava que eles poderiam persuadi-la a dar esse passo sozinha. Eles simplesmente tinham de abrir os olhos dela, forçá-la a reconhecer a situação e a compreender de uma vez por todas o que ela havia se tornado. Então Ylva veria que só restava uma coisa a fazer.

O problema era como se desfazer do corpo e esconder as provas.

Se ele tivesse um barco, poderia jogá-la no mar. Mas como ele chegaria ao barco com um saco de lixo preto sobre o ombro sem que ninguém notasse? Havia casas por todo o caminho até o mar. Seria difícil encontrar um trecho da costa que fosse mais reservado. E não importava qual trilha no meio da mata ele escolhesse, sempre havia o risco de que um campista estivesse por lá procurando por cogumelos visse o carro e se lembrasse da placa.

Enterrar o corpo seria um trabalho árduo, e as chances de ele ser descoberto eram consideráveis.

Por que tentar esconder o corpo? Certamente seria melhor se ele fosse encontrado o mais rápido possível. Então Mike poderia sepultá-la, encerrar seu luto e se libertar da suspeita de outras pessoas. Mesmo que isso significasse muita terapia quando ele descobrisse que Ylva estava viva durante todo o tempo em que estivera desaparecida.

A melhor coisa a fazer seria se livrar do corpo em uma vala ao lado de uma estrada deserta. Ele poderia escolher a hora em vez do lugar. À noite, quando nenhum farol estivesse à vista. Então ele jogaria rapidamente o corpo e seguiria em frente. Isso seria feito concomitantemente com alguma viagem de verdade, algo que lhe proporcionasse um álibi se suspeitassem dele algum dia.

O corpo seria colocado dentro de um saco de lixo preto, de maneira que nenhum vestígio fosse deixado no carro. Eles teriam de escovar embaixo das unhas dela, e ele não poderia gozar dentro dela nos últimos dias. Essa última parte significaria um pouco de sacrifício da parte dele.

Enquanto Gösta estivesse se livrando do corpo, Marianne ficaria em casa e limparia o porão. Todas as superfícies precisariam ser limpas, e os móveis, substituídos por uma bateria e uma guitarra elétrica.

Eles teriam de traçar um plano e decidir a data.

Gösta se perguntou como se sentiria sem Ylva. Aliviado, obviamente, quando tudo estivesse terminado. Mas também um tanto triste.

Vingar Annika fora a força que os impulsionara por quase três anos. A luta por justiça e vingança havia ofuscado quase tudo. A meta era clara, e a vida fora simples, de certa maneira.

Isso logo terminaria, deixando um vácuo que se abria como um abismo.

A possibilidade de descer para trepar com Ylva sempre que lhe dava vontade havia lhe dado um sentimento de riqueza. Uma dimensão a mais.

Isso logo seria história também.

* * *

Será que o vinho fora pouco? Certamente não. A garrafa custara bem mais de cem coroas suecas. Talvez Gösta estivesse esperando um uísque. Mike havia considerado isso, mas se sentira inseguro quanto a dar destilados, já que não era Natal.

Ah. Ele enxotou o pensamento. Isso não tinha nada a ver com não ter ficado satisfeito. A razão por que Gösta parecera de certa forma reservado foi que ele preferia manter distância, socialmente, levando em consideração que Mike ainda era seu paciente.

Isso era tudo. Nada mais.

Quando Mike terminasse o tratamento, eles sairiam para jantar, os quatro.

A esposa de Gösta parecia bacana. Ela e Nour certamente se dariam bem. Quem não se daria bem com Nour? Mike ficava empolgado só de pensar nela. Quase dava risadinhas.

E, como um sinal de Deus, ela entrou pela porta. Sanna correu para a entrada para recepcioná-la. Mike se deixou ficar, envergonhado com sua alegria infantil. As coisas não poderiam ficar melhores. Ele esperou sua vez e a beijou na boca. Então tirou o casaco dela e o pendurou em um gancho.

— Que cheiro bom — disse ela.

— Molho de carne — falou Mike. — Vermelho.

Nour não entendeu.

— É difícil explicar. É muito sofisticado.

Sanna desapareceu na sala de estar, e Mike não ficou nada contente quando descobriu que ela havia esvaziado a vasta coleção de Lego no tapete fofo. Não importava quanto ele aspirasse e batesse o tapete, Mike sabia que sempre haveria uma peça deixada em algum lugar.

Ele encheu uma taça de vinho tinto e a passou para Nour.

— Obrigada — ela disse.

Mike a olhou e sorriu.

Nour não entendeu por quê.

— Eu só estou muito feliz — disse ele.

51

Gösta aproveitou bem, repassou todo o seu repertório. Os gemidos e as contorções de Ylva beiraram os limites do convincente, mas Gösta não fez objeções. Mais tarde, ele ficou deitado ao lado dela por um bom tempo, respirando pesadamente, com o peito suado.

— Você certamente sabe fazer isso — disse ele.

— Obrigada.

— Você está feliz?

— Estou — respondeu Ylva.

— O Mike e a Sanna estão felizes também — disse Gösta.

Ylva não respondeu. Nem ele nem Marianne jamais falavam da família dela por acidente, sempre havia uma razão.

— Ele está com a Nour agora, como você sabe. Nunca o vi tão feliz. A Sanna também, aliás. Ninguém é insubstituível, muito menos você.

Ylva não disse nada.

— Certamente causaria uma cena se você tocasse a campainha agora.

— Estou feliz aqui — disse ela.

— Está? É, você está sendo bem tratada, considerando por que está aqui.

— Com você — Ylva disse. — Estou feliz com você.

Gösta riu, se sentou na beira da cama e começou a colocar a cueca.

— A Marianne diz que eu já me diverti o suficiente.

— Ela está com ciúmes?

Gösta a encarou, e Ylva baixou os olhos.

— Desculpe.

— Nós não somos um casal, você e eu. Você não passa de uma puta barata e devia ser grata por eu vir aqui te comer. Eu faço isso por gentileza, sabia?

— Eu sei, obrigada. Desculpe.

— As suas mil e uma noites estão chegando ao fim, tudo está virando rotina. Não importa quanto eu vire e revire você, você ainda tem somente três buracos. Amanhã eu volto. E quero ser surpreendido. Está entendendo? Se você não conseguir isso, vamos ter que pensar em algo.

* * *

Bem como Ylva pensara, a visita espontânea de Mike com uma garrafa de vinho deixara Gösta e Marianne nervosos. Era uma intrusão na vida privada deles, um sinal de que o mundo exterior estava se aproximando, de que a armadilha estava montada. E assim eles tinham de se livrar de Ylva. Ela havia se tornado um fardo. Sem ela, eles não teriam nada a esconder; sem ela, eles poderiam abrir sua casa e receber as pessoas.

Marianne queria que Ylva o fizesse sozinha. Como uma expiação. Gösta também queria. Esse era o plano original deles.

Ambos salientavam a desesperança da situação dela. Que, mesmo se ela continuasse viva, não haveria futuro. Ela era uma puta e nunca poderia ser outra coisa.

E é claro que eles estavam certos. Todo mundo faria a mesma pergunta: Por que você não fugiu? Por que nem tentou?

Mas Ylva não pensava em lhes dar a satisfação de cometer suicídio. Ela jamais seria capaz. Ela esperava que eles a matassem quando ela estivesse dormindo. Ou que a envenenassem, de maneira que ela perdesse a consciência. Embora ela quisesse saber o que eles fariam com o corpo depois. Ela queria ser enterrada. Dar a Mike e a Sanna algo definitivo, libertá-los para que eles pudessem seguir em frente.

Ylva preferiria não saber o que estava para acontecer. Mas era óbvio demais. Gösta iria trepar com ela uma última vez. Ela poderia fazer o seu melhor, na esperança de alguns dias de descanso. Mas não havia por quê. Da próxima vez, ele teria de possuí-la como a boneca inflável morta que ele a havia forçado a se tornar.

Naquele instante, ela só precisava dormir. Estava cansada e queria aproveitar os sonhos que não a prendessem. Quando acordasse, ela se lembraria deles.

Ylva se ajeitou debaixo das cobertas, estendeu a mão para a luminária de piso e desligou o interruptor.

Tudo ficou escuro.

52

Quando a ligação veio, Calle Collin não ficou surpreso; ele estava esperando por ela.

A editora-executiva da *Revista da Família* o cumprimentou, perguntou como iam as coisas e como estava o tempo na capital. Cordialidades que não passavam de perda de tempo e que as pessoas de fora de Estocolmo insistiam em usar.

Vá direto ao ponto, pensou Calle, *acabe com meu sofrimento.*

— Então... — disse a editora-executiva. *Finalmente.*

— Eu conversei com o editor-chefe, nós discutimos algumas coisas e ambos concordamos. Fortemente, aliás.

Mais um round, não. Eles não podiam simplesmente lhe dizer para cair fora e deixar por isso mesmo?

— E... — continuou a editora-executiva.

Lá vem chumbo. Calle fechou os olhos e prendeu a respiração. Na melhor das hipóteses, eles deixariam que ele fizesse humilhantes questionários com celebridades acerca dos feriados. *Quem você vai beijar na Páscoa? Como celebramos o Natal* e *Minha canção favo-*

rita na hora de beber. Sentado ao telefone por horas em busca de celebridades decadentes da TV que quisessem mostrar o rosto triste de novo.

— Sim? — tentou Calle.

— Nós não queremos nenhum suicídio — disse a editora-executiva. — Eu sei que o *Correio dos Amigos* não escreve sobre suicídios pela simples razão de que isso pode ser contagioso. Nossos leitores são mais velhos e, esperamos, mais sensatos, mas mesmo assim. Nós não escrevemos sobre suicídios simplesmente porque é terrível demais. Não há nada redentor a respeito de um suicídio, e ainda bem que não estamos no mercado de bancas de jornais. Então não escrevemos sobre o assunto. De nenhuma maneira.

— N-nada de suicídios? — gaguejou Calle.

O marido de Ylva não havia falado com ela? Eles ainda estavam interessados? Eles ainda queriam a série dele sobre pessoas que haviam morrido jovens demais?

— Por quê? — perguntou a editora-executiva. — Você não concorda?

— Concordo — disse Calle. — Totalmente. Eu jamais sonharia em escrever sobre um suicídio. Nunca.

— Que bom, fico feliz. Nesse caso, tudo que tenho a dizer é boa sorte. Quando você acha que podemos ter o primeiro artigo pronto?

Quando Calle desligou o telefone, estava tão contente que aumentou o volume do estéreo e dançou pelo apartamento, até se dar conta de que uma pessoa no prédio da frente estava olhando.

* * *

Escuridão e silêncio, como flutuar no universo. Ylva quase conseguia ver o nosso planeta azul a distância, de uma distância em que nada na face da Terra importava. Todas as lutas mundanas se tornavam pó. Sua jornada logo terminaria, a ilusão efêmera que fora Ylva sairia de cena. Não era grande coisa, acontecia a cada segundo, todos os dias, desde o início dos tempos.

Sua vida dera viradas bruscas. A infância difícil que degenerara e terminara em catástrofe. Tudo começara como um jogo, mas então houve sérias consequências. A filha maluca do psiquiatra. Annika.

O longo interlúdio em que ela pensou que aquela era sua vida. Os verões no barco, Mike, a felicidade com Sanna.

As distrações com as quais Ylva havia se divertido quando se cansou de tudo isso.

Sanna podia se virar bem sem a mãe, Ylva sabia disso, mesmo que a compreensão doesse. Sua memória de Ylva provavelmente já havia desaparecido. Ela podia ouvir a voz de Mike, como ele tentaria lembrá-la da mãe.

Você se lembra da mamãe?

Uma preocupação mal orientada com a memória de Ylva que resultaria apenas em consciência pesada, e, para Sanna, o sentimento vago de uma pessoa que havia existido um dia, mas não estava mais ali.

Ylva tentou imaginar o mundo através dos olhos da filha. O que Sanna lembraria a seu respeito? Podia ser qualquer coisa. Certa vez que Ylva fora um pouco severa, quando fizera cócegas na barriga da filha, quando fizeram uma luta de travesseiros. Ou talvez um comentário, tomara que algo amável. Talvez um filme que elas tivessem visto juntas. Certamente uma de suas muitas nadadas no mar. Ylva saltando na água, é claro. As outras mães usavam os degraus, algumas delas chegavam a se agachar na água. Como podiam ser tão cuidadosas! Mulheres com menos de quarenta anos que entravam de costas na água até a cintura e então caíam para trás, espalhando água para todo lado como velhas e esticando as pernas. Sem molhar o cabelo.

Ylva decidiu que essa seria sua dádiva para o mundo, que era assim que seria lembrada. Como a mãe que saltava do píer na água e usava os degraus apenas para sair. Ylva estava contente. Não era um legado ruim para deixar.

Ela não queria se alongar no último capítulo de sua vida. Era o que era e logo estaria terminado. Mesmo se escolhesse vê-lo pela perspectiva deles, ela havia se expiado de seu crime e estava reconciliada com o pensamento de que todas as pessoas tinham a capacidade para o bem e para o mal dentro de si.

Ylva estendeu a mão, pressionou o interruptor e subitamente o quarto estava banhado na luz da luminária de piso. Ela foi até a privada mijar, deu descarga e voltou para debaixo das cobertas. Estendeu a mão, pressionou o interruptor de luz, escuridão.

Ylva pressionou o interruptor de novo, luz.

E de novo escuridão.

Naturalmente.

Sim, naturalmente.

53

Jörgen Petersson havia encontrado uma verdadeira espelunca.

— Três por cem coroas suecas — disse o multimilionário jovialmente enquanto colocava seis cervejas na mesa à sua frente. Ele empurrou três para Calle.

— A gente não podia ter começado com uma cada um? — perguntou Calle.

— Não se preocupe, você é meu convidado — assegurou Jörgen.

— Ótimo.

— Isso nos poupa de ter que ficar levantando, sabe como é. Então, me conte do seu progresso.

Calle contou a ele sobre a ligação da editora-executiva, como ele havia se encolhido e segurado o aparelho longe do ouvido temendo que seu tímpano fosse ser prejudicado pelo esporro que ela lhe daria. E como tudo havia terminado tão bem.

— Então não se escreve sobre suicídios, é isso? — brincou Jörgen.

— É — disse Calle. — Porque tem sempre um imbecil qualquer que lê o artigo e se inspira: *Eu quero aparecer nos jornais também.*

— *Mesmo que seja a última coisa que eu faça* — gracejou Jörgen.

— Exatamente. Só estranhei que a editora-executiva tenha achado necessário salientar isso. Confesso que me decepcionei um pouco.

— E, *voilà*, você transformou o progresso em revés — disse Jörgen.

— Você é tão pessimista quanto Krösamaja nos livros do Emil. Nós poderíamos te colocar numa sala cheia de corretores da bolsa e, tão logo as ações subissem, você colocaria as mãos na cabeça e diria: "Primeiro elas vão ficar com o rosto azulado e depois vão morrer".

— E seria no momento exato — disse Calle.

— Eu não poderia concordar mais com você. Saúde.

— Saúde.

Eles terminaram as primeiras cervejas, empurraram os copos vazios para o lado e cada um pegou outra cheia, bebendo como se fosse mamadeira.

— Então o suicídio é contagioso? — comentou Jörgen, pensativo.

— Como o enjoo no mar — disse Calle.

— Lembra aquela garota da escola que se matou?

— Quem?

— Annika, a filha do psiquiatra.

— Ah, sim, lembro.

— Ela morava naquela casona branca de frente pro mar — recordou Jörgen. — Bem no promontório. Tinha um cão preto que corria pra cima e pra baixo na cerca, latindo para quem passasse de bicicleta.

— Ah, ela... Se enforcou, não é?

— Acho que sim. Ninguém entrou em detalhes. A mãe dela era bonita, pelo que me lembro.

— Não é meu departamento — Calle torceu o nariz.

— O pai não era de todo mau também. Tipo Richard Gere.

— Agora sim.

— A filha, por outro lado, era bem sem graça — acrescentou Jörgen, filosoficamente.

— Meu Deus, ouça o que você está dizendo.

— Talvez ela ficasse mais interessante com os anos, quem sabe? Mas acho que ela nunca seria tão sexy quanto a mãe. Lembra dela? Era a coroa gostosa do bairro. Ela costumava varrer com o ancinho o cascalho da frente da casa.

Calle se sobressaltou, mergulhando nos próprios pensamentos: Varrer com o ancinho o cascalho. A mulher mais velha em Hittarp. A que lhe parecera familiar. Que havia dito onde Michael Zetterberg morava.

— Aquele cachorro fazia uma algazarra, com todos os garotos passando de bicicleta para dar uma olhada nela — disse Jörgen.

Ela estava varrendo o cascalho. Como sempre fizera. Era ela, a mãe de Annika.

Jörgen estalou os dedos diante do nariz do amigo.

— Calle? Oi? Você está me ouvindo?

* * *

O cabo era ligado à base da luminária, a uns dois metros do interruptor, que era do tipo que você podia bater com o pé. Mas Ylva normalmente desligava a luz com a mão, assim não precisava sair da cama. Havia mais ou menos um metro e meio de fio do interruptor até a parede. Ele fora empurrado para baixo da cama para que não ficasse bagunçado.

Quando o interruptor estava desligado, não havia fornecimento de energia para a luminária.

Gösta e Marianne a haviam dominado e prendido com a ajuda de uma arma de choque. Agora era a vez de Ylva fazer com que provassem um pouco do próprio veneno.

Ela não era uma puta, ela era a mãe que saltava na água.

Ylva saiu da cama e foi até a cozinha. Estava absolutamente escuro, mas ela conhecia cada centímetro de seu limitado espaço. Pegou a tesoura e a faca e voltou para a cama. A luz estava desligada, então não havia eletricidade passando depois do interruptor.

Ela se agachou, tateou em busca do cabo e o cortou o mais próximo possível da base. Com a faca, removeu o isolamento da extremidade e dobrou os fios para fora, de maneira que ficassem a alguns centímetros de distância um do outro. Então enfiou a ponta do cabo embaixo da base.

Daquele momento em diante, ela não acenderia mais a luz sob nenhuma circunstância. Apenas no momento certo.

Ylva voltou para a cozinha e devolveu a tesoura e a faca no balcão, onde eram visíveis, de acordo com as regras. Ela era duramente punida se violasse ou esquecesse essas normas.

Então abriu a gaveta e pegou o garfo, o único talher de metal que lhe haviam dado para comer, voltou até a cama e o escondeu debaixo do colchão.

Ela iria proporcionar a ele uma experiência nova, uma experiência completamente nova.

* * *

— Não — disse Calle Collin. — Não, não faça isso.

Eles tinham bebido seis cervejas cada um, e a conta estava em quatrocentas coroas suecas. Mais vinte por uma porção de amendoins. Calle não conseguia imaginar seu amigo super-rico deixando nada mais do que dez de gorjeta.

— Não pode ser coincidência — disse Jörgen.

— Pff — começou Calle. — Qual a conexão, na sua opinião?

— E eu vou lá saber? Mas uma coisa é certa, eu não acredito em coincidências.

— Você não precisa acreditar em coincidências — disse Calle. — No nosso mundo de classe média, e espero que você não se importe que eu inclua você nele, simplesmente aconteceu de você ter ganhado bem mais... Enfim, nosso mundo de classe média é tão ridiculamente pequeno que não é preciso muito. Sabe o que eu faço quando estou me sentindo um pouco paranoico e quero botar lenha na fogueira? Procuro velhos adversários no Facebook. Todos os canalhas estão lá. Você vê uma foto da pessoa em questão e pode ver todos os amigos do idiota. Então você olha as atualizações e descobre uma nova leva de amigos. E, vai por mim, você não precisa fazer isso tantas vezes assim até esbarrar em um nome que você conhece de algum outro lugar. Você clica ali e, opa, uma nova pessoa e uma nova galeria de amigos. Atualizações e um clique. O mundo inteiro está conectado. O fato de que os pais da Annika vivem onde vivem, entre outras pessoas prósperas, não é coincidência. Eles sempre andam em bando. Para poderem evitar pessoas com pontos de vista diferentes. E era uma vez a coincidência, muito obrigado.

— Nossa, você está bêbado — declarou Jörgen.

— Não estou.

— Muito bem, pense sobre isso então. Imagine que o psiquiatra e sua esposa gostosa por alguma razão responsabilizam a Gangue dos Quatro pela morte da Annika...

— Não existe Gangue dos Quatro. Eles foram amigos uma época no colegial e, sim, eles atormentavam as pessoas e deviam ter sido presos, eu não poderia concordar mais com isso. Mas, e aqui vai um grande "mas", eles não eram uma gangue. Depois do segundo ano eles não andavam mais juntos. Um dos caras saiu da escola, se me lembro bem. Jörgen, seu maldito ricaço esquisito, você está me ouvindo?

— Estou, estou.

— Aja como se estivesse então, não fique aí parado olhando para a parede.

— Eu não estou olhando para a parede, estou pensando.

— Você poderia compartilhar alguns dos seus incríveis pensamentos?

— Acho que estou certo. A turma se separou depois do suicídio da Annika. Não estou nem aí para o que você acha, vou ligar para o marido da Ylva.

— Então posso dar adeus ao meu trabalho.

— Eu posso te dar um emprego. Você pode escrever minhas memórias.

— Isso não seria muito difícil: acordou, ganhou na loteria e voltou a dormir.

— Eu vou ligar para ele — Jörgen repetiu.

— Não vai — retrucou Calle.

— Tente me impedir.

— Jörgen, puta que pariu, por favor. Eu vou perder o meu emprego, não estou brincando.

54

arlsson falando.

O inspetor-chefe atendeu sem tirar os olhos da página. O jornal local era indispensável para um homem em sua posição.

— Olá, meu nome é Jörgen Petersson.

De Estocolmo, pensou Karlsson.

— Estou tentando contatar a pessoa que está cuidando do desaparecimento de Ylva Zetterberg — continuou Jörgen. — Ela desapareceu um ano e meio atrás mais ou menos, se eu compreendi corretamente.

A sedutora desaparecida, pensou Karlsson, *que foi morta pelo marido ciumento, aquele das lágrimas de crocodilo. Que ainda é um homem livre*. Sem o corpo, eles não poderiam ligá-lo ao assassinato.

— Sou eu mesmo — disse Karlsson.

— Eu tenho algumas informações que podem ser do seu interesse.

— Vamos ouvi-las então — afirmou Karlsson, voltando para a leitura.

Você tinha de arrancar informações de qualquer um que tivesse algo interessante a dizer; qualquer um que tivesse algo interessante a dizer não diria: *Eu tenho algumas informações que podem ser do seu interesse.* Isso era fato, assim como qualquer pessoa que dizia ter um bom senso de humor ou alegava ser inteligente normalmente não tinha ou não era.

— Certo — começou Jörgen. — Eu estudei com a Ylva. Escola Brevik, em Lidingö, aqui em Estocolmo.

— Sei.

Eu sou de Liiiiidingö, então o que estou dizendo é importante, Karlsson imitou para si mesmo e virou a página do jornal. Ele leu que a Kallbadhuset abriria de novo em breve. Já não era sem tempo. Quanto demora para reformar uma piscina?

— A Ylva fazia parte de uma gangue. Eram ela e três caras. Uns malucos problemáticos. Nós os chamávamos de Gangue dos Quatro.

— Meu Deus.

— Eu sei que parece idiota, mas por favor me ouça.

— Estou ouvindo.

— Os caras estão todos mortos — disse Jörgen.

Karlsson estudou a programação de cinema. Ele tinha colocado na cabeça que o filme que queria ver estava passando, mas nenhum dos títulos chamou sua atenção. Como sempre, ele teria de alugar um DVD.

— Isso não é bom — ele disse.

— Não — respondeu Jörgen —, e agora a Ylva está desaparecida também. Parece coincidência demais.

— Hum...

Karlsson tinha chegado à página da TV. Ele a leu superficialmente. Nada muito empolgante.

— Não pode ser apenas coincidência — insistiu Jörgen.

— Esses caras — disse Karlsson. — Como eles morreram?

— Um morreu de câncer uns três anos atrás. O outro foi assassinado, e o terceiro morreu em um acidente de moto na África há mais ou menos um ano.

— Não parece bom — disse Karlsson. — Mas não vejo uma ligação. Fora eles terem sido amigos quando eram mais novos.

— Bom — disse Jörgen —, tinha uma garota.

— Ylva?

— Não, outra.

— Sei.

Que babaca, pensou Karlsson.

— Annika Lundin — Jörgen lhe contou.

— Annika, certo.

— E ela cometeu suicídio.

Karlsson suspirou de impaciência e fechou o jornal. Então se recostou na cadeira e olhou pela janela.

— Depois disso, a Gangue dos Quatro se dissolveu.

— Depois do quê?

— Depois que ela cometeu suicídio. Você não está ouvindo?

— Estou.

— Que bom. Porque o que realmente interessa é que os pais da Annika, Gösta e Marianne Lundin, se mudaram para a casa da frente da Ylva.

— Gösta e Marianne...?

— Lundin — repetiu Jörgen. — Não acho que seja coincidência.

— É, não parece mesmo — bocejou Karlsson.

— Você devia falar com eles — disse Jörgen.

— Com certeza — respondeu Karlsson. — Você tem um número em que eu possa encontrá-lo?

Jörgen deu a ele o número do seu celular e os da sua casa. Karlsson fingiu anotá-los.

— Entrarei em contato assim que tiver alguma novidade — assegurou o detetive. — Obrigado por ligar.

E recolocou o fone no gancho. *Cinema*, ele pensou. *Qual era o filme que eu queria ver?*

Gerda bateu cautelosamente na porta e interrompeu seu devaneio.

— Vamos almoçar? — perguntou o colega.

Karlsson se levantou e colocou o casaco.

— Não é uma má ideia.

* * *

Jörgen Petersson sabia quão absurdo aquilo parecia. Em sua mente, estava tudo muito claro, mas, quando ele colocava a questão em palavras, ela soava maluca. O inspetor-chefe havia prometido falar com os Lundin, mas Jörgen duvidava de que ele chegasse a pegar o telefone.

Ele se perguntou se o policial o teria tratado de maneira diferente se soubesse quem ele era e o que ele representava. A resposta era sem dúvida sim. Mas ele não podia enviar por fax uma cópia do seu saldo bancário. Ele conhecia alguém que pudesse interceder por ele? Alguém na polícia? Não. A coisa mais próxima de um conhecido no meio jurídico que ele conseguia lembrar eram os advogados que ele empregava para redigir contratos.

Se a teoria do Facebook de Calle Collin era verdade e esses advogados conheciam outros infratores da lei, que por sua vez eram amigos do promotor público, que saía com a polícia, ele poderia conseguir o que queria caso ficasse pendurado ao telefone por algumas horas. E qualquer credibilidade que ele tivesse estaria manchada a essa altura, uma vez que sua teoria da conspiração passaria de uma pessoa a outra como uma brincadeira de telefone sem fio.

Se Jörgen Petersson quisesse avançar em alguma coisa, teria de falar diretamente com o marido de Ylva. Não importava que ele tivesse prometido a Calle que não faria isso. O marido de Ylva era a única pessoa que poderia ouvi-lo.

Era possível que Jörgen estivesse batendo na porta errada, que seus pensamentos fossem tão malucos quanto soavam, mas restava uma questão que precisava ser respondida. E essa questão só poderia ser feita diretamente ao marido de Ylva.

55

Ylva olhou para a tela. Viu Mike, Nour e Sanna entrarem no carro. Sanna estava no banco de trás novamente, mas parecia feliz com a parte que lhe cabia. A rotina dos três parecia tão tranquila quanto poderia ser a rotina matutina com uma filha que levava uma eternidade para passar a manteiga, que comia mais devagar que uma lesma e não ficava satisfeita até que seus cadarços estivessem atados em um laço perfeito e com ambas as extremidades do mesmo comprimento.

Essa era possivelmente a última vez que Ylva os veria. Certamente a última vez que os veria na tela. Ela não estava triste. Estava bem agora. Mais que o suficiente.

Ylva desligou a TV, deitou-se na cama e fechou os olhos. Repassou o plano de novo. Se é que era realmente um plano; ela não tinha certeza. Ela pretendia fazer o que havia decidido, então o que fosse para acontecer aconteceria — ela não tinha controle sobre o resultado.

O copo de água, o fio, o garfo debaixo do colchão.

Ylva nunca havia batido em ninguém, não sabia o que fazer. Ela pegou o garfo e sentiu as pontas. Não eram particularmente afiadas. Puxou o lençol e golpeou o colchão. Nem sequer fez um buraco.

Os olhos, Ylva pensou. Ela tinha de atingir os olhos dele.

Ela recolocou o garfo debaixo do colchão, arrumou o lençol, foi para o banheiro e se olhou no espelho. Ela era outra pessoa agora, diferente daquela que havia sido arrastada até o porão dezoito meses atrás. Ela se perguntou se Mike a reconheceria.

Depois voltou para a cozinha e olhou na geladeira. Ela precisava comer algo e descansar.

Não importava o que acontecesse, aquele seria seu último dia no cativeiro.

* * *

Mike se inclinou sobre Nour e a beijou na boca.

— Vejo você à noite.

— Sim. Até mais tarde.

Nour desceu, fechou a porta do carro e acenou da calçada. Mike engatou a primeira e arrancou, observando pelo espelho retrovisor enquanto Nour desaparecia na entrada do escritório.

Ele se sentia reconfortado e feliz por dentro.

A euforia não o abandonou até o almoço. E então foi substituída pela melancolia.

Nada em particular havia abafado a emoção. Nenhuma notícia ruim, previsão desfavorável ou funcionário reclamão que deprimisse sua alegria. Seu mau humor não havia sido causado por uma queda súbita nos níveis de açúcar no sangue, lembranças perturbadoras ou uma tarefa difícil. Era apenas uma variação de humor normal, e Mike acolheu com prazer a mudança. Se ele seguisse no estado eufórico em que estivera a manhã inteira, logo se tornaria impopular. Isso ou ele seria forçado a se mudar para a Noruega, onde esse tipo de comportamento empolgado não era visto como suspeito.

Ele abriu um relatório novo e começou a ler. Quarenta e cinco minutos depois largou o volume, esfregou a base do nariz debaixo dos óculos e percebeu que não adquirira sabedoria alguma. Era apenas mais um daqueles relatórios prolixos que conseguiam não dizer nada enquanto custavam à empresa uma pequena fortuna, e seu único mérito era proporcionar a gerentes covardes um culpado quando as coisas dessem errado.

Mike olhou para o relógio e viu que poderia ir para casa de consciência limpa. Ligou para Nour do carro, mas ela ainda tinha de terminar uma tarefa no trabalho, de maneira que pegaria o ônibus.

— Nos vemos mais tarde então — ele disse. — Vou fazer o jantar.

Mike foi ao supermercado e perambulou sem rumo, buscando inspiração. *Carne, hum... Peixe, nah... Frango, de novo não. Vegetariano. Existia algo além de quiche de brócolis?*

Gösta também estava no supermercado, e eles trocaram algumas palavras sobre como era difícil conseguir variar as coisas.

Teria de ser espaguete com molho de gorgonzola e bacon. E uma salada. Mike pegou o que precisava e acrescentou algumas coisas para o café da manhã.

Depois dirigiu até a escola e foi até o clube de atividades extracurriculares. Não conseguiu ver Sanna, e as funcionárias o olharam surpresas. O coração de Mike disparou e, por uma fração de segundo, ele foi lançado em um abismo, até que lembrou que Sanna havia começado aulas de música. Então sorriu e caminhou na direção de uma porta, através da qual uma música desafinada podia ser ouvida.

Bateu baixinho e entrou.

Três... ratos... cegos. Lá-lá-lá. Veja... como...

Mike não precisava ter pressa para reservar o auditório Berwaldhallen.

— Bravo — ele aplaudiu. — Muito bom.

— Eu posso fazer melhor — disse-lhe Sanna.

— Eu achei ótimo. Acabou?

Ele olhou para a professora de música, que anuiu elegantemente.

— Bom, então vamos agradecer e nos despedir.

— Obrigada — disse Sanna.

— De nada — respondeu a professora. — Nos vemos na semana que vem.

Sanna saiu voando da sala e correu na direção do carro.

— Posso ir na frente?

— Querida, são só duzentos metros. Não vale a pena mexer na cadeirinha.

— Tudo bem.

O *quê?*, pensou Mike. *Nenhum protesto?* Sanna entrou no banco de trás sem resmungos e seguiu tocando sua flauta. Ele queria dizer algo encorajador, mas não sabia o quê.

— É divertido tocar flauta?

— É — ela disse sem fôlego e seguiu assoprando.

Três... ratos... cegos.

* * *

Ylva estava maquiada, arrumada e pronta. Tinha o cabelo preso em um rabo de cavalo. Gösta gostava de puxá-lo quando gozava. Uma espécie de demonstração de êxtase animal.

Ela estava do jeito que ele queria. Mas, desta vez, não usara lubrificante. Ele não iria penetrá-la, não hoje nem nunca mais.

Ao ouvir a batida, ela respirou fundo e conferiu se tudo estava no lugar. O copo de água próximo da parede.

Ylva ficou parada no lugar designado, colocou as mãos na cabeça, puxou os cotovelos para trás para empinar o peito e fez uma boca sensual.

Ele abriu a porta. Gösta estava segurando uma garrafa de champanhe e duas taças.

Ele olhou automaticamente para a direita, para conferir que a faca, a tesoura, a chaleira e o ferro estavam visíveis no balcão, que ela não tinha nenhuma arma e não tentaria nenhuma burrice.

— Achei que devíamos comemorar — disse ele, e levantou a garrafa.

Ylva se ajoelhou com as mãos para trás. Ela havia planejado tudo, praticado reiteradas vezes. Não se arriscaria a se desviar do plano de jeito nenhum.

Ele colocou a garrafa em cima da pia, trancou a porta e olhou para ela.

— Você não pode esperar?

Ylva balançou a cabeça lentamente, com os olhos baixos e a boca aberta.

— Bom, você vai ter que se segurar — disse ele, tirando o papel laminado dourado do gargalo da garrafa e começando a soltar o fio de metal.

Ylva continuou de joelhos, observando-o enquanto ele puxava a rolha com um estouro e enchia as taças.

Ele se aproximou dela e olhou para baixo.

— Você é uma putinha excitada, não é mesmo? Tome. — E estendeu uma taça. — Você merece — disse ele.

Ylva pegou a taça e encheu a boca, sem engolir. Então colocou a taça ao seu lado no chão e começou a desabotoar a calça dele. Colocou o pau dele na boca, deixou que as bolhas fizessem cócegas em sua glande e que o champanhe escorresse lentamente por suas bolas.

Ela encheu a boca com o que restava na taça e puxou a calça dele para baixo. Ele deixou, porque não queria molhá-la. Então ele tirou a calça e a cueca e deixou que ela tirasse as meias dele.

Ylva colocou as roupas em uma pilha sobre a cama e o moveu para sua boca de novo. O champanhe corria para fora de sua boca e descia por dentro da coxa dele enquanto ela erguia ansiosamente a taça, sem tirá-lo da boca. Ele encheu a taça e então continuou derramando a bebida diretamente da garrafa sobre o rosto dela e a base do seu pau.

O chão estava começando a ficar molhado, e Gösta continuava parado em uma poça. O plano de Ylva corria bem. Champanhe era tão bom quanto água. O importante era que o lugar estivesse molhado.

Ylva olhou para cima e viu que Gösta a encarava como se ela fosse uma puta que ele tivesse pagado e pudesse fazer o que quisesse. Era uma expressão que ela conhecia bem demais, que sempre precedia um ato de violência sexual.

Ylva encheu a boca de novo. Colocou a taça no chão e pôs as mãos para trás. Ele agarrou o rabo de cavalo dela e meteu ainda mais fundo. Ylva sentiu o reflexo do vômito, mas fingiu estar adorando.

Ela tinha o cabo nas mãos, atrás das costas. Assim que ele largasse o rabo de cavalo dela, assim que ele largasse...

56

O toque do telefone foi uma distração bem-vinda. As notas desafinadas da flauta tocavam ininterruptamente na sala de estar, e Mike não tinha coragem de pedir que a filha parasse.

A tela dizia *número desconhecido*. Mike presumiu que fosse Nour ligando do trabalho. Ele fechou a porta que dava para a sala e atendeu o telefone.

— Oi — disse numa voz suave.

— Hã, olá — disse a voz surpresa do outro lado. — Meu nome é Jörgen Petersson. Eu gostaria de falar com Michael Zetterberg.

— É ele — disse Mike com mais autoridade.

— Estou ligando em uma hora ruim?

— Não, não, de maneira alguma, mas eu não compro coisas por telefone.

— Não é por isso que estou ligando — disse Jörgen.

Mike sentiu o estômago dar um nó.

— Eu gostaria que você me escutasse — Jörgen pediu. — Por favor, não desligue até ouvir o que eu tenho a dizer.

Mike se jogou em uma cadeira.

— O que você quer? — perguntou.

— Eu estudei na Escola Brevik com sua esposa — explicou Jörgen.

— Minha esposa está desaparecida — disse Mike com uma voz cortante. — Por que você não me deixa em paz?

— Apenas uma pergunta — Jörgen continuou. — O que a Ylva falou sobre Gösta e Marianne Lundin?

Mike não compreendeu.

— Gösta e Marianne Lundin tinham uma filha, que também estudou com a gente — Jörgen prosseguiu. — Ela cometeu suicídio. Os caras com quem a Ylva andava na escola estão todos mortos. Acho que tem uma conexão. Acho que a sua esposa, de alguma maneira, teve algo a ver com o suicídio da Annika... Quer dizer, acho que Gösta e Marianne Lundin a responsabilizam pela morte da Annika. Michael, você está aí? Michael...?

* * *

Gösta soltou o rabo de cavalo de Ylva. Ela recuou a cabeça e deslizou o cabo para frente. Colocou os fios desencapados sobre o pau brilhante dele e ligou o interruptor.

Uma chama brilhou, houve um estouro abafado e tudo ficou escuro.

Ylva não sabia o que estava esperando que acontecesse, mas certamente não que o fusível explodisse.

— Puta que pariu, caralho, filha da puta!

A voz dele estava carregada de dor, e Ylva o ouviu afundar no chão com as costas contra a parede. Ele estava respirando em espasmos, e ela podia sentir o cheiro de carne queimada.

— Puta que pariu, eu vou matar você, sua puta de merda!

Ylva procurou desajeitadamente o garfo embaixo do colchão, o agarrou e começou a acertar o rosto de Gösta. O primeiro golpe ele conseguiu bloquear, o segundo fez o garfo afundar na bochecha dele.

Ylva saltou para a cama, pegou a calça dele e enfiou a mão nos bolsos em busca das chaves.

— Eu não sou uma puta — ela gritou, chutando o ar escuro onde ela achava que ele estava encolhido. — Eu sou a mãe que salta na água. Está me ouvindo, seu canalha pervertido? Eu sou a mãe que salta na água.

Ylva encontrou as chaves e correu para a porta. Suas mãos tremiam, e ela não conseguiu colocar a chave na fechadura. Então ouviu o arfar de Gösta colocando-se de pé com grande esforço. Ela não conseguiria a tempo.

— Eu vou torcer o seu pescoço, está me ouvindo?

Ele se arrastou com dificuldade e lentidão na direção dela. A faca e a tesoura estavam no balcão. Ylva hesitou. *Porta ou faca?*

Ela deu dois passos até a cozinha, pegou a faca e a segurou na frente de si, no escuro. As chaves na mão direita, a faca na esquerda. Parecia errado. A faca deveria estar na mão direita. Ela não tinha força nem coordenação na esquerda.

Ylva podia ouvir a respiração dele, sua risada agitada. Não havia como ela alcançar a porta. Ele estava de pé e era mais forte.

— Estou chegando perto — disse ele. — Isso vai terminar como sempre termina. Você não pode se esconder.

Ela estava parada ao lado do balcão, tentando respirar silenciosamente. Gösta estava a apenas alguns metros de distância. E absolutamente parado agora, ouvindo, como ela.

— Você está se escondendo na cozinha? Esse não é um bom lugar para se esconder. A cozinha é estreita e apertada, mal cabe você aí.

Ele deu dois passos na direção dela.

— Eu já trepei com você na cozinha? Acho que vou fazer isso: foder você na cozinha. Eu vou foder você na cozinha com uma garrafa quebrada, está me ouvindo?

Poucos metros os separavam. Ela esperou e prendeu a respiração. Ylva tinha de trocar de mãos, pegar a faca na mão direita. Mas era impossível sem fazer ruído e entregar onde estava. Ela só teria uma chance, e era importante que a faca entrasse fundo, de maneira que ele não conseguisse ir atrás dela.

Ela se agachou. Suas articulações estalaram ligeiramente.

— Bem, bem, bem. Joelhos velhos e enferrujados, hein? Então você está na cozinha, bem como eu pensei. Esperando que eu vá te pegar. Para te comer do jeito que você gosta.

Ele se arrastou para mais perto, e Ylva o sentiu próximo. Algo passou voando sobre sua cabeça e a garrafa de champanhe estourou contra a parede atrás dela.

Ela jogou as chaves na direção da porta para fazer um ruído que o confundisse, trocou a faca para a mão direita e se lançou para frente. A faca afundou no torso dele. Ela a puxou para fora e o golpeou de novo.

— Ela inteira — Ylva gritou. — Que tal? Ela inteira!

Ela golpeou com a faca uma terceira vez e a deixou ali. Gösta desabou no chão.

Ylva cambaleou até a porta, tateou o chão e encontrou as chaves. Suas mãos estavam firmes. Então ela colocou a chave na fechadura e a virou.

57

Mike se sentia febril e doente. Pensamentos demais circulavam em sua cabeça. Eram tão rápidos que não conseguia compreendê-los, e pareciam zombar dele como uma ciranda de crianças na escola. Não importava como Mike virasse a questão de um lado para o outro, as teorias e perguntas estavam ali, prontas para empurrá-lo de volta ao ringue.

Outro maluco, só podia ser. Mancomunado com aquele repórter da revista que o havia importunado em sua própria casa na semana anterior. Algum doente que tinha prazer em sair espalhando merda por aí, apenas para estar na presença grave da morte por um breve instante. A morte era atraente, não havia dúvida. Ela atraía malucos como o mel. Como aqueles que ligavam para pessoas que haviam perdido alguém no tsunami e alegavam que seu ente querido estava vivo e voltaria logo para casa.

E no entanto... Gösta tivera uma filha. Ela morrera jovem. Ele não queria falar a respeito. O que era perfeitamente compreensível. Especialmente levando em consideração os respectivos papéis de Gösta e Mike.

O que a Ylva falou sobre Gösta e Marianne Lundin?

O que ele quisera dizer com isso? Por que ligar Ylva a Gösta e Marianne? Eles não estavam morando na cidade quando ela desapareceu, se mudaram logo depois. Ou mais ou menos na mesma época. Na mesma época.

Mas, qualquer que tenha sido a data, Ylva nunca mencionara que conhecia os vizinhos que haviam acabado de se mudar.

E por que o lunático iria querer arrastar Gösta e Marianne para aquilo tudo? Como ele sabia quem eles eram?

Mike não conseguia entender. Então caiu a ficha.

Um paciente.

Claro. O cara que tinha ligado para ele era um dos pacientes de Gösta. Que ouvira de alguma forma Mike e Gösta conversando e, em sua mente doentia, havia criado um mundo paralelo.

Tinha de ser isso. Não havia outra explicação.

Mike soltou um suspiro profundo. Ainda estava perturbado, quase tremendo. Então piscou os olhos irados furiosamente. Mas o alívio se espalhou por seu corpo como um drinque de sexta-feira.

Lentamente Mike começou a registrar o mundo à sua volta, deixando-se preencher com impressões visuais e sons que vinham de uma flauta na sala de estar.

Três ratos cegos, três ratos cegos... lá-lá-lá... veja como eles correm.

O equivalente na flauta a "Für Elise" no piano.

O equivalente na flauta a "Smoke on the Water" na...

Mike se lembrou da primeira vez que encontrara Gösta, quando eles se deram conta de que eram vizinhos. Gösta havia se mudado para a casa na Sundsliden, reformado o porão e gasto um monte de dinheiro em um estúdio de música. Gösta tinha tocado uma guitarra imaginária enquanto cantarolava o riff de "Smoke on the Water", do Deep Purple.

Ele obviamente estava sendo irônico, mas *tão* irônico assim?

Os pensamentos começaram a se atritar novamente. Mike estava com dificuldade de engolir.

Ele havia contado para Gösta sobre o idiota da revista que saíra falando sobre os três caras mortos. Gösta dissera que não entendia qual era o problema. *Três mortos*, ele havia dito. *Isso não é grande coisa. Três pessoas que estudaram na mesma escola e que morreram jovens.*

Três...

Mas não eram três: com Ylva, eram quatro. Mike e Gösta sempre falavam sobre Ylva como se ela estivesse morta. Nenhum dos dois achava que ela voltaria. Mas Gösta não dissera *quatro*, ele dissera *três*.

Provavelmente foi só um engano, mas ainda assim...

Mike se desvencilhou do pensamento desconfortável, abriu a água, deixou que ela esfriasse e então a bebeu direto da torneira.

De qualquer forma, seria algo muito fácil de conferir.

Ele abriu a porta para a sala de estar.

— Ei, querida, você está tocando muito bem. Sabe o que eu acho?

Ela balançou a cabeça.

— Acho que devíamos ir ver o Gösta e a Marianne, sabe?, que moram na casa branca ali na Sundsliden. Ele tem um estúdio de música lá. Talvez a gente possa gravar você tocando. Aí você pode ouvir a gravação mais tarde e ver quanto você aprendeu. O que acha?

* * *

Ylva virou a chave e abriu a primeira porta. Era tão fácil, que ela não conseguia entender por que não fizera isso antes. Então pegou a chave seguinte e sentiu algo frio contra as costas. E de novo.

Ela lutou para respirar, mas os pulmões estavam apenas meio cheios. Expirou e sentiu sangue na boca. Um dos pulmões havia sido perfurado. Para sua surpresa, ela pensou nele como um balão furado. Ela nunca pensara em seus pulmões como balões. Pulmões eram pedaços de carne, esponjosos e repulsivos, como a maioria das coisas dentro do corpo, e não balões.

Ela virou a chave e abriu a porta número dois com um empurrão. Uma luz tênue se infiltrou escada abaixo e porão adentro. Gösta jazia no chão atrás dela, incapaz de se levantar de novo. O garfo ainda estava encravado no rosto dele, um pouco abaixo do olho. A faca estava na mão dele.

Ylva se surpreendeu que o ódio dele fosse tão intenso a ponto de ele ter conseguido tirar a faca do próprio corpo, se levantar e esfaqueá-la nas costas duas vezes. Isso não a preocupou, tampouco a assustou ou a deixou brava, mas a encheu de surpresa.

— Nós éramos crianças — ela disse, com a boca cheia de sangue. — Crianças.

E cambaleou na direção da escada. O sangue escorria da boca, passava pelo queixo, pelo sutiã preto, pela barriga, pela calcinha e chegava às coxas. Ylva se agarrou ao corrimão e usou toda sua força para se arrastar escada acima, degrau a degrau.

Então ouviu vozes e sentiu o ar frio cheio de cheiros fantásticos. Ela queria encher os pulmões, ambos, mas imediatamente começou a tossir. A luz ficou mais brilhante. A luz do dia de verdade, a luz ofuscante do sol.

Apenas mais alguns degraus.

58

Mike segurou a mão da filha.

— Nós estamos com pressa? — perguntou Sanna.

— Não, não. Nós não estamos com pressa. Só pensei que podíamos fazer isso antes do jantar. A Nour vai chegar logo. Seria uma surpresa legal para ela, não é? Seu próprio disco.

— Como assim?

— A gravação de uma música. E você pode ouvir várias vezes. Sempre que quiser.

— Que nem no computador.

— Exatamente.

Eles cortaram caminho pelo gramado, que estava molhado. Mike segurou o portão aberto para Sanna, viu Marianne pela janela da cozinha e ergueu a mão em saudação. Ela abriu a porta antes mesmo que eles chegassem lá.

— O Gösta não está — disse ela.

— Ah, que pena — retrucou Mike, colocando as mãos nos ombros da filha. — A Sanna começou a tocar flauta. Pensei em perguntar se podíamos emprestar o estúdio para gravar as primeiras tentativas dela.

— O estúdio? — Marianne não compreendeu.

— O estúdio de música — disse Mike. — No porão.

— Ah, certo. Acho que não vai ser possível.

Mike sorriu, surpreso, e Marianne mudou de posição, inquieta.

— O Gösta é muito cuidadoso com o estúdio. Ele não deixa ninguém entrar lá. É o espaço dele.

— Eu compreendo, eu compreendo.

Mike começou a se sentir sem jeito, sem saber como abordar a questão.

— Tudo bem — ele disse, e sorriu porque não conseguiu pensar em nada mais. — Obrigado de qualquer maneira.

Ele esperava que isso não tivesse soado irônico.

— Não é por mal — disse Marianne.

— Não, não, eu compreendo. Diga a ele que vim procurá-lo.

— Eu direi.

Mike se virou como se fosse embora, então mudou de ideia no último momento.

— A sua filha — ele disse.

A reação foi imediata. Ele pôde ver nos olhos dela. Mas era algo tão impensável que ele continuou falando, mesmo que naquele instante tivesse compreendido.

— Ela estudou na mesma escola da Ylva — ele acrescentou, sentindo todas as peças do quebra-cabeça se encaixarem.

Tudo o que o maluco tinha dito estava certo, cada palavra era verdadeira.

Marianne não disse nada. O rosto dela era frio, reservado, sem emoção alguma.

Houve um ruído vindo do porão.

— Eu vou descer até o porão — disse Mike, passando por Marianne.

Nesse momento, Sanna gritou ao ver uma pessoa ensanguentada, mortalmente branca e quase nua aparecer no topo da escada.

Mike parou onde estava. A pele da mulher parecia plástica, quase transparente. A única coisa que parecia real era o sangue que saía de sua boca e escorria pelo corpo todo. Ela estendeu o braço. Mike sabia o tempo inteiro quem era aquela mulher, mas foi apenas pela maneira como ela levantou o braço que ele não teve dúvida de que era mesmo sua esposa.

59

Mike correu até Ylva, colocou o braço em torno do ombro dela e a apoiou para que saíssem da casa. Eles pararam no portão, pois Ylva não conseguia seguir adiante. Mike se sentou no cascalho, descansou a cabeça da esposa em seu colo e a embalou. Sanna ficou parada ao longe, sem coragem de avançar.

— Desculpe — disse Ylva.

Mike balançou a cabeça.

— Me perdoe — ele disse.

Ylva olhou em volta à procura da filha.

— Sanna — Mike chamou. — É a mamãe.

Ele acenou com a mão insistindo para que ela se aproximasse. Sanna hesitou. A mulher ensanguentada a assustava. Os dentes vermelhos, o cabelo grisalho, a pele branca como porcelana. Ela queria fugir, não queria ver.

Ylva ergueu a mão ligeiramente.

Sanna foi até ela e se agachou.

— Eu sei tocar — disse ela. — Quer ouvir?

* * *

Havia sangue por toda parte e, a princípio, a equipe da ambulância não sabia dizer quem estava ferido. Quando Mike disse que o sangue em suas roupas era de Ylva, eles rapidamente a examinaram, a colocaram em uma maca e a carregaram para a ambulância. Alguns vizinhos, que acompanhavam hipnotizados, saíram do caminho para que eles pudessem passar.

Mike pegou Sanna pela mão e os seguiu até a ambulância. O paramédico colocou uma máscara de oxigênio sobre o rosto de Ylva, e o motorista assumiu o volante.

Ylva tinha perdido a consciência ao som de "Os três ratos cegos". Mike achou que tinha visto algo parecido com um sorriso nos lábios da esposa.

Vozes altas podiam ser ouvidas da rua. Através da janela da ambulância, Mike viu chamas na cozinha de Gösta e Marianne. A cortina pegou fogo, e as chamas tocavam o teto.

— Tem alguém na casa? — perguntou o motorista.

Mike não respondeu. Ele observou o paramédico pressionar uma bomba de borracha, que estava ligada à máscara sobre o rosto de Ylva, e sabia que eles a estavam ajudando a respirar. Ele sabia que estavam em uma ambulância acelerando morro acima, ele tinha consciência de que estava segurando a mão de sua filha. E, no entanto, tudo lhe passava despercebido.

O paramédico repetiu a pergunta do motorista:

— Tem alguém na casa?

— Tem — Sanna respondeu.

O motorista da ambulância contatou por rádio a central de emergência. O paramédico trabalhava freneticamente. Administrando oxigênio, injetando soro, dizendo coisas. Tudo acontecia como se fosse um filme.

Mike pensou que era um emprego estranho, trabalhar tão próximo da morte. *Desnecessariamente dramático*, pensou. O paramédico falava constantemente, informando o motorista da condição da paciente. Depois de um tempo ele olhou para o relógio e disse as horas em voz alta. Mike não conseguia entender que diferença isso fazia.

Ylva estaria morta por um longo tempo.

60

Alguém pegou as roupas ensanguentadas de Mike e lhe deu uma camisa branca de algodão, de mangas curtas, com o logotipo da prefeitura do condado impresso na frente. Então eles foram levados para uma sala de espera. Sanna se sentou no joelho do pai, e Nour, na cadeira ao lado deles. Os três de mãos dadas, sem dizer nada.

A sala de espera tinha piso de linóleo e móveis de madeira clara com revestimento verde.

Sanna se inclinou e pegou uma revistinha de uma mesa. Ela a deu para Mike, que leu para ela.

Era sobre Bamse e Lille Skutt e algum idiota que se envolve em uma briga, mas é perdoado no fim e aceito de volta na turma. Mike seguiu lendo a próxima história, mesmo sem ter certeza de que Sanna estava realmente escutando ou se ela só queria ouvir o som da voz do pai. Ela quicava o pé para cima e para baixo no ar, nervosamente.

A porta se abriu e todos olharam para a enfermeira.

— Ela está pronta — a mulher disse.

Eles seguiram pelo corredor. A enfermeira parou na frente da porta e se virou para se certificar de que eles estavam preparados.

Nour olhou para Mike.

— Eu não sei se...

— Sim — disse Mike, apertando a mão dela. — Por favor.

A enfermeira abriu a porta e deixou que eles passassem.

Ylva estava deitada na cama com um cobertor puxado até os ombros. A cabeça repousava tranquilamente no travesseiro. Os olhos estavam fechados e o sangue havia sido lavado. A pele pálida, quase de porcelana, chamava menos atenção sob a luz obscurecida. Era muito óbvio que se tratava de um corpo, não de uma pessoa.

Nour ficou mais atrás, deixando que Mike e Sanna se sentassem nas cadeiras ao lado da cama.

Após alguns minutos, as costas de Mike começaram a arquejar e ele caiu para frente sobre a esposa morta. Sanna estendeu a mão e o confortou.

Quando eles finalmente se levantaram, seus olhos estavam vermelhos e inchados.

Nour estendeu os braços e envolveu os dois.

61

Karlsson provou o café e voltou para o artigo que acabara de ler. Havia um monte de fatos para assimilar e memorizar. Alguns eram novos para ele, e amigos e conhecidos o pressionariam por informações extras, como se ele fosse um DVD.

E Karlsson tinha de alimentar a turba ou ficaria mal para ele. *Desinformado? Desatualizado? Você deveria saber, afinal trabalha para a polícia. Você não chefiava a investigação?*

Gerda estava sentado de frente para ele com sua própria cópia do jornal. Ele também estava lendo o artigo, pela mesma razão.

— Meu Deus, que doentes desgraçados.

— Nem me fale.

— Quanto tempo ela ficou lá embaixo?

— Mais de um ano e meio.

— E o marido dela estava sendo tratado pelo cara o tempo todo? Seria o caso de pensar que ele devia ter imaginado.

— Pois é.

— Estranho que ele não tenha suspeitado.

— Quem? O homem?

— É.

— Muito estranho.

— Completamente improvável.

— A gente não podia ter feito nada.

— O que a gente podia ter feito? Como adivinhar uma coisa dessas?

Gerda seguiu lendo o artigo.

— Ele já estava morto?

— O homem? Acho que sim. Não tinha fumaça nos pulmões. Diferente da velha, que botou fogo na casa.

— Então a Ylva apagou o cara?

— É.

— Bem feito.

— É mesmo.

— Mas estranho que ela não tenha feito isso antes.

— Provavelmente não teve chance.

— Não. Mas mesmo assim.

Karlsson balançou a cabeça.

— Pervertido de merda.

Gerda concordou. Alguém bateu à porta. Ambos ergueram o olhar. Um colega estava parado ali, segurando um jornal aberto com um sorriso no rosto.

— Vocês viram isso?

Ele jogou o jornal sobre a mesa e deixou a sala assobiando. Gerda deu a volta na mesa para que pudesse ler ao mesmo tempo que Karlsson.

"Ylva morreu desnecessariamente — Polícia ignorou pistas cruciais."

O artigo incluía uma foto de Karlsson e descrevia a ligação que ele recebera alguns dias antes.

— Quem escreveu essa bosta? — disse Karlsson, olhando para o nome do autor. — Calle Collin? Quem é Cale Collin, porra?

62

Sanna havia conseguido convencer o pai a dar uma nadada extra. Ela queria nadar na ondulação da balsa das seis e meia para Oslo. A balsa deixava Copenhague às cinco e passava por Hittarp às seis e vinte. A ondulação alcançava a costa dez minutos mais tarde. As ondas nem eram tão grandes assim, mas eram confiáveis e pontuais.

Não fora difícil convencer Mike. Ele acreditava que amolar os adultos devia surtir efeito. Que outra possibilidade as crianças tinham de influenciar as coisas? Além disso, ele mesmo havia nadado nas ondas das seis e meia quando era criança, e era uma tradição que queria passar adiante.

Eles chegaram com tempo de sobra, e Sanna saltou na água imediatamente. Ela não queria ficar esperando no píer. Era o mar que ela queria, as ondas eram um bônus. Nour se sentou em um banco.

— Lá vêm elas — disse Mike, e apontou para o estreito.

Sanna nadou rapidamente até a escada e subiu. Ela estava pronta e olhou para o pai.

— Você não vai nadar?

— Claro que vou — ele disse, puxando o cordão da sunga.

— Está pronto?

— Estou.

— Vamos ver um mergulho de verdade então — gritou Nour.

Sanna acompanhava com os olhos fixos as ondas que lentamente se aproximavam e deu um tapinha na barriga do pai.

— A maior, ok?

— É claro.

— Agora!

Eles correram até a beira do píer e saltaram.

63

Annika está tão contente por ter sido convidada, por eles sequer saberem quem ela é. A gangue que senta empoleirada no peitoril da janela, recostada contra o vidro, olhando todo mundo de cima. Lugares onde aqueles que mandam sempre ficavam e aonde os fracassados e os oprimidos não tinham coragem de ir. Eles sabem quem ela é porque Ylva a chamou e a acompanhou até o ginásio e chegou a convidá-la para sua casa. Não vai ser uma festa nem nada, eles só vão ficar por lá. TV? Nada de TV. Foda-se a TV. Não, não.

Mas o estranho é que elas não têm assunto nenhum para conversar, e Ylva mal diz uma palavra até os garotos aparecerem com o álcool que roubaram dos armários de bebidas dos pais, e então ela fala sem parar, e eles bebem e ficam todos esquisitos e riem e Annika tenta rir também, mas quando eles perguntam por que ela está rindo ela não sabe explicar e Ylva diz que Annika devia mostrar os peitos para os garotos, Annika não entende a razão e Ylva pergunta se ela não tem coragem, se ela acha que os garotos já não viram peitos antes, e os garotos também acham que Annika devia lhes mostrar os peitos, e Annika acha que talvez ela deva se levantar e ir embora, mas eles só estão brincando com ela, será que ela não sabe brincar, e eles enchem o copo dela e agora ela é parte de tudo aquilo de novo e eles riem juntos e então Ylva diz que Annika devia definitivamente mostrar os peitos, vamos lá, rapidinho, e todos olham para ela, é fácil, só uma vez, e Annika levanta a camiseta e então abaixa de novo, mas eu não consegui ver, diz um dos garotos, nós também não, gritam os outros dois, e eles enchem ela de novo e Ylva diz que agora não importa, ela já os mostrou, deixe eles darem uma olhada, e Annika levanta a camiseta e a segura para cima e um dos garotos quer tocá-los, só sentir, mas Annika não quer deixar, ah, não seja tão chata, e Annika deixa o garoto tocá-la e então os outros dois querem tocá-la também e eles dizem que ela tem belos peitos, gostosos de tocar, e Annika tira a camiseta e beija um dos garotos e todos eles riem e bebem mais e Annika quer colocar a camiseta de volta, mas Ylva acha que em vez disso ela devia tirar as calças e mostrar a xoxota, mas Annika não quer mostrar a xoxota, vamos lá por que não, qual é o problema, mas Annika ainda assim não quer, Ylva diz que ela está sendo ridícula, como se tivesse algo errado em mostrar a xoxota, mas faça como quiser, Annika, e os garotos riem e Ylva diz que na verdade é pior mostrar os peitos, já que a xoxota é só um triângulo de pelo e ela e os garotos já tinham estado em uma sauna juntos e ficado uns com os outros e visto tudo que havia para ver e não há nada de esquisito nisso, não, os garotos dizem, então você pode começar, diz Annika, mas eles acham melhor Annika fazer isso, pois ela já tirou algumas peças de roupa e só precisa mostrar e mais uma vez todas as atenções estão focadas em Annika e há sorrisos amigáveis e gestos encorajadores e não é esquisito de forma alguma, e tudo bem, ela abre o botão e eles aplaudem e é muito engraçado, e ela abre o zíper e balança o peito nu sedutoramente e os garotos batem palmas e Ylva acha que ela é divertida e Annika abaixa as calças até a metade das coxas, enfia os polegares na parte de cima da calcinha, a dobra um pouquinho, deixa que eles deem uma olhada em seus pelos e eles gritam, mais mais, e Annika baixa a calcinha e mostra tudo para eles, e o sucesso é completo e talvez Annika vá se arrepender mais tarde, mas o momento em si é ótimo e bonito e algo que ela vai lembrar e carregar dentro de si, e ela põe a calcinha de volta e eles vaiam, mas ela se senta no sofá, pega o jeans e levanta o bumbum para colocá-lo direito, mas então um dos garotos o segura e eles riem e fazem piada e Annika diz para ele soltar, mas ele apenas brinca e um dos garotos diz que ela é bonita e tem um corpo incrível e ele a beija de verdade e acaricia os peitos dela e Annika sente os outros puxando seu jeans, mas ela não consegue protestar e ainda está de calcinha e é bom e desconfortável ao mesmo tempo e o garoto que a está beijando vai baixando a mão e a coloca sobre a calcinha dela e a mão é quente e agradável e ela pensa que talvez as coisas sejam assim porque ela não conhece nada mais e ela ouve alguém tirando as calças, mas não é o garoto que ela está beijando e ela para de beijá-lo e olha surpresa para Ylva e o garoto que agora tem as calças e as cuecas em torno dos tornozelos e que arrasta os pés até ela e Annika não está beijando ninguém mais e ela não quer, mas ninguém a ouve e está tudo quieto e não há mais risadas e o garoto mete nela e goza rapidamente e o garoto seguinte está esperando e Ylva está sentada ao lado deles assistindo, e o terceiro garoto a penetra e reclama que é o último porque agora ela está larga e é como enfiar o pau em um balde de água quente e eles riem e então não há mais nada para fazer, então eles colocam as calças, abotoam e bebem o que restou nos copos e Annika está encolhida como uma bola enquanto tenta colocar suas roupas, peça por peça, e Ylva diz que talvez seja melhor ela ir embora e se ela disser qualquer coisa eles vão contar que puta de merda ela é, trepando com três caras daquele jeito na mesma noite.